1　ダクラク省のチューヤンシン山塊。最高峰のチューヤンシン山は標高2442m。中部高原では
ゴクリン山に次いで高い。（ダクラク省観光振興通信センターのホームページから）

ベトナム戦争の最激戦地 中部高原の友人たち

グエン・ゴック

鈴木勝比古 訳

めこん

2　バーナー族の女性パイン。1997年、グエン・ゴック撮影。コントゥム市郊外で焼畑作業を終え、衣服を付けたまま水浴びしていた。彼女は『祖国は立ち上がる』の映画化の際、主人公ヌップの妻役に抜擢された。

3　ザライ族の青年。1995年、プレイク市北方のチューパ県の祭りでグエン・ゴック撮影。

4　「高原のわが友人たち」に登場するザライ族の「森の旅芸人」イーヨン。抗仏戦争の初期から解放軍に参加。グエン・ゴックの盟友。民族楽器の名手で、すばらしい歌い手。1997年、グエン・ゴック撮影。

5　甕酒を飲むプレイクのザライ族の女性。甕酒は女性だけが森の各種の植物を採取して、麹をつくり、発酵させてつくる。

6　ザライ省クパン県カーム部落のバーナー族の「共同の家」建設作業。ほとんどの建設資材は竹。籐のつるで縛り、釘などの金属は使わない。1995年、グエン・ゴック撮影。

7　ザライ省ダクポー県ハータム部落の「お墓の家」に飾られた木彫り。中部高原の少数民族は数年かけてりっぱな「お墓の家」をつくるが、完成を待って、その「お墓の家」を捨てる儀式を行なう。死者はこの儀式が終わると永遠に森に帰る。

8　今日使用されている銅鼓（銅鑼）。中部高原で発見された紀元前3000年作成の石の打楽器の音階と同じ音階を持っている。

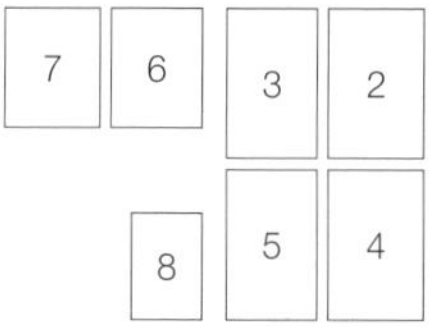

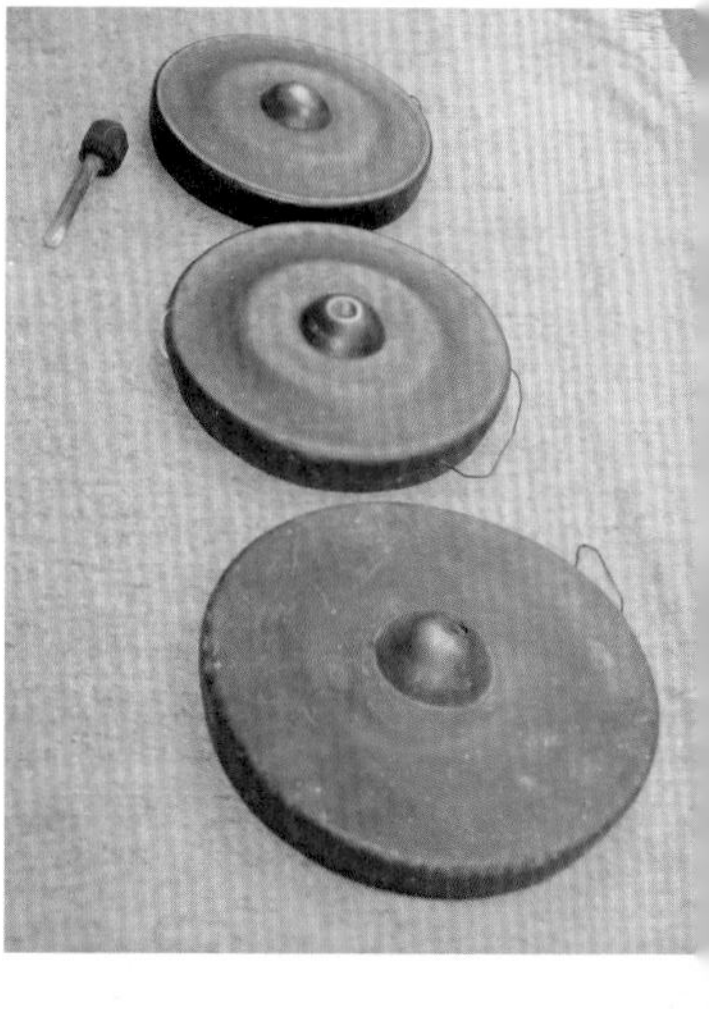

9

10

9　中部高原に隣接するクアンナム省西部の山岳地帯の川を渡る解放軍輸送部隊。

10　クアンナム省西部の山岳地帯の吊り橋を渡って行軍する解放軍部隊。（いずれもベトナム共産党クアンナム省委員会編纂の写真集『クアンナム、民族解放の事業の45年』から）

中部高原は、ベトナム中部のチュオンソン山脈から続く高原地帯で、北から南へ、コントゥム、ザライ、ダクラク、ダクノン、ラムドン各省で構成される。オーストロネシア語族（マレー・ポリネシア語族）、オーストロアジア語族（南アジア語族）などの少数民族の居住地域である。米国の介入で南部がサイゴン政権の施政下に置かれていた時期には「中部高原」と呼ばれたが、現在は「タイグエン（西原）」と呼ぶ。海から離れた内陸で、赤道にも近く、高温、乾燥地域であるが、雨期には豪雨に見舞われ、自然災害も多い。抗仏戦争ではベトミン軍とフランス軍、抗米戦争ではベトナム解放勢力と米・サイゴン軍が、中部高原の少数民族の支持を獲得するためにしのぎを削った。作家グエン・ゴックは抗仏、抗米戦争の両時期、解放後と長期にわたり、中部高原で活動してきた。

目次

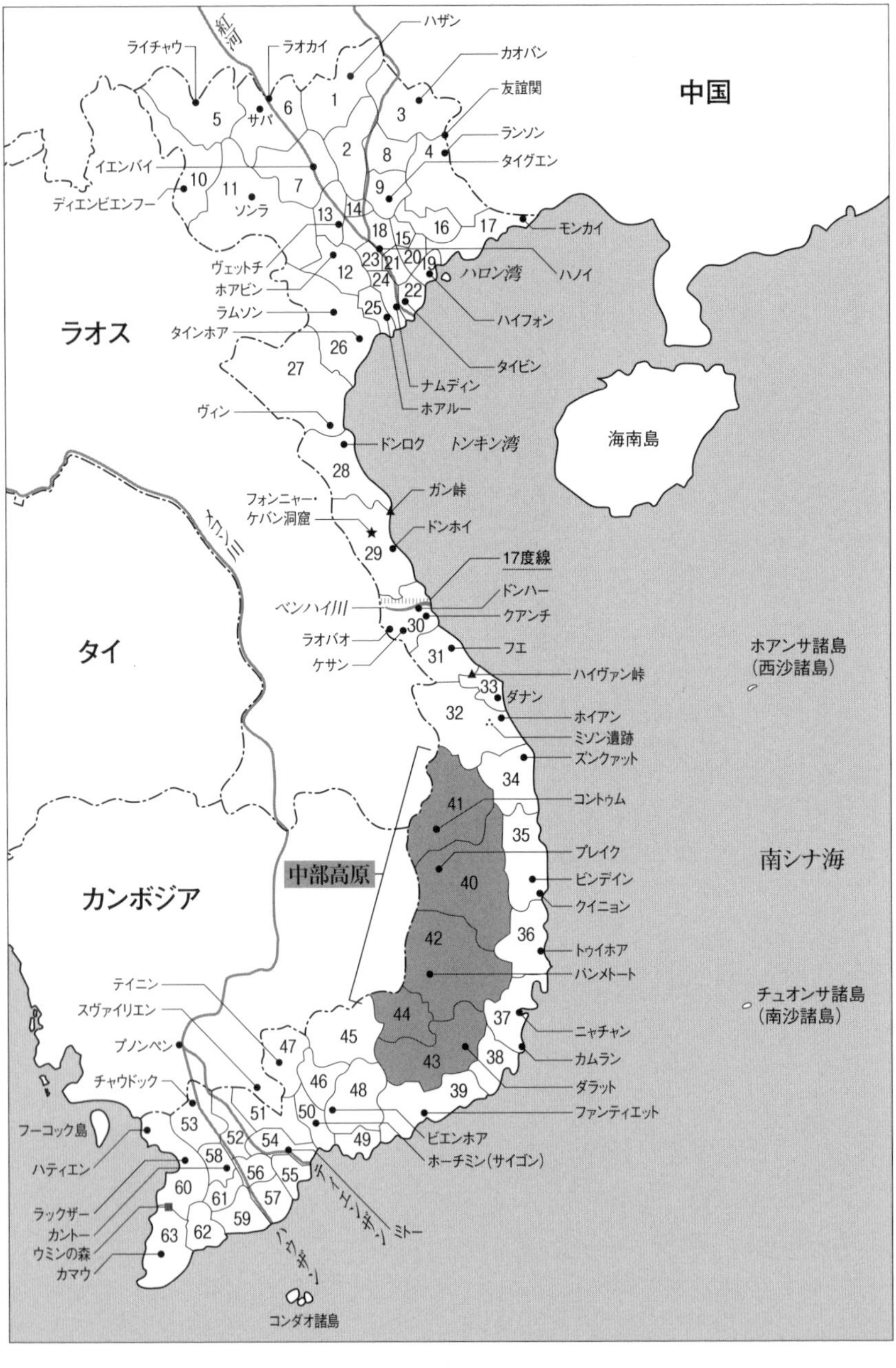

中国
紅河
ハザン
ライチャウ
ラオカイ
カオバン
友誼関
サパ
ランソン
タイグエン
イエンバイ
ディエンビエンフー
ソンラ
モンカイ
ヴェットチ
ハノイ
ハロン湾
ホアビン
ラムソン
ハイフォン
ラオス
タインホア
タイビン
ナムディン
ホアルー
ヴィン
ドンロク
トンキン湾
海南島
ガン峠
フォンニャー・
ケバン洞窟
メコン川
ドンホイ
17度線
ドンハー
ベンハイ川
クアンチ
ラオバオ
ケサン
フエ
タイ
ホアンサ諸島
（西沙諸島）
ハイヴァン峠
ダナン
ホイアン
ミソン遺跡
ズンクァット
コントゥム
プレイク
南シナ海
ビンディン
クイニョン
中部高原
カンボジア
トゥイホア
バンメトート
テイニン
スヴァイリエン
チュオンサ諸島
（南沙諸島）
ニャチャン
プノンペン
カムラン
ダラット
チャウドック
ファンティエット
フーコック島
ビエンホア
ホーチミン（サイゴン）
ハティエン
ラックザー
カントー
ウミンの森
カマウ
ティエン川
ミトー
ハウ川
コンダオ諸島

ベトナム社会主義共和国　省・都市名（現在）

1　ハザン
2　トゥエンクアン
3　カオバン
4　ランソン
5　ライチャウ
6　ラオカイ
7　イエンバイ
8　バックカン
9　タイグエン
10　ディエンビエン
11　ソンラ
12　ホアビン
13　フート
14　ヴィンフック
15　バックニン
16　バックザン
17　クアンニン
18　ハノイ市（中央直轄市）
19　ハイフォン（中央直轄市）
20　ハイズオン
21　フンイエン
22　タイビン
23　ハナム
24　ナムディン
25　ニンビン
26　タインホア
27　ゲアン
28　ハティン
29　クアンビン
30　クアンチ
31　トゥアティエン＝フエ
32　クアンナム
33　ダナン（中央直轄市）
34　クアンガイ
35　ビンディン
36　フーイエン
37　カインホア
38　ニントゥアン
39　ビントゥアン
40　ザライ
41　コントゥム
42　ダクラク
43　ラムドン
44　ダクノン
45　ビンフォック
46　ビンズオン
47　テイニン
48　ドンナイ
49　バーリア＝ヴンタウ
50　ホーチミン市（中央直轄市）
51　ロンアン
52　ドンタップ
53　アンザン
54　ティエンザン
55　ベンチェ
56　ヴィンロン
57　チャヴィン
58　カントー（中央直轄市）
59　ソックチャン
60　キエンザン
61　ハウザン
62　バックリォウ
63　カマウ

トゥアティエン＝フエ省
ハイヴァン峠
バックマー山
ダナン
ディエンバン
ホイアン
サーラワン県
セークーン県
タムキー
クアンナム省
ヌーイタイン
チャーミー
クアンガイ
ラオス
ムオンポン
ダクグレイ
ゴクリン山
クアンガイ省
アッタプー県
ャンパーサック県
ズクニャイ
トゥモロン
コンプロン
コントゥム省
マンデン峠
ダクト
コンプライユー
24
コントゥム
コンカキン山
ダクロア
マンヤン峠
クバン
ビンディン省
14
チューパ
ストール
アンケ峠
19
ハータム
アンケ
ビンディン
クイニョン
ラタナキリ州
プレイク
ザライ省
コンクロ
トゥヌン
ストゥントラエン州
イヤドラン渓谷
25
ソンカウ
アユンパー
トゥイアン
フーイエン省
ブオンサム
カンボジア
エアフレオ
トゥイホア
ドレア
ダクラク省
ブオンホー
バーン・ドーン
クラチエ州
26
クロンパック
モンドルキリ州
バンメトート
ホーンホアン峠
ニンホア
カインホア省
ダクミル
ラック
チューヤンシン山
ニャチャン
ダクノン省
ダラット
ゴアンムック峠
ニントゥアン省
ポンチャム州
ビンフォック省
ラムドン省
ファンラン
テイニン省
ドンソアイ
ドンナイ省
ビントゥアン省
ビンズオン省
ファンティエット
ホーチミン
バーリア＝ヴンタウ省

中部高原の少数民族

中部高原は北からコントゥム、ザライ、ダクラク、ダクノン、ラムドンの５省から成る。少数民族の居住地域で、ベトナム戦争終結・南北統一時の1976年の調査では総人口122万5000人中、少数民族は85万3820人で人口の69.7％を占めていたが、平野部からの計画移住と自由移住によって、多数民族キン族の人口が急増し、2009年の人口調査では、キン族の人口が330万9836人、62.66％を占め、少数民族の人口は37.34％となった。中部高原の少数民族は約20民族とされている。ベトナム以外にラオス、カンボジアにも多数の同族が居住する民族が多い。多くが文字を持たない民族である。以下は2019年の調査に基づく中部高原の主な少数民族である（人口は2019年調査による）。

1	ザライ族	51万3930人	オーストロネシア語族（マレー・ポリネシア語族）のチャム語系。北中部高原に居住。中部高原最多の民族。
2	エデー族	39万8761人	オーストロネシア語族。チャム語系に近い。南中部高原、特にダクラク省に多い。人口の70％余がプロテスタント。
3	バーナー族	28万6910人	オーストロアジア語族（南アジア語族）のモン・クメール語系。北中部高原のコントゥム、ザライ省に居住。
4	セダン族	21万2277人	オーストロアジア語族のモン・クメール語系。北中部高原のコントゥム省に６割が居住。
5	チャム族	17万8948人	オーストロネシア語族のチャム語系。かつては中部沿海各省に集中したが、現在はベトナム各地に散在。世界に130万人、カンボジアにも多数。
6	フレ族	14万9460人	オーストロアジア語族のモン・クメール語系。カンボジアではフノンダムと呼ぶ。扶南王国の末裔。
7	ムノン族	12万7334人	オーストロアジア語族のモン・クメール語系。ダクラク、ダクノン、クアンナム、ラムドン、ビンフォック各省の山岳地帯に居住。カンボジアではクメール・ルー（高地クメール人）と呼ばれる。
8	カートゥ族	10万3000人（調査年不明）	オーストロアジア語族のモン・クメール語系。ベトナム中部と下ラオスに居住。下ラオスに２万9000人（2019年）。
9	スティエン族	10万752人	オーストロアジア語族のモン・クメール語系。ビンフォック省に集中して居住する。
10	ゼーチエン族	６万3322人	オーストロアジア語族のモン・クメール語系。コントゥム省、クアンナム省に居住。南ラオスにも居住する。
11	コル族	４万422人	オーストロアジア語族のモン・クメール語系。クアンナム、クアンガイ、コントゥム省に居住。
12	チュールー族	２万3242人	オーストロネシア語族。ラムドン省に集中居住。
13	ローマム族	436人（2009年）	オーストロネシア語族のモン・クメール語族系。コントゥム省に居住。
14	ブラウ族	397人（2009年）	オーストロネシア語族のモン・クメール語族。コントゥム省に居住。カンボジアに１万4000人、ラオスに１万3000人。

第Ⅰ章
永遠の時空に身を置く人々

スアン・ジエウ※1になんとも奇妙な詩の一節がある。

「…山を見ると、一冊の本の厚表紙を映しているようだ…」

幼いころスアン・ジエウはクイニョンに住み、学んだ。そのロマンチックな海岸の都市に住む、空想好きの生徒は毎日、あきもせず西方を見つめていた。はるか遠くの山脈《やまなみ》の姿は本の厚表紙のようで、その表紙の縁を、誰か知らないが、いたずらに鋏でのこぎりの歯のようなきざみを入れ

※1　スアン・ジエウ（一九一六〜八五年）はベトナム現代詩の巨匠。父方の郷里は中部ハティン省だが、母方の郷里は南中部のビンディン省（省都はクイニョン）で、一一歳までここで過ごした。フランス植民地時代には、ベトナム近代文芸の中心となった「自力文団」で活躍。日本軍の進駐時にはベトナム民主党員で、一九四四年にベトミン（ベトナム独立同盟）に参加し、一九四五年日本の降伏宣言後、ベトミンが主導する総蜂起「八月革命」時にベトナム共産党に入党した。

て、地平線の上に映しだしたかのようであった。その不思議な姿の山脈が時にはっきりと浮かび上がり、時に厚い白雲で覆われるのをこの少年はぼんやりと眺めていた。確かに、当時、海辺に住んでいて、山をまぢかに見たことがない、その空想好きの少年にとっては、それは実に遠い世界であり、海辺で暮らす自分たちの住む世界とは異なる、神秘の世界であった。少年の視界にかすかに入る、このとても不思議で幻想的な一冊の本の厚表紙は、夜明けには薄い青、夕暮れは濃い紫、夜にはかすんで幻影となり、絶えず心を騒がせる。この後、スアン・ジエウが成長し、幼さが消えれば、それがチュオンソン山脈[※2]であること、より具体的には中部高原であることを知ることになるだろう。

チュオンソンという名は文字通り山を意味するが[※3]、中部高原は平原を意味する。実際は、それは……山なのではないか？　けれども、それは断じて山ではないと断言した人がいる。その人はアンリ・メトゥル[※4]。彼は中部高原のほぼすべてを踏破した初めての探検家であり。そして、太陽と風に恵まれたこの地域について、今日までもっとも基本的で、全面的とされる調査記録を残した人物である。彼は次のように考えた——中部高原、より正確には南チュオンソンは一つの大平原であり、はるか昔のいくつかの地質時代に突然隆起するか、あるいは沈下するかして、不意に周囲の地形から完全に突き出して、その状態のまま、今日まで存在し続けているのだ。この突然隆起した巨大な地層は、急峻で、切り立った坂の断層を形成し、中部南の狭い沿岸平野の背後に立ちはだかる長い擁壁を構築している。その果てしなく長くそびえたつ、まっすぐな壁に直面した人々は、いくつかの険阻な峠だけを通って越える道を開くことができただけである。クイニョンからプレイクに行くアンケ峠、ニャチャンからバンメトートに行くホーンホアン峠、ファンランからダラットに行くゴアンムック峠…である。一九号国道に沿ってビンディンからザライに上ったことのある人は、確かに非常な興味を覚えながら驚いたことだろう——曲がりくねった上り坂をアンケ峠まで上り、その峠からまったく平坦な道を数十キロ行くと、また高くそびえたつ危険なことで名高い峠にぶつかる、マンヤン峠だ。それから終わりのないどこまでも続くような平坦な道をかろやかに疾走し、二つの非常に高い峠の頂上に立つ。しかし、そこからはもう峠を下ることはない。それを体験した時、初めてそこが平原であることに気づくのに、科学者アンリ・メトゥルは実に論理的にそのことに気づいた。中部高原はまさしく広大な平原だ。広々とし、どこまでも平らに伸びていく点は、たとえば、もしあなたがバンメトート市に立ってダクラク中部の、もっとも山らしい山である、ドレア山塊の方角をながめてみればわかる。ハノイに立って、タムダオやバーヴィ※5を見上げたとき、それらの山までずっと平坦な地形が続くのと同じである。

※2　チュオンソン山脈はラオスとベトナムの間を北から南に貫くように縦断する山脈で、長さは約一一〇〇キロに及ぶ。ベトナムでは中部のハイヴァン峠とバックマー山を境に北チュオンソンと南チュオンソンに分かれる。

※3　チュオンソンに漢字を充てれば長山。

※4　アンリ・メトゥル（一八八三～一九一四年）は、フランス人探検家、民俗学者。一九〇九年から一九一一年までタイグエン探検旅行を繰り返し、中部高原に関する研究書 *Les Jungles Moi* を一九一二年にパリで出版した。グエン・ゴックは同書をベトナム語に翻訳し、『高地人の森』と題して出版した。

そして、そこから、さらに西に進めば、地面はそのまま少しずつ、ゆるやかに下り、徐々に高度を下げて、メコン川の川岸までたどりつく。母なる大河はインドシナ三国をうるおしている。この大きな川の岸に立って東方を眺めれば、確かに中部高原はけっして山ではなく、まさしくメコン川流域の平野であり、それはどこまでも、東方に向かって広がり続ける。そこで、もう一つの中部高原の形態の特徴について付け加える必要がある。二つの頭が高くそびえ、北の端は南部全体でもっとも高いゴクリン山塊[※6]である。南の端はチューヤンシン山塊[※7]であり、それは、ほんの少し小さく、低いだけである。そして、その間には、どこまでもさまよい歩くことができる平原があり、どの季節でも魂を魅了する美しさがある…。

長々と話してしまったが、みなさんこんな地形に関する話にはうんざりしたと思うので、地形には何のかかわりもない話に移ろう。この地方の建築の話…に少しずつ、みなさんをいざなっていきたい。中部高原と言うと、いつも人々は「共同の家[※8]」のことを考える。ふしぎな建築で、「逆さに立てた巨大な斧の歯」のようであり、「無限の、うっそうと茂る山林の間から突如舞い上がった大きな帆」のようでもある…実際には、中部高原のどこにでも共同の家があるわけではない。この独創的な建築は、北中部高原の一部、セダン、バーナー、ローマム、ゼー、チエンの各民族の地域に存在する。あるいは、より遠くはクアンナムの山岳地方のカートゥ族では、人々は共同[※9]の家を「グオルの家」と呼んでいる。これはたまたまそうなったのでは決してない——共同の家の屋根が、突如、高くそびえたつ形態が、北中部高原の起伏の多い山岳地帯の険阻な地形にみご

※5 タムダオやバーヴィはハノイ近郊の観光地となっている山々。タムダオはヴィンフック省にある小高い山で、風光明媚な地であり、植民地時代にフランスが避暑地として開発した。バーヴィ山はかつてハタイ省に属したが、現在は首都ハノイのバーヴィ県となっている。

※6 ゴクリン山塊は南チュオンソンに属し、北タイグエンのコントゥム、クアンナム、クアンガイ、ザライ各省にまたがっている。中部高原最高峰のゴクリン山（ベトナム全国では二番目）は標高二五九八メートル。

※7 チューヤンシン山塊は、現地のエデー族の呼称ではクーヤンシン。中部南地域のダクラク省にある。最高峰チューヤンシン山は標高二四四二メートル。

※8 共同の家は、中部高原地方の北部で広く見られる独特の高床式の家で、部落共同体の公民館（口絵6）。部落の集会や話し合いの場として使われる。北タイグエンのコントゥム省、ザライ省に多く、バーナー族、セダン族が主として建設・使用している。バーナー族の部落に近いか、接触があるザライ族の部落には共同の家がある場合がある。ロン、ローンが現地の発音であったが、ベトナム語の普及とともに「ニャー・ロン」（ロンの家、共同の家）が共通の呼称となった。バーナー族は接客所としても使う。中部高原の山林に生育する萱《かや》、竹、篠竹、木材などを使って建設する。建築方法、形、文様などの装飾に民族ごとの特徴がある。一般の住家よりも大きく、一八メートルの高さのものもある。屋根の形は斧の刃型で、空に向かって伸びあがる勇壮な姿のものもある。屋根は萱葺きで、萱は黄色く変色するまで乾燥させる。この建物で、部落の規則・習慣を施行し、部落の長老が部落民を招集して議論する。部落の諸行事もここで開催する。部落の銅鑼、太鼓などの楽器もここに保管している。中部高原のチュオンソン山中（特にクアンナム省西北部）と南部ラオスに住むカートゥ族はこれより小さい「グオルの家」を共同の家としている。彫刻が多く、屋根に雄鶏や水牛の頭部の彫り物が飾ってある。中部高原の南部に居住するエデー族、ムノン族はこうした建築様式の「共同の家」を持たず、一般に「長い家」と呼ぶ非常に長い高床式家屋を住居、共同の家（公民館）として使用している。

※9 ベトナムには五四の少数民族がいて、そのうち中部高原には約二〇の少数民族がいる。中部高原にはオーストロネシア語族（マレー・ポリネシア語族）、オーストロアジア語族（南アジア語族）のモン・クメール語系が多い。中部高原最大の民族はザライ族で五一万余。

とに溶け込み、まさしくその山林自体から「生え伸びて」おり、人間の手を借りる必要がなかったかのように見えるからである。加えてもう一度、われわれは次のことを認めることになる——中部高原では、そのように、自然と人間はいささかも分かれていない。自然の創造と人間の創造は一つだ。どちらの側ももう一方の側にいささかも付け加えていない。ザライ、ダクラクの広大な平原上の、中部高原のそうした基本的な原理に正しく出遭うことが出来る。無限に広がる広大な空間の間に、自然であるか人間であるか、あるいはその両方ともが、ともかく、独創性ではまったく劣らず、高さや鋭さで印象付けるのではなく、水平の広がりと、平らなことを特徴とする、異なる建築物をすでに創造しているのである——「長い家」もまた、それに劣らず魅力的で、すばらしい。誰もがエデー族[※10]のダム・サンの英雄伝の中の、この有名な詩文を思い起こすことだろう——「家は銅鑼《どら》[※11]の音のように長い」。ここでは、人々は銅鑼の音を測定の尺度にしている。なぜなら、広々とした平原は、どこまでが同じであるのかわからない。実際のところ、空間と時間の二つの尺度に従って、いつまでも低音の音の調べが止むことなく朗々と響いているという感覚を、それらの長い家々が非常にはっきりと引き起こしているのである。

　そうだ、中部高原はそうなのだ。ここでは、人々は、空間と時間が実は唯一の全一体であることをはっきりと知っており、彼らはこれを測ることが、あれを測ることであることを知っている。つまり一軒の家の長さはまさに銅鑼の音の響きであり、銅鑼の音の長いこだまであり、まさしく一軒の家の長さである。そして、私たちが知っているように、中部高原の長い家（一時代前に、アー・マー・トゥオット氏の家が部落の名前となり、その後、現在の中部高原の都市名となったが、その家の長さは二〇〇メートルあり、家族を集める際には、角笛を吹かねばならないほどであった）[※12]、中部高原の家が長いのは、家族が共同で生活し、大家族となり、父母が子どもを生み、子どもが大きくなり、妻をとり、夫をとり、家をつなぎ加え、一緒に生活し続け、子どもから孫へ、ひ孫へ、

※10 エデー族はオーストロネシア語族のチャム語族の一支族。エデー語（エデー語ではアナクデあるいはアナクデガー）を話す。ベトナム中部、カンボジア東北部、南部ラオス、タイ東部に居住する。ベトナム居住の人口は約三九万人（二〇一九年調査）。人口の七〇%がプロテスタントである。中部高原北部居住の少数民族が「共同の家」を持っているのに対し、エデー族の各氏族は「長い家」を持っている。彼らは子どもや孫が結婚して、独立する度に家を継ぎ足してゆく。

※11 銅鑼は石器時代から今日まで中部高原で冠婚葬祭の際に使用されてきた祭器、楽器（口絵8）。石製、銅製から今日では真鍮製の銅鑼になった。東南アジア各地に存在する。直径は二〇センチから六〇センチ。柔らかい布を巻きつけた木製の撥あるいは素手で打つ。大きな銅鑼は低音、小さい銅鑼は高音となる。石器時代から今日まで、新稲祭り、幼児の耳吹きの儀式（第18章参照）、墓捨て祭り、水樋祭り、新米祭り、米蔵閉め、水牛生贄祭りなど、中部高原の少数民族独特の儀式の際にこれを祝う祭器、楽器として使われてきている。民族によって、男性専用、女性専用、両性共用の祭器と分かれている。この中部高原の銅鑼文化空間が二〇〇五年、ユネスコに「口承傑作・人類無形文化」遺産として承認された。フエの宮廷雅楽に次いでベトナムでは二つ目の無形文化遺産である。

※12 エデー族の一族の大家族会議の招集を知らせる際には、銅鑼を鳴らしたり、角笛を吹いたという。時代をさかのぼれば、この地方の豪族、アー・マー・トゥオット氏の二〇〇メートルにもなる長い家があった。この人物の名前が、ブオン・マー・トゥオット（バンメトート）という都市名になった。バンメトートは一九七五年三月一一日に解放軍の電撃作戦で陥落し、サイゴン解放（四月三〇日）への道を開いた都市となった。

玄孫《やしゃご》へ…と続くからで、大家族がさらに大きくなれば、家はいつまでも長くなり続ける。

エデーの銅鑼の音はそのように何世代も続けて長く鳴り響く。家の長さも無限の…時間の中で一族の永久の存在の尺度となっている。中部高原の長い家の建築には、そのような、ひそやかであるが、深遠な哲理がある。さらに奥深い森の深遠な尺度…もある。

ところで、ここの生活の、別の一つの尺度について話してみたい――英雄伝の中でのことだ。時が至れば、私はきっと友人たちに中部高原の英雄伝と伝説、神話について、もっと多くを語らなければならないだろう。多くの互いに異なる尺度の中に無限に含まれていることがらについて語ることになるだろう。今回は、英雄伝を「歌う」方法について少し述べてみよう。

それはコントゥム省のおだやかなダクブラ川の岸辺にあるダクロア部落のことである。小さな鳥の巣のような部落が、この部分で川面に少し出っ張っている岸壁の上に、へばりついているかのようだが、その姿は一人の若い女性のように優雅であり、かつ一人の老人のように物静かでもある。典型的なバーナー族の部落であり、新しく、かつ古い部落だ。瓦屋根の家がまばらにあるが、ほとんどは高床式の家である。そして、もっとも興味深いのは、部落の配置のリズミカルなことだ。おそらく中部高原の人だから、ここまで巧みにできるのであろう。そこには人間の干渉の手がありながら、依然として宙ぶらりんのまま自然まかせのようでもある。そこでは人間と自然が二つに切り離されていない――それぞれ違う大きい家、小さい家、長い家、短い家、それらの高床式の家々には、リズミカルな無秩序さがあり、川沿いの部落の長さに従って走っており、あたかも一種の音符の記譜法に従って記された、時に低く時に高く、時に濃く時に薄くの音符のようで、決まりに従うかのようでありながら、自由奔放な音の調べであり、それは人間の音楽のようでもあり、森の音楽でもある。部落全体が、かなたの川の本流からの、かなたの森林からの、そのおだやかな川のこちらの岸とあちらの岸からの、軽やかで、深みのある、長く尾を引く一つの音の響きである。この部落の共同の家はおそらくコントゥムで現在、もっとも美しい共同の家の一つであり、また、たいへんすぐれた建造物である。小さいながらも、なぜか高くそびえている感覚をつくりだすものであり、かろやかに空高く飛びながらも、安定しており、か細いけれども、しっかりしている。あなたは次のことがわかるだろうか――中部高原では各民族は共同の家を持っているが、どの部落の共同の家も、どの部落の共同の家に似ていない、各部落の共同の家は、どれも部落の個別の容貌、個別のたたずまい、個別の精神を持っていて、同じでありながら、個別のものである。ここの人間もまた同様だ。共同体的性格は非常に高いが、各人はそれぞれ個別の運命を持っており、誰もが互いに似ていない。人間は共同体から離れず、いわんや共同体とは対立しないが、痕跡が残らないほど完全には共同体に飲み込まれない。あるいは、より正しくは、ここでは、誰もが、決して自分だけのことと、共同体の血肉の細胞であることとが「問題となる」とはまったく考えない――こうしたことは人類が失ってしまい、もはや近代社会では治療することができなくなったことのようである。

ダクロアの部落の共同の家はそうであり、ここに来るたびに、その共同の家に「出遭う」ことは、私にとっては感動の再会である。いつになったら再会できるのかわからなかった、親しい人に会ったようなものである。本当に久しぶりで、とてもなつかしい。そして、その共同の家の空間に足を踏み入れると、ここに来たことでだけ突然に一つのふんいきに目覚めさせられる。それは一つのふんいきではなく、一つの世界と言う方が正しいかもしれない。象徴的な一つの特別の世界、なにも特別に変わったことはないが、しかしそれはここだけにしかない唯一無二のことである。この部落共同体は、私がそこに一緒に足を踏み入れ、そこで一緒に生活することを許したし、時々、ここに立ち戻り、ここに帰ること、あたかも母のもとに帰るように、たとえ白髪になっていても子どもが母の元に帰ることが出来るように、村への帰還を許したのである。

まさに、その「私の」共同の家で、私は、部落の長老が英雄伝を歌い語りするのを聞いたのだ。その時、彼はダム・ノイを物語った。

…夜、共同の家の中には、部落中の人びと、長老たち、男性、女性、子どもたち…ほとんどすべてが顔をそろえていた。数個の甕酒《かめざけ》の甕《かめ》※13がすでに封を切ってあった。グループ毎に酒甕を囲んでいる。時に声高に、時にひそひそと談笑している。あらゆる種類の話がある。森の中で見つかった何か珍しい獣の話もある。鳴き声が不思議で、足の模様が珍しく、不思議な行動をする。いったいなんという獣か？　どうして獣はこの森にやって来たのか？　あるいは、見慣れた獣がなぜか久しい間、姿を消していて、今になって突然舞い戻って、これを見かけた人がいる。なんの徴候か？　稲の種まきの話が始まった。待ち望む雨は、なぜまだやってこないのだろうか？　大人になったばかりで、年長者への礼儀を知らない青年を叱ったり、忠告したりする話。ラジオで聞いたばかりのハノイの話まで出る。アメリカ、中国…と国際的な話題も出る。時おり、共同の家の端にいるグループの娘が、どんなきっかけからか、突然、歌声をあげる。あるいは、彼女はいつの間にか酒のにおいを嗅いでしまったために、心に芽生えたばかりの秘密をおさえることが出来なくなったのであろうか？　歌の調べは高く、ろうろうと悲しみを帯び、家中をいっとき静まりかえらせた…それから歌声は始まったときのように突然、消える。だれもそれがどうしてなのか、わからない。また談笑が始まる…しかし、しばらくすると、また、同じように、不意に消える。そして誰かが突然床を数回強く打ちつける。それが示し合わせた合図であるかのように、家中に散らばっていた各グループが突然、連れ立って一ヵ所に集まる——共同の家の中心の台所の火の場所に。今、われわれにようやくわかった——つまり、今夜のこれまでの中心人物がそこに座っていた。部落の長老である。矍鑠《かくしゃく》として、髪の毛が短く、あごひげを生やし、中部高原の雄大な長歌の中の勇士のように美しい一人の老人である。そして、この時になってようやくわれ

※13　甕酒は、ベトナムでは若干の少数民族がつくり、愛飲する酒として有名である（口絵5）。北部ではかつてのヴェトバック自治区に居住するターイ族などの甕酒が知られているが、中部高原では、エデー族などいくつかの少数民族の愛飲する地酒として知られている。酒甕の中で発酵させ、甕に何本も管（ストロー）を差し込んで車座になって順番に飲む。最初は長老ならびに招待客が口をつける。本書では、この甕酒にまつわるエピソードがふんだんに盛り込まれ、中部高原の少数民族の人びととのさまざまな思い、喜び、悲しみがこれらのエピソードを通じて伝えられている。

われはふと思いつく。日暮れ時から今までの多くの活動のすべては、非公式の前奏曲に過ぎなかったのだ。今夜の中心的な出来事は今、始まったばかりである――部落の長老が英雄伝を語る！ダム・ノイの英雄伝を。

みなさんは今や中部高原に身を置いている。まず、最初に、みなさんがびっくりするであろうことは、たとえば、ダム・ノイはバーナー族[※14]が慣れ親しんだ英雄伝であるが、部落毎には、すでに数千回とまではいかなくても、数百回は確実に語られてきたのである。にもかかわらず、いつもその話は新鮮で、不思議であり、初めて聞くかのようであり、熱狂する話である。なぜなのか？中部高原にとって、英雄伝を語ることは、完全にはそれを語ることではなく、けっして英雄伝を語ることだけではない。それはけっしてわれわれが「文化活動」として慣れ親しんできたような単なる一種の「文化活動」だけでもない。それは何か、それをはるかに凌駕するものである。そして、私はここで、つとめてそれについて話してみようと思う。

長老は水キセル[※15]の管をたたいて、口から離し、共同の家の台所の火打ちの神様が使う石を軽くたたいた[※16]。たたいた音は弱いが、響き渡る音だった。みな沈黙した。彼は居住まいを正し、咳払いをして、声を整えてから、歌い始めた。実際のところ、英雄伝をどのように語るのが正しいかはわからない。歌う。長老の声は朗々と響き、曲の一節一節を同じように発したあと、時々、すばやく声を高め、そして、声を落とす。単調な歌いを続け、さびしい調べとなり、突然、高く、速い調子になり、そして、息をひそめ、それから、またそのように繰り返す。声はまた低くなり、ひそひそと話す調子になる。歌の調べは手順に従ったものであると同時に、即興のものでもある。そして、たとえ、言葉がわからなくても、人物の外形、心理、そして運命の変転までも多少は想像することができる。時には、歌声が、か細くなり、完全に途切れようとする――人物の話と運命はけわしい道のり…にさしかかっている。歌い方は独特であり、不思議なものであり、いつの時代から伝わったものなのか、あるいは、まさに今夜、造られたものなのか？

演劇もある。劇は生き生きとしている。一人で、長老一人で物語りし、同時に多くの役、主役と敵役を演ずる。長老の語りは、対話であり、時には多くの人の語りとなる。激しい口論、あるいはさわがしい話し合いもある。心配しているか憤激している大勢の人の荒っぽい話し声となるからである。対話の言葉は語る人の表情に表れる豊富で連続的な変化によって、腕を使い、時には全身を使った動作全体によって補われる。時おり、長老は立ち上がり、歩をすすめ、想像の空

※14 バーナー族の人口は二八万六九一〇人（二〇一九年）。大半はザライ省（約一五万人）、コントゥム省（約五万四〇〇〇人）に住んでいる。オーストロアジア語族のモン・クメール語系で、キリスト教（カトリック）信者が多い。コントゥムには大きな教会がある。どの部落にも大きな共同の家がある。かつては大家族制で、バーナー族の高床式の住居にも数百メートルの長い家があったと言われるが、現在は大家族制はなくなり、家も七～一五メートルくらいの長さである。

※15 水キセルはベトナム語でトゥオック・ラオ、すなわちラオス・タバコの意味で、元々はラオスから入ってきた入った水タバコを指していたらしい。

※16 少数民族の家庭、あるいは中部高原の共同の家では、台所にかまどがあり、かまどでは三個の石の頭を三方から集めて鍋を置く囲炉裏をつくる。長老はその一つの石にキセルを軽く打ちつけたのである。

間の中で手足を大きく揺り動かす。部落の庭、森林地域、各人物の生死を賭けた戦いが起こっている広大な草原地帯などがその舞台である。ある時には、長く続く道で、われわれの人物が一人でその定かではない道をさまよい歩く。中部高原の人びと、とりわけバーナー族の人びとはもともと、さまようのが大好きだ。私は彼らについてとても驚いたのだが、彼らは生まれついての旅客であり、彼らにとって人生を過ごすということは、決まりのない放浪のことであり、偶然にまかせることであり、偶然こそが何物にも代えがたい、良いことであるとの絶対的な信念がある…。

語りの言葉に伴奏する楽器はないが、それでも楽曲はあるのだ。われわれが交響曲を聞く時と同じように。一楽章が終わると静寂がしばし続く。そして、私たちがお話が終わったと勘違いしている時に、すべての人が静寂を保っていることに驚く。交響曲が終わったと思ってあやうくあわてて拍手しそうになるわれわれと大違いだ。中部高原の人は交響曲に精通している。彼らはわれわれのように勘違いしない。彼らは二つの楽章の間の休みには、静寂を保つ。謹んで、新しい楽章の始まりを待つのだ。まさにその時、われわれはようやく、実は広大な交響曲の調べが、ダム・ノイ青年の艱難辛苦と英雄的な運命の歩みに沿って、彼の冒険に沿って、奏でられていることを知ることになる――それは、部落のはずれに据えられた水を引く樋から聞こえる、気長な、親しみやすい水音、夜が更けるにつれて、いっそう澄んで、限りなく清澄になる水音であり、夜陰にまぎれて共同の家の屋根の上をすばやく飛び越え、遠くの森の中に消えていく小鳥の羽ばたきの音、それはすべての人の心を乱す羽音であり、なじみ深い、親鹿が夜ごとに小鹿を呼ぶ鳴き声、それは悲しげで、ふと心をよじらせるような不安を引き起こす鳴き声であり、川の岩礁の周りをたゆたい、ためらいがちに半ばとどまり、半ば進むせせらぎ…そして、そうしたすべてを包み込む、母なる森が永遠にささやきかける声、遠い過去から今まで、はるか昔のダム・ノイの時代から、今夜、共同の家の片隅の暗がりの母の背中でこっくりしながら眠っている子どもまで…中部高原の人ならだれでも聞けばわかる生活の土台となる言葉である。

…夜は明け方にさしかかっている。長老は話すのを止めた。みんな、ゆっくりと立ち上がった。遠くのどこかで、森の中から森の野生の鶏が鳴き声をあげた。長い家の継ぎ目から、山の頂に雲がたちのぼるのが見える。コンカキンの山頂が赤みを帯び始めた。人々は続々と階段を降りて、それぞれの家に帰った。しかし、ダム・ノイの話はまだ終わってはいない。始まったばかりである。明日の夜、明後日の夜…長老は引き続き歌い、一〇夜を経て、ようやく終わる。中部高原の各部落の昔からのしきたりでは、いつもそうであり、英雄伝を歌い語りするときは、ある一つの英雄伝をいったん語り始めたら、一〇日間、あるいは数十夜かかっても中途で終わるようなことはしないというのが不変の原則だ。この日の明け方が終わると、また次の明け方まで、歌い語りを最後まで続け、終わりまで聞き続けなければならない。この世界のだれでも、この無限の宇宙のあらゆるものは、そして、英雄伝の中のどの人物も自分の運命を最後まで行きつき、だれもが中途半端に終わらせることはできない。ここでは、英雄伝は芸術であるだけでなく、それがまさに人生であり、昔も、今も、これが実際の人生である。そして、人生には、それ自身の不可抗力の規律があり、人間の運命はそうである――いつもそれがどれほど苛酷であっても最後まで行き尽さなければならない。いかなる人物でも自分の決められた運命にあらがうことはできない。英雄伝はそうではなく芸術であるだけではない。英雄伝は人生であり、まさしく人生そのもののように美しく、厳格なものである。

…別の機会に、今から一〇年ほど前に、私は英雄伝の歌い語りを聞くことができた。この時は、エデー族の地域で、語り部はアマ・トン老、バンメトートから遠くないアコドン部落のアマ・フリンの家であった。

エデー族の長い家にはクパンという長椅子がある。一種の特殊なディバン[※17]である。長くて、時には一〇メートル以上になり、厚さ二から三タック[※18]、両端と真ん中に短い脚が付いている。特に、この脚は組み込みではなく、同じ一本の木材を彫ったものである。これは必ず銘木でなければならず、樹齢数百年の古木の原木からとった木材である。私はかつてクパンの中でもっとも偉大なものをコム・モルン・プロン部落で見たことがある。コム・モルン・プロンは大きな森の意味である。大原始林である。大原始林から取ったものでしか、このような大きさのクパンは作れない。いまやどこでこうしたものを見つけることができるのか。

クパンはエデー族の長い家の神聖物、もっとも神聖なものである。森の神に、大きく高貴な木を切る許しを請う儀式が必要である。木材を削ってクパンができあがるまでの全過程には多くの儀式がある。そして、もっとも荘重な儀式になって、部落中が手を貸してクパンを家まで運び入れる…のである。長い家の中でクパンはもっとも高い名誉を有する地位にあり、高貴な客人だけに用意され、大きな儀式で鐘を鳴らすために配置される。われわれが知るように、鐘を鳴らすのは、人が神霊と交わるために必須の方法である。

その日、アマ・トンはキン・ズーの英雄伝を歌い語りした。ダクロアのバーナーの長老とは違い、アマ・トンは大きなクパンに座らず、横になっていた。彼は古いエデーのやり方を踏襲し、刺繍された毛布をゆるくまとい、頭を高い枕に乗せ、銅製の精密な文様を彫ったきせるを手に持っていた。長老アマ・トンは八〇過ぎで、頭の毛は真っ白、清潔で、高貴で、服装から姿勢までたいへん荘重で、仙人が天からこの長い家…の間に降下したばかりのようである。四方から集合した子孫たちは、クパンの脚もと、小さな稲の山と管で飲む酒の甕の傍らで、その古くて気品のある酒甕、すばらしくおいしく、濃くて、のどにしっとりからむお酒が、この大切な機会…に特別に開けられたのだ。キン・ズーもまた数十夜連続して語り続けねばならない。非常に特殊なことがある――エデーの長老は英雄伝を歌い語りするとき必ず、眼をつぶる。どうしてそうするのか？　なぜなら、正しくは、長老は歌い語りしているのではなく、すでに存在し、暗記している文書を物語っているのではないからである。アマ・トンは暗記しない、暗記する必要はない。キ

※17　フランス語 divan。クッション付きの長椅子でベッドになる。
※18　ベトナムの古い度量衡の単位。一タックは約四・二五センチ。クパンは木材からつくるので木材の長さで測るが、布の場合は約六・四五センチとなる。この場合、クパンの厚さは約八センチから一二センチとなる。

ン・ズーは長老の血の中にある。伝来の衣服をまとい、神聖なクパンに身を横たえ、子孫がそのまわりを囲んで待っている。アマ・トンは目を閉じる。そして、すべてのことが、キン・ズーの不思議な人生のすべてのことが、浮かび上がる。長老の眼前で生きて立ち上がる。まさしく現実そのもので、日常の煩雑なあらゆる現実のことよりも、いっそう現実的なもののすべて、すべてが厳然と現れる。そして、長老はすでに存在する歌を歌うのではなく、彼がその目で見ているすべてを、その耳で聞いているすべてを、みずからの手でさわったすべてを、熱心に聞いている子孫に語り聞かせるのだ。エデーの英雄伝は一つの不思議な芸術である（他に代わる言葉がないので、やむをえずそのように呼ぶ）。演技者の閉じた両目の前で実際に演じられている「まぼろしの現実」の上に、史実にもとづく言い伝えの物語を歌いながら、毎回、それを即興で作り直し、創作する。現実と幻想が互いに一つに融合する中で、物語が形となり、即興で創作されるのだ。毎回、再生され、生き返る。はるか遠い昔の話でありながら、かつ、今日の生々しい出来事でもある。

　中部高原の人はそうである。彼らは同時に生きることが可能だ。何もないように自然に、空間と時間の二つの中に、並列ではなく、一つに融合するように。

　私はまた、英雄伝が焼畑[※19]で歌い語られることを知っている。播種・刈り入れ、あるいは収穫の季節に入ると、部落人はかなり長期間、集中的に生産現場、焼畑の小屋で生活する。焼畑では、英雄伝を歌い語りするときには人々は絶対に火を付けないで、夜のとばりをつくりだすようつとめる。人間が、語る人も、聞く人も、無限の時空の幻想世界に完全にわが身を置く。

…最近、私はアコドンに戻った。長老アマ・トンは亡くなっていた。アマ・フリンもかなり老け込んでいて、髪の色も変色していたが、依然として屈強であった。そして、私がこの数十年の間、すでに承知してきたように、実に才能豊かなこの一人のエデー人、アマ・フリンも英雄伝の歌い語りを知っており、キン・ズーも、ダム・サンも両方とも巧みである。いつの日か、もし私がまた戻ったり帰ったりする機会があれば、アマ・フリンが古式のエデーの服装をまとい、依然としてそのままそこに、置いてある、高貴で、荘重で、神聖なクパンに身を横たえて、目を閉じ、ダム・サンの真実よりも真実の、幻想の世界に、私たちを送り込むために一心不乱のアマ・フリンを見ることになるだろう…。

中部高原の英雄伝は質素で、風変わりである。それは私たちに森の限りない賢明な尺度をさらに計らせることになるだろう。私たちが見たことだが、中部高原の人は英雄伝を語らない、単純だが、より深いわけがある。彼らは英雄伝を生きているのであり、彼らは芸術を演じるわけではない。彼らは、毎日、質素に芸術を生きている。そのように生きることを知る民族は、私は信ず

※19　焼畑は山岳地帯に古くから普及した農業耕作形態であり、耕作する畑を事前に焼き払うことから自然を破壊する野蛮な農法のように誤解されることが多いが、山岳・丘陵地帯ではこの農法が適しているという考え方も多い。中部高原の少数民族の焼畑農法では、年毎に、順繰りに焼畑耕作畑を移動し、約一〇～一五年の周期で一巡する。こうすれば最初に耕作した焼畑の自然は一〇～一五年を経過して、自然がよみがえっており、肥沃な畑を提供してくれる。

るのだが、けっして滅びることはない。要は、英雄伝が生き残ることである。

第2章

古木の森の木彫り

一度、だいぶ前のことになるが、私はヌップさん[※1]と一緒に彼のストール部落に出かけた。平和な一〇数年が過ぎ、多くの職責を経てきたのに、かの老人は都市にどうしてもなじめない。ひそかに部落をなつかしんでいる。そして、森をなつかしんでいる。

「ストールに帰って、遊ぼう」——彼は誘った。「帰って、焚火をし、甕酒を飲もう」

甕酒はプレイクにもある。しかし、焚火はない。家はレンガ造りで、壁はセメント、床はつやのあるなめらかな板張り。どこで焚火するのか？　老人は火を欲しがる。甕酒はかまどのそばにある。生活の中の火の価値を知らないものは、中部高原の人間のことを何も知らないことになる。中部高原の部落の一つの家族は、一つの戸ではなく、一つのベップ[※2]と呼ぶ。ただ煮炊きするため

※1　ヌップは実在のバーナー族の人物で、抗仏戦争で活躍し、「英雄」の称号を授与された。グエン・ゴックの小説『祖国は立ち上がる』（一九五五年にベトナム作家協会賞受賞）の主人公。

※2　ベップはベトナム語で台所、かまど、コンロのこと。

だけではない。煮炊きをしなくても、高床の家のかまどで火を燃やす。そこでは炎は生きており、一晩中、時には燃え上がり、時にはとろとろ燃える。その間、外界はといえば、四方がうっそうとした、広大な薄暗闇に包まれた、神秘の森である。中部高原では森がすべてであり、つつみこまれ、とりつかれ、まどわされ、沈められる。人間は森の中に溶解し、森から切り離せない小さな部分となり、かつ、みずからを森とは区別しようとしている。火によって。

一九五四年になり、北部に集結[※3]したばかりのころ、数年の間、ヌップさんは奇妙な病気にかかったことがある。いつも息苦しく、眼がかすみ、優れた医者も何の病気か、診断がつかない。どんな処方や治療でも効果がない。のちになって、彼が学んだ学校（当時、彼は少数民族の幹部のための特別の文化補充学校で学んだ）がハノイからホアビン[※4]に移った。ホアビンにはまだ電気がなく、山や森は寒かった。各部屋では昼夜、火を燃やさなければならなかった。すると、彼の病気はすぐに治った。身体は頑強になり、瞳には輝きが戻った。つまり、彼には森が不足し、火が不足していたのである。

「ストールに戻って、火を燃やし、甕酒を飲もう！」――彼が声をひそめて誘った。

こうした誘いをことわるのは非常にむずかしい。

プレイクからストールまでは九〇キロである。省の戦線事務所[※5]から借りたU・OAT[※6]で行く。私たちは肝をつぶすことになった。このおんぼろ車は走りながら、森のマラリアで発熱した人のように全身を震わせ、フーフーとうめき声をあげた。運転手もバーナー・アラコン族であり、つまりヌップと同じ部族だが、たいへん奇妙な運転をする――マンヤン峠を下るのは、危険なことで有名であるが、彼は舞いを舞うように走り、車を道のこちら側に寄せたかと思うと、次は車を傾けて向こう側に寄せるといった具合だが、両側とも、くぼんだ深い谷に沿っている。一〇キロ余りずっとそうだ。峠の麓に着くと、車を停めて、ようやく安全を宣言した。――車は元々、ブレーキが効かなかったのだ。峠を下るには、そのようにぐるぐる回る方法で、速度を抑える必要があったのだ!

ヌップさんはほめた。

「君はたいへん上手だ」

それから、彼は言った。

「さあ、それでは道路わきの茂みを探して、車を隠そう」

※3　一九五四年のジュネーブ協定でベトミン軍とフランス軍の休戦にともない、フランス軍は本国への帰還のために南部に集結、一方、主に南部の戦場で闘ったベトミン軍の戦士約八万人は北部に集結した。いわゆる兵力引き離し措置だが、南部で闘ったベトミン軍戦士の一部は現地にとどまり、南部の革命闘争の中核として活動した。

※4　ホアビン省の省都ホアビン。ホアビン省は北部ベトナムの西北地域に位置し、山岳地帯が多く、少数民族ムオン族の居住地域でもある。省都ホアビンは、ハノイから約七五キロ。

※5　祖国戦線のこと。一九六〇年一二月創立の南部解放民族戦線は南部解放と統一実現後、北部の祖国戦線と統一した。

※6　ウーアット。旧ソ連製のジープ。ベトナム戦争中にソ連の援助物資としてベトナム側に供与された。

私は驚いた。

「まだストールまでは遠いのに？」

彼は眼を細めた。

「ハータム部落に寄って遊んでいこう。明日か、明後日に行けばいい」

私はそんなに不思議には思わなかった。知り合ってから五〇年余りになり、私は彼の性格を知っていた。バーナー族の他の男性たちと同様に、彼は、風のように放浪する、放浪癖を捨てることはできなかった。どこででも出会い、そこに立ち寄る。目的もなく。あるいは、より正しくは、一つの目的、放浪である！　何事もけっして事前には決めない。決めたことにはこだわる。わが身を偶然にゆだねる。そして、一つのことを不動としている――偶然は、いつでも、あらかじめ決めておくよりも良い。かつて、彼とともに物見遊山、余興の旅をしたことがあるが、私にはその経験豊かな年寄りに理があることを知っている。まかせて、もう一度、彼に従ってみればわかると思った。私は、何かしら不思議なこと、思いがけない興味あることに出くわすことになるだろう…。

彼は私の手を引いて、ささやいた。

「このハータム部落には、たいへんおいしい酒の麹づくりを知っている人がいる。寄って、味見をしてみよう。そして、少し分けてもらおう。明日か、明後日、ストールに帰ればいい。あわてることはない」

私は酒の味がわかる人間ではないが、多少とも中部高原にかかわったものとして、甕酒についても何も知らないわけではない。そして、いかなるお酒もそれぞれの特殊な秘密を保持しているのであれば、甕酒の秘密とは、まさに森の秘密である。森はそれ自体であり、もともと森であるだけである。なにも「加工」されておらず、すでに「酔う」という意味があり、迷であり、忘であり、愚である。中部高原の多くの言葉の中で、「森」という言葉は「愚」、「野生」という意味もあり、「狂」、あるいは「魔」と同義語である。中部高原の人は森を忌み、秘匿された境界が人々を迷わせ、自分を失わせると考えている。たとえば、未開、狂、魔を恐れる。同時にそれに引き付けられ、魅了され、惑わされる。ちょうど亡霊に惑わされるように。つまり、森はそれ自体であり、まだ何も加工していないのに、すでに酒になっている。ましてや、甕酒は森から搾り出した、もっとも濃厚なエキスであるからだ。

人びとは甕酒の麹を森の各種の木の葉、木の根、木の皮などで造る、バーナー人ならだれでも知っていることである。しかし、それぞれの人がみな一つの秘訣、なんらかの麹をつくる一つの方法を持っており、それぞれ個別の酔いかたをつくりだすか、あるいは、徐々に、ゆっくりと、申し分なく、まろやかに、何でもないかのように思い込ませ、分別を失わせ、人をだめにしてしまう、あるいは、頭を稲妻で一撃するように激しく、あるいは、心が軽くなる状態を引き伸ばし、何でもないことでいつでも酒を断ちきって覚醒できるかのように思い込ませる…その意味は、女性が、女性の愛情が、各人各様で、われわれを愛に溺れさせるのとまったく同様に、千差万別である。

「ハータム部落には、たいへん不思議な酔いかたをする麹をつくる者がいる。味わってみないか?」——ヌップさんが目を細めて尋ねた。

当然、拒否はできない!

ハータム部落は、一九号道路から直線距離で数キロ足らずであり、ごつごつした、滑りやすい石が突き出た二つの小川を渡り、銀梅花やムアザイ[※7]の木が生い茂るでこぼこの丘を越えるのだ。

ヌップさんが言った。「部落は戻ってから、まだ一ヵ月ばかりで十分に家ができていない」

部落が離散し、また舞い戻ったことは、私も知っていた。

理由はこうである——一九七五年から間もないころのことであった。各部落が高い山の上での焼畑をやめ、低地に降りて、数十の小さな部落をまとめて大きな部落にし、開墾して、水田耕作をしようという方針があった。応じるものは少なかった。しかし、応じないでいることもできなかった。「運動」あるいは「志願」と言ったが、だれも公然と従わないことはできなかった。ひそかに抵抗する人はいた。あるいは、集められると、逃げる。時には数家族、時には数十家族が逃げ出して、高い山に登った。連れ戻しても、逃げ帰る。党支部や団体、中心人物が点検し、批判し、警告、規律処分、除名した…が、それでも安定しなかった。

私は中部高原にはすでに長いが、バーナー人ほど自由人はいないと思っている。芸術家的な民族の中でもっとも芸術家的な民族である。遊び好きで、放浪好きで、物見遊山、歌舞、恋愛が好きである。血液の中にしみ込んで、本性となっているかのようである。あるいは、考えられる一つの哲理としては、適当に食べられる分だけ働いて、少しくらい不足してもかまわない。それよりも、時間をつくって遊ぶ――それが幸せ。これが間違いだとは必ずしも言えない。この考え方が？

そして、そのほかの具体的な哲理についても――焼畑農業は森を破壊するか？　この数千年間、バーナー人は焼畑をしてきたが、森は破壊されていない。この数十年間、森をもっとも凶暴に破壊し、もっとも損害を出したのはキン人[※8]である。けっしてバーナー人ではない。

水田耕作も、もちろん、悪くない。しかし、水田耕作ができるところもあれば、焼畑をしなければならないところもある。森は人間に食べ物を与える。ちょうど母親が子どもに乳を吸わせるように。そして、われわれに甕酒を与えて酔わせる、女性がわれわれに対してするように。どうして、森を捨てて、すべてを集中させて、街の通りのような、大きな、横一文字になった部落をつくって、ばらばらにし、喧噪を引き起こし、そして悲しくする必要があるのか？　森を離れれば、やがて、甕酒も捨て去り、コメのお酒を飲む。銅鑼を捨て、カラオケで歌う。ソアン[※9]を忘れ、ツイストを踊る。

※7　ムアザイはシャクナゲの一種で、通称インド・シャクナゲ。紫色の花弁が美しい。
※8　キン人（キン族）はベトナムの多数民族で、全人口の八六・二％を占める。
※9　バーナー族の代表的な群舞。収穫の祝いの祭りなどに踊る（ソアン祭り）。

低地への移住、水田耕作、集中部落への囲い込みの「運動」[※10]と天賦の自由の人々の抵抗は数十年間、膠着状態であり、熱く燃え上がる時もあれば、とろとろと下火になる時もあった…最後に勝利したのは、実際に生活し、自然に生きている側だった。人々が囲い込みを突破し、古い部落に駆け戻るのを認めざるを得なかった。お祭りのように愉快だ！　南部解放の日のようだと言う人もいた。

ハータム部落は戻ったばかりだ。部落の人はまだ家づくりが間に合わず、戦争のころのようなあばら家を建てたばかりであったが、共同の家はすでに建て終わっていた。集中部落にいた数年間も共同の家はあったが、実にみすぼらしく、わらづくりで小さく、鉄板の屋根で、部落の隅にひっそりとたたずみ、キン人の廟によく似ており、倉庫のようにも見え、暗く、静まりかえっていた。今は、すでに戻ることができたのだから、住まいの方は短期間は何とでもなるが、大きな高く聳える、美しい共同の家は必要だ。今まさに鳥が飛び立とうとして鞭の音のようにビューという音を立てたかのような、いかめしいが軽やかで、威厳があるが親しみの情があり、親密である、そんな共同の家が必要だ。作り方も正しい型に従わねばならない――絶対に一本の釘も使わず、のみも、のこぎりもいっさい使わず、一丁の斧だけで、そしてもっぱら籐で縛る。

ヌップさんは私に告げた――もうずっと長い間、語ってきたことだが、ハータムの人間はようやく、こうした共同の家づくりの際のように、厳格に、しっかりと規律を守るようになったのだ。なぜなら、今度つくる共同の家は、あらゆる強制をはねのけて、祖先の土地に戻った、部落の勝利を記すものだからだ…。

ヌップさんは共同の家に私を連れて行った。少しすると、各家の部落の人たちがヌップさんの帰郷の知らせを聞いて、続々と集まってきた。少数民族の言葉で、消息をさわがしく尋ね合う段になると、私は「ウー、オー」のたぐいで、わかる言葉もあれば、わからない言葉もある。なんとかわかったのは、人々が勝利して、部落に戻ったという話をしていたことぐらいだ…家の中で焚火が燃やされた。一〇分ほどすると、一人の青年がうやうやしく甕酒の甕を両手で捧げ、持ち上げた。しばらくすると、別の青年が二つ目の甕を持ち上げた。そして、三つ目の甕、四つ目、五つ目、六つ目…一〇個目。やっぱり、これではストールに早く行くことは望むべくもない。すでにお話ししたように、こうした人たちは、ぐずぐずし、放浪することを生きる目的にしているのだ…。

人びとは渓流の水をいっぱいに入れた大なべを担ぎ上げた。ある者は酒の甕に蓋をする葉っぱを探しに行き、ある者は甕に巻く紐を探しに行った。そしてまたある者は小さな弓を手にして、にわとりを仕留めるために追い、首を縛り付け、それから、おおざっぱに羽をむしって、すぐに火で焼いた…そして、瞬く間に甕酒のにおいが、共同体の長い家いっぱいに濃くたちこめ、材木のにおいや茅のにおいを完全にさえぎった。そして、のどを鳴らす濃くておいしい最初の酒を

※10　バーナー族の部落を解体し、平地にキン族と同じような煉瓦づくりの集落をつくりそこに住まわせること。

すすった人特有の、酔った人の、低いぼそぼそとしたバーナー語の話し声が聞こえてきた…。

人びとは二つの長い列をつくって座り、その間には、酒の甕の列がある。共同の家には常に家の間を縦に走る手すりがあり、こちらの切妻屋根の端からあちらの切妻屋根の端まで連なり、その間に空いたスペースをつくり、通り抜ける通路としている。まさにその手すりを立てた材木が、人びとが酒の甕を縛る場所である。その端の通り道として空けている場所には人の胸の高さまである大きな円柱が置かれているが、その円柱に、誰か知らないが木彫りの像を彫りつけていた。

私はヌップさんが回した酒の管を手離し、円柱の上方を見て、驚いた――すばらしい木彫りがある。下の部分は、逆さにしたノン[※11]の形を支える台座である。その上には一匹の猿がいる――あるいは一人の人が、――しゃがんで、両手であごを支え、二つの頬骨は高く、白目がちの両目が、無限のかなたをじっと見つめている。ロダンの「考える人」がすぐに連想された。ただ違うことがある――ロダンはその特徴がより細やかで、腕や不安げな顔面の筋肉が一つ一つ彫られている。ここの、私の、バーナーの考える人はそうではない。共同の家をつくるときも、中部高原の人の像をつくるときも、ただ一つの道具を使うだけである――斧である。斧で不思議なほど巧みに、彼らは大きな木片を力強く、大胆に、断固として一つ一つ解体し、大きな丸い木材を切り出して、人間の顔立ちと全身を浮き彫りにして、森の木材からそれを解放し、世間に公開するのである…。

私の眼前にあるものは、一匹の猿であるか、一人の人間であるか？　そして、その不思議なほど生き生きとした木彫りの人間は今、どこを見ているのか、何を探しているのか、そして、どうしてそのように痛ましいほどにじっと見つめているのか？

私は、見識のある専門家たちを含め、多くの人たちが中部高原のかなり有名な膝を抱えて座る人間の像を解説するのを聞いたことがある。ある人は、それは人間に近い森の生き物、猿であるとみなす。それはまさしく森の中にいる人間のようであり、すでに述べたように、森は中部高原の人びとを惑わすほどにつきまとう存在である。次のように言う人もいる——いいえ、それは人間です。無限のかなたへの不安を示しているのです。その白目の多い両眼をじっと見つめれば——そのように不安を覚える、無限の世界の意味を尋ねたいだけなのです。しかし、次のように言う人もいる——私個人はどちらかと言うとその意見に傾いているのだが——それはまさしく苦しげな、丸くなった胎児の姿勢である。それは人間となる象徴である。世界への美しく、苦痛に満ち、謎の多い「人間の出現」を示すものである。生命の神秘的で、神聖な誕生…である。中部高原の人は感覚的には、すれっからしの穢れた工業化された世界に染まっておらず、原始時代の感覚のままであり、木材の材質に、そうした人生のもっとも美しい秘密を感知し、つくりだしたのである…。

私は驚いた。

誰がそれを彫ったのだろうか？

※11　ベトナム農民の菅笠。日除けやうちわとして、また物を入れたり、水を飲むときにも使う。

実に興味深い。私の中には欲深い気持ちの火が焚きつけられた——中部高原の木彫りを所有したいという気持ちである。中部高原の一つの木彫りが応接間、あるいは自分の仕事机の傍らに置かれている。これに勝ることがあろうか！　バーナー、ザライ[※12]のお墓の家の区域を何度となく通って、すばらしい木彫りを見たが、それにかかわることは思いも寄らなかったし、その像を手に入れる気持ちも起こらなかった。それは神聖な領域であり、魔界のものであった。

しかし、これはお墓の家の像ではなかった。そして、その作者は確かに部落の中にいて、私のまわりの酒の甕の傍らで、足をふらつかせている人々の中にいるかもしれない。彼は他の像を家の中に置いていているかもしれない。上手に尋ねて、言葉巧みに買い取るか、あるいは、彼に他の像をつくるように注文する。腕は承知であり、信頼に足る。傍らに座っていた一人、まだたいへん元気そうなお年寄りが酒の管を離した機会に、私は像を指さして、尋ねた。

「その像は、誰がつくったのだろう？」

「あそこの隅っこに座っているあの男だ。白い服を着ている。わかったかい？」

私は少し驚いた。それはおよそ二五歳か二六歳の、背が少し低く、非常に素朴で、まじめそうな青年であった。彼は両手に酒の管を持って吸い込み、眼が気持ちよさそうに、うっすらと開いていた…。

あの人物が奇妙な木彫りの作者なのか？…中部高原ではどんなことにも驚いてはいけないと私は知っている。私にはフランス人の高名な民族学の学者の知り合いがいる[※13]。彼は中部高原に数十年間住んでいた。彼はムノン族に関するたいへんすぐれた本を書いている。その本の名前は『日々の不思議』である。ここでは毎日が不思議である。ここでの不思議は日常である…。

しばらくして、最初の酒の甕が一回りして、酒が薄くなったため、人々は二つ目の酒甕に代える準備をした。つまり、まだ一〇個の甕がある。これはヌップさんをもてなすためだ。これくらいでは、まだまったく不十分だ。私はようやくその彼に徐々に近づいていき、一緒に甕酒を三回続けて飲んだ。それから、私は言葉巧みに話しかけた。

「あんたが、あの木彫りをつくったのか？」

「ああ、俺だ」

彼は一語一語を区切って答えた。バーナー人はいつもそうだ。非常に言葉少ない。せっかちになることはあまりない。

「とても美しい」――私はほめた。

※12　中部高原の少数民族のうち、バーナー族、エデー族、ザライ族はお墓の家をつくる。家人が亡くなると、死者が永遠の居所である森に帰るまでの間の居所が「お墓の家」である。この場所で盛大な「お墓を捨てる儀式」をとりおこなった後は、「お墓の家」に祭られていた死者は森に帰り、この「お墓の家」は打ち捨てられる。人々は「お墓の家」に手向けるためにさまざまな木彫りを彫って飾るが、「お墓を打ち捨てる儀式」の後は放置されることになる。「お墓打ち捨ての祭り」はこれらの少数民族の祭りの中でもっとも大きな、楽しい祭りである（口絵7）。

※13　ジョルジュ・コンドミナスのこと。

「そう、美しい」

また区切った物言い。

「もう一口飲みなさい」――私は勧めた。

「ああ、飲もう」

新しい酒がしっかりと飲みこまれるのを待って、私は本題に入った――。

「どうかね、家に他の木彫りがまだあるかね？」

彼は酒の管を握っていたが、突然、すばやく手を放し、振り返って、私を見た。彼の両目が突然、光を放った。彼は激しい口調で言った――。

「どうして、それを聞くのだ？」

私には何もわからなかった。どぎまぎして、大きな過ちをまた犯した――。

「あー、つまり、家にまだ他の木彫りがあれば、私に買わせてください…」

今度は、彼はすばやく立ち上がり、今まで座っていた木製の椅子をたたいて、大声をあげた――。

「でたらめだ！　お前はでたらめを言っている！　聞くこともでたらめだ！…」

それから、ドンドンと音を立てながら歩いて行った…。

私は周囲を見た。ふしぎなことに、私の周囲の人びともみな立ち上がっており、私を異様なものを見るように見つめて、怒りで顔を赤くしていた。そして、また、みんな行ってしまった…。

中部高原に私は数十年間いるが、今までこのような状況に陥ったことはない。私はどんな過ちを犯したのか？　私にはわからなかった。私は飲み会を駄目にしてしまった。私は、ヌップさんの面白い放浪の旅を断ち切ってしまった。なぜか？　私は何をしたのか？……

……その日の夜、ヌップさんは私を車のところに引き戻した。しかし、私たちは車に乗らず、すぐにはストールには戻らなかった。私たちは道路わきの茂みに座っていた。運転手が今朝ほど、おんぼろカーを隠した場所である。

そこに座って、森の夜更けの凍える寒さの暗闇の中で、ヌップさんが中部高原のもう一つの奇妙な事柄を私に教えてくれた。ここの生活と人間の本質の中に深く根付いた奇妙な事柄である。そして、私は数十年間、中部高原で苦闘してきて、自分は中部高原の人間になったと思い違いしていたが、実は愚かにもまだ何も知らなかったのである――。

中部高原にはプロの芸術家はいない。人々は芸術を生業《なりわい》としない。芸術は絶対に一つの職業ではない。芸術は生活であり、生き方であり、それだけである。呼吸であり、空気である。

神聖な折々――部落の共同の家の建設は一つの神聖な出来事である――人々は芸術をなすのである。

だれがなすのか？

誰か一人が、だれでも。

だれか一人がその神聖な機会に「臨機応変」におこなう。あるいは、その人物は以前から今までまだ木彫りをつくったことがない、まだ木彫りの造り方を知らないのかもしれないし、また、木彫りをつくることを考えたことがないかもしれない…部落が共同の家をつくることになった夜に、重大な出来事の神聖で、神秘的な雰囲気の中で、突然、彼の中に入り、彼の中に乗り移ったのである。そして、止めることもできず、彼は不意に立ち上がり、斧を持って、まっすぐに森に入り、一人で、この機会にかなうようにいつごろか自生したその木を見つけたのである。彼は切り倒し、斧の刃で切断し、突然、不思議なほどの巧みさで木の幹から像を「抉《えぐ》り出した」のである。「抉り出す」、その通りだ。生霊が自分を胎児の姿勢の中に巻きつけているのだ。それは生命の美しさの象徴であり、その成長であり、すでに木の幹の中でそのような形でいつからか横たわっていたのだ。今日、まさに今日、彼は生霊に指定されて、部落の、このもっとも重大な機会にそれを抉り出したのだ。

中部高原では、そうであり、人々は芸術活動をとどめることができず、続けていた。みずから露呈し、表現し、さらけ出す渇望が突然やってくるので、それをこらえることはできなかった。中部高原のお墓の家を注意深く見るといい。博識な専門家たちにまかせて解説させると、どれが猿の形で、どれが人間が沈思黙考する形であるか、どれが生成過程の胎児の形か…実はそれらは、何にも似ていなかった、それらは現実を書き写したのではなかった。それらは何かしら神聖な機会に刺激されたために、突然、わき起こってきた渇望の爆発にすぎない。やってきて、それから立ち去る。時にはいつまでも、いつまでも、その一分間の突然の才能豊かな芸術家は、もはやけっして創作することができない。けっしてプロとなることはない…。

つくられた木像は「作品」となるわけではない。それはほとんど目的ではない。あるいは一つの目的しかない――人間の不意の炎上を露呈した渇望の気持ちを満足させることである。お墓の家にある木像はそのように美しいものだが、「創作」し終えると人々はもはやそれの面倒を見ようとはしない。風雨まかせで、時間が破壊するのにまかせる。

中部高原でわれわれは芸術の最初の根源にぶつかり、それに立ち戻ることができた。それがまだ完全に無私で、いかなる「目的」によっても汚染されることもない間に。

それがまさに私が一〇数年前にヌップさんと一緒にハータムにやってきた日に理解できなかったことである。中部高原は不思議さの中の無限である。中部高原は日々、不思議である。

ヌップさんはこの数年の間に亡くなった。彼をしのんで、最近、私はハータムを放浪し直した。今回は、当然、一人である。もはや私と一緒に行って、中部高原の木彫り芸術について解説してくれる人はいなかった。

しかし、もはや、だれの教えも要らない。ハータムでは今では木彫りを買うことができるようになった。大量生産している。

生活はどこに行きつくのか?…。

第3章
森の賢明さ

コントゥム市から遠くない、ダクブラ川の上流の方向、そして川の対岸に、非常に美しいバーナー族の部落がある。今日《こんにち》の中部高原に残る、非常に稀な、古い伝統のある部落の一つ、ダクロア部落である。小さな部落で、岸壁の上に高く位置する小さな部落から、狭くなり、流れが急な、この部分の川を見下ろすと、すべての高床の家は茅葺きで、今日の「新文化定住部落※1」と呼ばれるような「配置の仕方」は何もない。そこにきわめて自然に広がるだけで、自然そのもの、まさしく森のようである。混沌とした中に調和があり、人間の巧みさと聡明さを隠し、かつ、何もないかのようである。特に、ここにはさらにもう一棟のすばらしい共同の家がある。そんなに大きくも高くもないが、清雅で軽やかで、かつ実に堅固で、そこにいつのころからかずっと存在し、さらに今後も時とともに、森とともに（もし森がまだあるなら）いつまでも存在し続ける。そして、いついかなる時でも、一羽の鳥のように羽ばたいて飛んでいき、目がくらむように青い三月の中部高原の空に消えていくかのようだ。ある時、私はそこで、水牛生贄祭り※2に参列したことがある。

本当の部落の水牛生贄の儀式で、現在のどこにでもあるような、観光客のために国が組織する祭りの儀式のたぐいの、いつわりの儀式ではない。そんなものには招待されても、私は出たいと思わない。その日、偶然、私は一つの小さな話だが、興味深いことに立ち会うことになった。

好奇心から儀式を見に来た人々の中に、バックパッカーの西洋人の夫妻がいた。スイス人でフランス語を上手に話した。彼らはサイゴンに来て一台のオートバイを買った。ロシア製の「モーキック」という種類である。※3 煤煙をまき散らすが、非常に頑丈だった。そして、二人で交互に運転し、広大な高原地帯を南から北まで散策し、このあとダナンに行った時にでも売り払うつもりだ。彼らは私に名刺をくれた。それによると、この夫妻は富豪で貴族である。彼らの住所はベルンの近くのどこかのマンションであった。私は夫妻の写真を撮って、のちにその住所宛に送ったが返事があったので、その名刺は偽物ではなかったようである。

お昼になって、部落の長老が家の食事に私を招待した。その際、私はその夫妻に二人も招待す

※1 新文化定住部落とは、山地の少数民族の伝統的な部落や住居と生活習慣を遅れた習慣と見なして、こうした伝統的な部落と生活習慣を否定し、「新しい文化的な部落と生活習慣」をつくることを目的として、新たに建設する部落のこと。多くは山岳地域から平地に移してキン族と同じような煉瓦造りの住居に住まわせた。

※2 水牛生贄祭りは、中部高原の多くの少数民族がおこなう儀式の一つ。神霊に水牛を生贄としてささげて、豊作を祝い、神霊の庇護を願う。

※3 ロシア製の「モーキック」型オートバイの原型はドイツのSIMSON 51型、前世紀の八〇年代、九〇年代のベトナムで人気があった。

るよう主《あるじ》に提案した。夫妻はたいへん喜んで、私に何度も感謝し、この招待は彼らにとってはたいへん大きな幸運で予期せぬことであると語った。私たちは台所のまわりに座った。中部高原の高床式の家のどこの台所でも同様だが、台所のかたわらには竹で編んだ棚がかならずある。棚にはふつう、水を入れる数個の瓢箪が置いてある。バックパッカーの西洋人夫妻はかなり目ざとくその棚の上の瓢箪の中に独創的でたいへん美しい瓢箪があることに気づいていた。瓢箪の殻の上に、家の子どもたちがいたずらに木の葉を繊維に沿って長く切って張り付けた。その瓢箪を持って行き煙で乾かして、葉の繊維をはがすと、煙で燻された瓢箪の殻の上には、重なり合ったくすんだ白色の縦横の線の殴り書きによる一枚の絵ができていた。白色の部分は、瓢箪の皮を煙で燻したことによる変色である――不思議で、すぐれた一枚の抽象絵画であり、おそらくピカソでさえ才能はこの程度かも、と言えるような逸品であった。夫妻はこっそりと互いに指さしあっていたが、欲しいという気持ちを隠せないまま、時とともに、その気持ちが強くなるようであった。

「たいへん申しわけないですが、あなたにお願いがあります。私たちを助けてくれませんか?…家の主人に私たちに代わって尋ねていただけないでしょうか…あそこにある瓢箪、あのたいへん不思議な瓢箪ですが…主人に売ってもらえないでしょうか?…尋ねる前に私たちのお詫びの言葉を伝えてくださいね…」

私は家の主人に彼らに代わって尋ねた。彼もまたダクロア部落の長老の一族である。実に突然のことだった。家の主人は取るに足らないことがらのように告げた――。

「いえいえ、売らない！」

二人の夫妻は失望し姿勢を正した。恥ずかしさもまじっていた。彼らは口を滑らせて大きな失言をしたと考えたのだろう。うっかりと、彼らが、自分たちの知り得ないタブーを口にする過ちを犯したと考えたからである。少し、沈黙してから、主人が続けて言った。依然として平然とした口調で――。

「売らない…さし上げる。気に入ったから欲しいと言うなら、さし上げる」

彼らはもはや自分の耳が信じられないかのようだった。

主人はゆっくりと起ちあがり、竹の棚から瓢簞をつかんで下ろした。実際に、それは夢見心地にさせる美しさであった。二人は身を震わせながら立ち上がった。妻である彼女は体を折り曲げてお辞儀し、震える手を伸ばして瓢簞を受け取った。彼女は瓢簞を手に入れることができた。しかし、実に不意のことに、主人は突然、また取り返した――。

「いや、いや、まだです！」

私までもが呆然とした。どうしたのか？　私が何か過ちを犯したのだろうか？

長老はだめだとは言わず、手で瓢簞の口の栓をはずし投げ捨てた。それはビニールを巻いた栓だった。それから、彼は高床の家につるしてあった乾燥したバナナの葉を取ってゆっくりと巻き、実に巧みにしっかりした栓をつくって瓢簞の口に詰めた。今、ようやく、彼はそれをスイス人の彼女に手渡した。

「こう、こうしなければ。これでようやくバーナーの瓢箪になった！」

その二人の夫妻の幸福感と感動の様子は、表現の仕方がないほどであった。そして、当然ながら私も同じである。

その夜、私たちは部落にとどまり、バーナー族の男女の一団と一緒に共同の家の前の焚火のかたわらでソアン祭り[※4]に参加した。二人のスイス人夫妻は、私に感謝し続けた。そして、彼らが語るには、彼らは世界中の少数民族の文化に夢中になっている。彼らは手を取り合って、ウガンダまで行き、そこで、ウガンダの一つの部族の原住民の習慣に従って結婚式をあげた。彼らはまたインドネシアに行き、一時期その数千の島々の国の一つの小さな島の部族と一緒に生活したと語った。そこで彼らは非常に特殊な一つの風習を知ることができた。人が死ぬと、人々は普通、埋葬する前に、すべての親族、友人が弔問するのを待ち、数週間にわたり遺体を保持しておく。遺体を完全に保つために人々はバナナの葉で遺体をすっぽりとくるんでおく。バナナの葉だ。おわかりでしょう、スイス人の夫が私に言った――「われわれおろかな現代人のようにビニールではない…にもかかわらず、私たちはそこに行って彼らに自分の文化を教えようとするのだ！」

そして、私はと言えば、私はその深い山間のバーナーの長老がなんでもないかのように落ち着いて言った言葉がいつまでも忘れられなかった――「いいや、売らない…が、あげる。気に入ったなら、あげる！」、そして、そのビニールのつまらない栓を抜いて捨て、彼の子どもたちの傑作である瓢箪のために、慎重にバナナの葉を巻いて栓を作り、気前良く、その二人のバックパッカーの西洋人夫妻に贈った、長老の落ち着いた動作は、私たちすべてに対する、一つの傑作、さらには一つの教訓の贈り物であった。そして、それは森の限りない賢明さについての心に滲みる教訓であった。悲しいことに、私たちは日々惜しげもなく、そうしたものを直接、破壊しているのだ。

われわれの故郷の部落でも同様だ。みなさんもおわかりでしょう。おばさん、お姉さんたちは肉をバナナの葉でくるんでいる。つまり、世界中で、遠い昔から、人々はすばらしい抗生物質を知っていたのだ。それは自然がバナナの葉に入れて人間に送ってくれたのだ…そしてまた、私たちは今、いまだに解答がない算数の問題に頭を悩ませている——巨大なビニール廃棄物の山をいったいどうするのか?文明世界の人類がこの苦しんでいる地球上に積み上げたビニール廃棄物の山を。

※4　第2章の※8参照

第4章
地下水、緑の森と生命

この話を春先にするのは、すこしばかり物悲しいが、よく考えてみると、適切であるとも言える。なぜなら、これは緑色に関する話だから。緑の春の色の話である。生命の話だ。

私の故郷は中部南地域[※1]であり、一人の詩人が痛切な思いを込めて「中部の長い腸《はらわた》の一節《ひとふし》」と呼んだ地域である。そこでは、終わりなく数百キロ続く海岸が巨大な砂丘であり、信じられないくらい純粋に白一色の場所であり、焼け付く暑さの中での美しい赤銅色の場所でもある。部落もまた砂の上にあり、人も砂の上で生活し、生死も砂と共にする。私は、少しばかり歴史書を読んでおり、そのような不思議、つまり、すべてがそのように砂であることを知っているが、はじめから貧しい地域であったわけではない。この土地にはかつて繁栄した王国があった。農業と海洋の王国である。おそらく、その王国が栄えた秘密の一つは水であろう。自然は、たいへん聡明にも、一見すると干からびたこの土地にそれを用意し、与えたのだ。そして、人もまた、たいへん聡明にも、天地の恵みを理解して、それを自分たちのために利用することを知っていた。

今から半世紀前にもならないころ、私の故郷では、非常に特殊な、精密で面白い農業技術がまだ存在した。それは「地下水を注ぐ」技術と呼ばれ、ベトナム人は南部に来てから[※2]チャム人[※3]に学んだ。地下水は、砂丘の麓から湧き出る水であり、透明で、冷たく、不純物がなく、手のひらですくって、おいしく飲める。人々はこの砂地を畑に開墾し、この「泥畑」と呼ばれる畑では、各種の穀物を栽培することができる。畑の隅っこには、ふつう小さな池がある。浅い池だが、一年中、いつも水がいっぱいで、水を掻い出しても、もっと日照りが強く乾いた時期でも、水がすぐに一杯になる。地下水は、砂地から、かろやかに、ゆっくりと、おだやかに滲み出て、限りがない。地下水の池々は、碧玉の瞳であり、故郷の土地、村落、田畑のしたたる緑、心地よい涼しさをつくり出している。つつましやかで、寡黙だが、まさしく、それが昔の王国のかつての豊かな

※1　フエ以北の「中部北地域」に対し、ダナン以南の「中部南地域」は、「中部南沿海地域」とも言う。一都市（ダナン）、七省から成る。タイグエンおよびラオスへの海の玄関口にもなっている。元々は経済的に貧しい地域であったが、近年は中央直属市ダナンをはじめ経済発展が著しい。

※2　ベトナムの今日の多数民族、キン族はかつて北部の紅河デルタに居住していたが、一一世紀から一八世紀半ばにかけて南部に進んで（南進）、領土を拡張し、一八世紀半ばには今日のベトナムの版図を獲得した。南進を積極的に進めた大越国はしばしば中部のチャンパー王国（チャム族の国）と戦火を交えた。

※3　チャム族はオーストロネシア語族の海洋民族。現在の人口は一七万八九四八人（二〇一九年）で、ニントゥアン省に多く居住する。二世紀から一五世紀にかけて中部海岸地域にチャンパー王国をつくり、一時期、南シナ海の海上交易の中心を担った。一〇～一五世紀が最盛期で、ヒンドゥー教を信仰し、ヒンドゥー寺院を各地に建設した。今も中部各地に遺跡が残っている。

農業を育てたのであり、私たちの祖先が南部に入った時にも、その農業を育てたのである…。

チャンパーは海の王国でもあり、かつては船を操って、遠い海洋まで進出したし、また、自国の海岸のすべてに沿って、にぎやかな国際港を持ったこともあった。海上交易についての知識が多少ともある人ならだれでも、国際海港の第一の、もっとも重要な条件が飲料水であり、たいへん豊富に飲料水があることであることを知っている。塩っ辛い海洋を数ヵ月間、ただよっている船は、多くの場合、売り買いの必要がなくても、海岸の港に寄港して、真水を「食」する必要がある。自国の延々と続く砂丘の上では、チャム人は、水脈を探し出し、掘り出し、真水の井戸を設計する芸に関して、もっとも熟達した人々である。彼らは神の眼を持っており、地中を秘かに真水が流れる道、水脈を見つけることができる。まさに聖なる、完璧な真水の井戸の配置、水源から湧き出る無限の真水がチャンパー海洋王国をつくりあげたと言っても過言ではないと私は考える。

私は小さいころから中部の焼ける砂地の地方の民であり、地下水を知り、地下水を味わい、地下水を食し、無限の恩恵である地下水源で育った草木とともに生き、成長する幸せを得た。

天の賜物。

それから後、人生はまた、私に、異なる幸運を授けてくれた——その「天」はいかなる神秘の抽象的な神でもなく、生き生きとした、巨大で、強壮で、雄大な実体であり、同時に、不思議なことに、非常にもろく、あまりにももろく、日ごとに極度にもろくなっているのだ！

チュオンソン、中部高原。私はそれらの場所に行く機会を得て、私の人生の半分以上をそこに結びつけてきた。その結果、一つの大きな秘密を知ることになった——中部の海岸を長く伸びる、砂の地域全体を潤しているすばらしい地下水の水源がそこ、中部高原にあることだ。中部高原、大森林、原生林、熱帯林である。まさに中部高原の森が、はるか遠く離れたチュオンソンから、日夜、数億年かけて、偉大で、包容力ある、つましい母親のように、天地の水源を掬い上げ、しまい込み、貯めておき、節約し、絶対に一滴も無駄にせず、来る日も来る日も、水をしぼって、自分の平野の子たちに限りなく分かち与え、生命を増やし、開花させ、その非常に苛酷に見える砂地を長く存続させてきた。各王国、各朝廷、各国土、各制度を誕生させ、発展させ、継続させてきた。そして、生存させてきた…地下水はまさしく小さな水の流れであり、連続し、けっして途切れることなく、地中でひそかに、形なく流れ、はるか遠くのチュオンソンの頂きから、生命の存在など考えも及ばない砂丘まで流れついてきたのである。

中部高原の非常に小さな一つの側面である水を通して見ただけであるが、まさしく、それが、中部高原、中部高原と中部高原の森の意義である。

たぶん、次のことについても、もう少し付け加える必要があるだろう——中部地域の熱砂の土地についてだけではない。チュオンソンは地形について重要な特徴がある——ここでは分水嶺が真ん中を走らないで、この長細い山脈の東側に寄っている。つまり、チュオンソンの西側の山腹が、東側の山腹よりもかなり広い。多分、四〜五倍あるだろう。つまり、中部高原からの水が西側に流れる方が、東側に流れる量より四〜五倍多い。そして、西側に流れるとは、メコンに流れることと、南部に流れることである。南部全体に流れるのである。ある程度までのことだが、中部高原、中部高原の森は、すべての面について、全南部に対して決定的な意義を持っている。もし、水に関する一面だけを言うなら、多分、次のことに留意する必要がある——南部西地域[※4]、かなたのカマウ[※5]の水もまた、中部高原の母なる森の水脈が貯えた水が送られたものであるかもしれないし、それが全国の穀倉である広大な地域を塩害から救っているかも知れないのだ…。

　この数千年にわたり何世代も、そこに住んできた人々がいて、肉親たちは森と結びつき、その結びつきを起点とした、英知あふれる文化を作り上げてきた。その文化について、その人々についてごく簡潔に言うなら、次のように言うことができる——中部高原の人はけっして森を資源とは見なさない。けっして自然、森を開発する、征服する、占領するという考えを持たない。端的に言えば、彼らにとって、森はすべてであり、母であり、彼らが尊敬し、崇拝する生命の根源である。私たちは、自分たち自身が、自分を非常に文明的であり、科学的であると見なし、水が生命の源であることを知っているが、実は私たちは、何も知らない、具体的な行動では知らない。大きな理屈ではなくても、森がなければ、何もなく、水もなく、つまりは、生命もないこと、私たちはその初歩的な真理、簡単な真理を知らない。森を見れば、わが目は、物欲しそうに、木材、木材、木材と見る…そして、木材がなくなると、今度は他の資源を見る。物欲しそうに、猛々しく、恥知らずに伐採し、伐採が終わり、何も伐採するものがなくなると、ほじくり返す…。

私の故郷では、今では、地下水が涸れてしまった。非常に小さな支脈があるだけだ。まさしく、深刻な災厄である！

だれもがきっと最近のフーイエン[※6]の恐怖の洪水を忘れていないだろう。トゥイホアの都市のすべて、省の中心ソンカウ町が大洪水で水没した。一〇〇人近くが亡くなった。田畑が荒れ果てた…。一人の重大な責任ある地位の人物が直接、説明した——つまりは、「地球全体の気候変動によるものであり、それに加えて人民の警戒心が希薄であったことが原因となった。天と民が原因」とのことだ。気候は日増しに悪化している。それに民はいつまでも愚かである！　彼の地位にいれば、当然知っているべきであるが、彼は何も語っていない。今年、二〇〇九年には、フーイエンでは熱帯性低気圧が三三〇ミリの雨を降らせた。一九九一年にはまさにこれもフーイエンであるが、一三〇〇ミリと雨が三倍多かった。一九九一年はたいしたことはなかった。二〇〇九年には恐ろしい災害となった。なぜか？

中部では、全国でも同様だが、昔は冠水だけだった。そして、冠水は毎年、繰り返される楽し

※4　南部の人々は「西地域」と呼ぶ。肥沃な穀倉地帯、メコンデルタ地域のこと。

※5　カマウはベトナム最南端の省で、「ランソン（北部、中国に接する国境の省）からカマウまで」と統一ベトナムを象徴する言葉によく出てくる。一九五四年のジュネーヴ協定直後にはカマウから南部の戦士を乗せた船が北部に向かった。解放勢力の根拠地として知られる「ウミンの森」もカマウ省であり、北部から武器・弾薬を運んだ「番号のない船」と呼ばれる船団の拠点もカマウ省にあった。

※6　フーイエンは中部南沿海省の一つで、省都はトゥイホア。中部高原のザライ省、ダクラク省と接する。

い季節だったし、必要でさえあった。人々は、冠水の季節を待っており、水位が徐々に上昇し、田畑に肥沃な土壌が注がれ、仕事がいそがしくなり、おそらく、南部で、ある時期から水位が上がる季節と同様である。今日では冠水はなく、洪水だけである。洪水は冠水とはかなり違う。洪水は、突然水が押し寄せることである。滝のように凶暴で、急で、激しい。最近の事態がそうであった。ある人は家の天井裏に登り、そこで窒息死した。屋根をはずし、さらに上に登ろうとしたが間に合わなかったからだ！　洪水は肥沃な土壌を運んでこない。そして、土石流となって森から駆け下り、田畑を埋めてしまう。もちろん、昔も洪水はあったが、雨量が特別に多かった年だけであり、一人の人が一生に数回出遭うだけであった。今日、ラジオが熱帯性低気圧、時には低気圧に言及するだけで、国中がさわがしくなり、洪水、山崩れ、森の流出を心配する。

一九九一年の一三〇〇ミリ、二〇〇九年の三三〇〇ミリという数字は雄弁な数字であり、それは最近のフーイエンの被災が主として地球の気候変動ではなく、どこかの高官の博識な説明の言葉のように、天のしわざでもないということだ。

それは人間によるものである。自然のすばらしく精密で、洗練されて、聡明な、慈愛に満ちた地下水脈はもはやなく、すでに破壊され、人間が森を絶滅させたことで、地下水も絶滅してしまったことによる。中央の科学技術諸組織の連合会での意見交換で、多くの専門家が警告した――激しい洪水の危険だけではなく、激しい洪水のあとに続いて発生する干ばつの危険の方がより苛酷で、被害が大きい。なぜなら、地下水と冠水が毎年おだやかであるのは、一つの仕組み、一つの作者——森。中部高原の森。三〇年あまりの間、一九七五年ののち、私たちは一つの大きな仕事をし終えた——基本的に、このインドシナ全体の生死の鍵を握る尾根にある自然林を根こそぎ刈り取ってしまったのだ。地上のものを完全に一掃し、今では、地下までを浚い尽くそうとしている。ゴムは絶対に森ではなく、地下水脈をつくりだすものではない。ましてや工業化、近代化によって生まれた各工業区域は、絶対に森ではない。自然の安定した、調和のとれた、聡明な運行法則は、かつて歴史上存在したあらゆるすべての時期よりも、すみやかに、徹底的に壊滅された。そして異なる一つの規則、混乱の規則が創設された。

かなたの共同家屋の屋根を見上げてごらんなさい、数千年にわたり幾世代もが、私たちに伝承してきたものだが、もうそこには生命の緑色が失せてしまっている。

まだ救うことはできるか?

まだできる、一つの条件付きで——驚き、立ち止まり、やり直すことで。

また、次のことを言う必要がある——今日、私たちが発展した国と呼んでいる国々はみな「苦痛に満ちた道」、より正しくは、この愚かな道であるが、それは、地上の森を破壊しつくし、そして、地中を残酷に掘り起こす道でもある。彼らの国で、それから他の各国でも。しかし、一世紀近く前に、彼らが驚いて立ち止まり、そして、やり直し始め、彼らの土地、山々に緑を回復したことだけは指摘しておく必要があるだろう。

あとを行く私たちは、当然のことながら、より賢いはずである。性急さ、傲慢、そして底なしの貪欲さが私たちの眼をふさいだ。今も引き続き、私たちの眼をふさいでいる。私たちは今もわずかばかり残ったものを破壊することに夢中であり、凶暴に地面を掘り返している。

中部高原でのあらゆる開発行為を今すぐに中止する必要がある。別の生きる道、別の生き方、別の発展のしかたを考える必要がある。全国で。まず最初に、生死を分ける尾根である中部高原で。中部高原を救う事業を始める必要がある。中部高原の森を植林し直す事業を始めよう。一〇〇年の間に、決定的に、強固に、かしこく、具体的な計画をもって、五〇年間、二〇年間、一〇年間、五年間、全中部高原、一つ一つの省、県、村、部落ごとに大きな事業を始めよう。

中部高原に緑を蘇らせる。

今日からすぐに、春の季節に、緑の季節に、頭脳がすっきりし、かしこくなっている季節に始めよう。

ある日がやってきて、一〇〇年のちかも知れないが、私たちの子孫が、砂地から滲み出る冷たい、澄んだ地下水を手のひらにすくって、首を上に向けておいしく呑み込むことが出来るかもしれない。

そして、彼らの祖先が、非常におろかだったが、それからある時期にかしこくなって、生命がほろびそうになった時、それを救い、蘇らせ、発展させ、永続させたことを知るだろう。

第5章
共同の家、部落の魂

私には、中部高原の共同の家の話であまり愉快でない思い出がある。事のいきさつはこうである――。

映画制作の旅で、私たちには、昔のバーナー族の部落と同じような部落が必要になった。[※1]レンガや石造りではなく、瓦や鉄板の屋根を持たず、高床式の家で、すべてが茅葺きであり、現在の多くの定住部落のような、単調な漢字の縦横の画のようではなく、高低不揃いの、でこぼこで、温かく、親しみある、独特のリズムをつくりだす家である。そして、当然、一軒の共同の家も必要となる…探しつづけてようやくそのような部落が見つかった。しかし、一つ意に沿わないこと

※1　中部高原の部落はベトナム語で「ラーン」と言い、このラーンが中部高原の少数民族の村落共同体の基礎をなす。一九七五年のベトナム完全解放以降、中央政府はこうした部落を解体し、新しい村落を各地につくって、部落から移住させた（新定住部落）。しかし、少数民族の多くの住民は、新しい部落を捨てて、元の部落に帰還した。

があった——この部落の共同の家は、「女性型」の共同の家で、[※2]クパン、コンクロ地域でよく見かけるものであり、脚が短く、幅がたいへん広く、屋根が少し湾曲していて、長く、さかさまにした大きな船のようであった（ある研究者は、中部高原人の、海の起源に関する遠い昔の記憶を表現しているとさえ考えている）。このタイプの共同の家もまた、たいへん美しい。それは部落の中ほどに荘重に、重々しく建っていて、ちょうど、賢く慈悲深い一人の老人のようである。あるいは、低く、重々しくを示すアクセント記号のようで、部落共通の調和のとれた建築の旋律に、突然、一つの重力、一つの深遠さを付け加えて、少しばかり神秘的で、神聖な何かを含ませたようでもある…私は個人的には、この種の共同の家をこよなく愛している…しかしながら、映画の要請から、これまで私たちが慣れ親しんだ中部高原の共同の家のような、「男性型」[※3]の、屋根が高くそびえ、逆さに立てた斧の歯の形をした、青い空に飛びたった鳥の翼のような、共同の家を必要としていた。その上、私たちが選んだ部落の、「女性型」の共同の家は、古ぼけて、しまりがなく、ちっぽけで、あまり美しくない…意見を出し合い、推考し、最後に、私たちは、この部落自体の中で、背が高く、屋根が鋭くそびえた「男性型」の共同の家をつくることを決定した。

全く容易なことではない。これは風俗習慣を損なう話である。県に許可を求めなければならない。説得し続けて、県がようやく同意した。それから、県が私たちと一緒に村[※4]に行って、村を説得した。部落長が同意した。そして、一緒になって、もっとも重要な人物の説得にあたった。部落の長老である。部落のすべての仕事は、部落長が同意しても、部落の長老の同意なしにはだめである。ましてや、すでに共同の家がある部落で、もう一軒の共同の家をつくる場合にはそれが必要である…。

ようやく話がついて、私たちは一〇〇キロ近くも遠くに行って、その仕事をする一〇人余りのすぐれた職人を見つけてきた。

ある製材所が木材を援助し、村が竹材を援助してくれたおかげで、数千万ドンの支出だけで済んだ（普通なら数億ドンはかかった）。…新しい共同の家をそびえる高さに建てることができた。無事に撮影が終わった。仕事が完成し、私たちは内輪のささやかな儀式をとりおこない、部落の人びとに感謝し、謹んでその美しい共同の家を部落に寄贈した。

それから、私たちは立ち去ったが、非常に安心し、非常に自信を持っていた。そしてひそかに、自慢していた。私たちは見事に立派な仕事、実に意義のある仕事、たいへん文化的な仕事――辺鄙な部落、深い森のはずれにある部落、非常に貧しい部落に、この地域でもっとも美しい共同の家を寄贈するというりっぱな仕事をやり遂げたのである。その共同の家は、建設資材から建築様式、装飾まで含めた古い共同の家のつくりに合致したものである…。

…一年余が過ぎて、この地域を通った折に、私は部落に立ち寄った。自分たちが贈った共同の

※2と※3は原文では「雌」の共同の家、「雄」の共同の家と表記されている。現地の住民の呼称である。
※4　行政村。ベトナム語で「サー」。県の下にある末端の行政組織。

家を訪れて、「文化的共同の家」の役割を確かめたかったからだ。ここでは、はなやかで、たいへん興味あるものになっていることは確かだと思っていた…。

まったく、思いがけないことだった——ようやく一年が過ぎたばかりだったが、私たちのたいへん自慢の「文化的共同の家」は今では、完全に荒れ果てていた。いつのころからか、荒れ果て、廃屋になり、みじめな古びた塔のようであった。茅葺き屋根には、ところどころ穴が空いていた。篠竹を編んだ壁は風で吹き飛ばされ、ぼろぼろになって、あちこちに散乱していた。大きな柱はまだしっかりしていたが、青黴が生えて、手を触れると白くひからびたほこりが舞い上がり、髪の毛、顔、手足にまとわりつき、一瞬の間に皮膚にはりついて、耐えられないかゆみを引き起こした…。

すぐにわかったことがある——この家には実に長い間、まったく人がいたにおいがない。実に長い間、おそらく私たちが去った直後から部落の同胞たちは、だれ一人、ここに足を踏み入れていない。部落のいかなる会合もここでは開かれていない。部落のいかなる催しもこの家の床の上でも、あちらの柱の間でも演じられていない。子どもたちでさえ、この家に上がって遊ばない。そして、夜ごとに、青年たちが自発的にここに集まって、地酒の甕酒を飲んだり、昔の歌を歌ったりもしていない…この数千年にわたり、何世代もの人びとが、毎晩、部落の共同の家で、酒を飲んだり、歌を歌ってきたのだが。まったく、囲炉裏の火の気配もない。冷え冷えとしている…。

そうした中で、部落の古い共同の家はと言えば、私たちが映画の撮影に来た日とまったく同じである。依然として、こぢんまりしており、古びており、一見、静かで、さびれて見える。しかし、はっきりしていることは、それは今も生きており、暖かであり、活動的であることだ――家の柱、家の梁から垂木、竹を編んだ壁にいたるまで煤で黒光りしている。どこでも濃厚な人間の気配がある。そのにおいはきわめて特徴的であり、中部高原の各家をぶらぶらと訪ね歩いているときに嗅いだその濃いにおいは、他のにおいとは混ざらないにおいである。人間の汗のにおい、台所の煙のにおい、たばこのにおい、甕酒のにおいなど、それぞれのにおいはもう消えているか、絡み合い、すべてが混ざり合い、つかみとってちいさく刻むことができると想像できるかのような濃さである…。そして、真っ昼間に、家の中で、台所の火が、休みなく燃え続け、青い煙が竹のすだれの間を通る光の中から見え隠れしている…。

もうわかった。私には理解できた――今から一年前、私たちはまったくつまらない、おろかなことをしてしまった。部落に一軒の共同の家を持ってきた。人々にけっして持ってきてあげることができないものを、持ってきたのである。

その通りだ。誰も部落に共同の家を押し付けることはできない。共同の家を持ってきてあげる。持ってきたのが誰であっても、たとえ、いつわりない善意がいかほどあったとしても、どのくらい麗しいことであっても、もっとも決まりに合った、もっとも古い型の、共同の家の型にそっくりにつくったものであっても、それでも、それは外部のものであり、部落の生活からは異物にすぎないのだ。それは金輪際、部落の共同の家にはならない。私たちの贈り物の共同の家は、たった一年で荒廃してしまい、死んでしまったのである。そうなったのは、人々が私たちの贈り物に無関心であったからではない。そうではなくて、単純に、それがこの部落には異物であったからである。それは、そのものが元来、昔から生まれたような、普通の共同の家のようには生まれなかったからである…。

中部高原ではそうである。つまりは、考えてみるに、そのことは理解しがたいことではない。なんとなれば、平野では、キン族の人びとも同じである。ある人が突然、一棟の廟を造りに行き、どこかの部落に贈ることなどありえないし、人々がいっぱいお参りに訪れることもありえない。一棟の廟が生まれるのは一つの事績からである。一人の人物の事績が部落に対する功績であれ、国に対する功績であれ、一人の人物の事績が非常に気高いものであるが、いわれのない無実の罪となったとしたら…、たとえ一人の女性がなんらかの苛酷な境遇の下での情愛によって死んだとしても、そのような事績がいかなる条件の中で起こったとしても、一つの部落、一つの地域の人の心に深く刻み込まれ、一つの神聖な事象になり、彼らの精神生活の中に深く食い込むことになる。つまりは一つの文化的事象である。そして、その文化的事象は、その特徴ある文化作品を生み出す——廟である。

共同の家は、一棟の廟ではないが、廟のようなものであり、それは中部高原の人の生活の中でもっとも深い意味を持つ一つの文化的事象の独特な産物——部落である。[※5]私たちはよく中部高原の人は非常に高い共同体的性格を持っていると言う。その通りであるが、さらにはっきりと付け加える必要がある――〝共同体〟というのは、まさに部落共同体である。中部高原の人間にとって、部落はすべてである。国土であり、故郷であり、社会であり、もっとも緊密な、唯一の共同体である。人は部落に固く結びついており、部落の中に融合しており、部落に同一化されており、みずから自分を部落に同一化している。中部高原の人の生活のすべてが、物質と精神、飢えと満腹、苦痛と幸福、喜びと悲しみ、人の運命のすべてがみな部落と生死をつないでいる。中部高原の人間にとって、もっとも大きな苦痛、もっとも重い刑罰、もっとも屈辱的で、痛ましいのは、部落から排除され、追放されることであり、その場合には、人々はふつう自殺するほどである…。

そして、共同の家は、まさに中部高原社会のその文化の本質の中から、その文化の本質を「実現する」ために生まれたものである。それは、その文化の本質を、もっとも集中的に、物質的に体現したものである。そこは共同体の生活のすべてが演じられる場所である。そこには毎夜、幼少のものから、若者までが、父や母に従って、かまどのまわりに部落中が集い、さまざまな催しに参加し、そこで雑談し、歌をうたい、遊び、甕酒の甕のまわりで酔っぱらうこともあり、世代から世代へと継承し、絶え間なく生活の経験を引き継ぎ、その寛大で、かつ、激しく、過酷な山林の中で、人間として成長するのである――森の中での、狩りの仕方や焼畑での稲刈りの仕方、

※5　（原註）中部高原南方の若干の種族では、エデー地域のように、私たちは共同の家を見ない。しかし、そこでは長い家がある。長い家もまた、共同の家と同様の役割を果たしている。

日照りや雨の予測の仕方、森との、そして人との暮らし方、年配者、若年者、顔見知り、不審者への対応の仕方、友との、獣との対応、生きている者と死者との対応の仕方、人間との、そして神々との対応の仕方…などを伝承するのである。そして、当然、恋愛のしかた、妻となり、夫となる方法についても伝承する場所である。部落の民が集まって、民主的に討論し、部落の長老会議が部落の生活に関連する大小のあらゆることを決定する場所でもある。

晴れやかな祭りがおこなわれ、深く秘められた宗教儀式が執りおこなわれる場所である。夜から夜へ、時には数十夜にも及ぶこともあるが、年配者たちが子孫たちに神話の英雄たちについて、そして、宇宙の形成と、この地球上の生活についても…、長歌をうたって子孫に聞かせる場所でもある。部落が客人を接待する場所、つまり、部落が外部世界と接触する代表の邸宅でもある。共同の家はまた特に、部落内の、まだ妻を持たないすべての青年たちが義務的に泊まらされる場所でもある。なぜなら、彼らは部落の即戦力であり、あらゆる方向からの、あらゆる攻撃に対して、常に部落を防衛するからである…。

共同の家は部落の魂である。中部高原では、人々は、共同の家を持っていない部落を「女性たちの部落」と呼ぶ。つまり、部落にはまだなっていない部落であり、部落にふさわしくない部落であると言うに近い。新しい部落をつくる時、つまり、共同体の生活の中でもっとも重大なできごとであるが、もっとも経験豊かで、賢い、部落で最年長の人びと、山林ともっともしっかりと結びつき、もっとも経験が豊富な人々が、部落を代表して土地を探しに出かけ、部落にもっとも適した場所を選ぶ。そして、その新しい部落の建設計画の中でもっとも重要なことは、共同の家の位置選びである。共同の家があって初めて部落と言える。部落は共同の家から始まり、共同の家とともに生まれるのであり、言い方を変えれば、共同の家と同一である…。

そうであれば、どうして外部から共同の家を部落に与えることができるであろうか？

最近、中部高原で、省都のある都市に立ち寄った際、私は、人々が川岸の広い土地に建てたばかりの大きく高い二軒の共同の家を見た。この共同の家を建てた人々は、伝統的な共同の家の型に正しく沿って建てることを強く意識していた。完全に木材と竹茅・篠竹に葉っぱだけを使用し、装飾にも手が込んでおり、そして、数年前に中部高原の各省の文化局が建設した、こっけいな「文化的共同の家」と呼ばれる若干の共同の家のようなコンクリートの床や鉄板の屋根…などはまったく存在しない。確かに、今回、人々は多くの教訓を学んだのである。そして、あるいは、おそらく、非常に熟練の共同の家づくりの専門の職人を招いたのであろうか…。

しかし、正確に言うなら、これらの共同の家は「優雅」ではあるが、模倣の共同の家であり、模倣に手が込んでいるのであるが、やはり模倣なのだ。それは、真の共同体のようには生きていない。なぜなら、非常に簡単なことだが、それは部落の共同の家ではないからである。おそらく、今後、時々、人々はそこで、ミュージカルを上演したり、鐘を鳴らしたり、ソアンの調べを奏でたり…するだろう。しかし、それらもまたすべて上演にすぎない。上演のための共同の家で、文化が紹介されるのである。おそらく、そうした手の込んだ共同の家は、中部高原の不思議なものを見に来る観光客を引き寄せるためのものであろう。しかし、真の観光客の人びとがここで本当に見たいものは、その本当の部落にある、本当の共同の家の中での、本当の中部高原の人びとの本当の生活である。だれも偽物を見に行きたいとは思っていない。

その町にある、おしゃれな二棟の共同の家を見て、そして、おそらく、たいへんお金がかかったであろうそれを見て、私は、私たちが映画撮影に行った辺鄙な部落での数年前の私たちのおろかな行動を思い出した。もし、正しい理解の上に立っていなければ、それが良い意図に基づくものであるかどうかは何の意味もないことがようやくわかった。さまざまなことがらの深遠な文化的な深みを理解することは誰でもできると思い違いをしていたのだ。

第6章
高原のわが友人たち

その土地に、私には幾人かの友人たちがいるが、言わせてもらいたいのは、友人たちのすべてが「不思議な」人たちであるということだ。不思議な、非常に不思議な人たちである。

私が最初に中部高原に上り、足を踏み入れたのは、正確には今から五七年前であり、私の最初の中部高原の友人は、イーヨンである。私は二〜三回、彼について書いたことがある。私は彼を何と呼ぶのか知らない。もし、下方のキン族の居住地域であれば、人々は、彼を音楽家と呼ぶだろうが、この高原では、そのように呼ぶと、なんと言うか、聞こえが悪く、おさまりが良くない。結局、私は彼を「旅芸人」と呼んだ。まさにその通りである。イーヨンは生涯、一つの仕事だけをした——旅芸人である。彼は小さいころから、父に付いて歩き、森のいたるところで歌っていた。抗仏戦争のころ、私たちが彼に出会い、親しくなったとき、私たちは、そのグループを、時に「武装宣伝隊[※1]」、時に「宣伝工作隊」と呼んでいたが、私たちの主要な「工作」は、中部高原のいたるところの部落を訪ねて、流し（歩き）歌いすることだった。いくつかの歌は同胞たちに一緒にフランスを攻撃するよう呼びかけるものだったが、そうした歌は、イーヨンとニャットライ[※2]がつくったものだ。彼は北部に行った時、正規にハノイ音楽院で学んだ。そして、私が、彼の才能でもっともすぐれていると感じたのは、あの高名な音楽の最高学府でさえ、彼の中にやどっている、すばらしい生来の流し歌いの気質を完全に消し去ることができなかったことである——彼は長い間、ハノイの「ベトナムの声」放送局で歌い、南部への帰還、中部高原への帰還を想う歌を歌っていたが、それは、彼独特の一種の流し歌いであり、当時とその後を含め、放送局で歌っていた他の人たちとも大きく異なっていたのである。平和になって、彼は、虎が放たれて森に戻るように、鳥が放たれて青空に戻るように、故郷、中部高原に戻った。彼は自分の根源に完全に戻ったのだ——一人の人が流し歌いする、生涯、中部高原の不死の森の中を流し歌いする人として。この年から次の年へと、山林のいたるところを放浪し、流し歌いするのである。フルロ[※3]が横行し、情勢が困難だった数年間、イーヨンは粗末な楽器のブロー[※4]琴を持って、軍の兵士も恐れて入らない、もっとも凶暴なフルロ地域に分け入って、たった数日間で、五~七人のフルロの若者を引き連れて戻り、投降させた。どんな方法で、そんなに上手にできたのか、聞いた。「上手でも何でもない。自分の歌を歌っただけだ」、「何を歌ったの?」、「流し歌いさ……」。それから、ある日、誰もそれがいつだったかは覚えていないが、彼は突然いなくなった。消えてしまったのである。私はそのとき数日間、彼を捜し回った。ザライで尋ねたが、だれも知らなかった。ダクラクで聞いたが、消息不明だった。最後に、バンメトートの人が、当てずっぽうだろうが、「イーヨンかい？…森に帰って行った！」…私にはわかった。森の動物は遅かれ早かれ森に戻るのだ。そして、私はまだはっきりと覚えているが、イーヨンは、五七年前に私と最初に出会った日にも、もっとも信頼する人にだけ洩らす小さな打ち明け話をした――「森が恋しい…ナイのように、マンのように、ホアン[※5]のように、猪のように……森が恋しい。いつかある時、自分がそこに戻って

※1　ベトナム解放軍宣伝隊（略称、武装宣伝隊）は一九四四年一二月二二日に結成された。一九四一年に結成されたベトナム独立同盟（略称ベトミン）の下に組織された。当時は、武装蜂起よりも、政治宣伝活動を主要な任務とした。ボー・グエン・ザップを指揮官とし、三四人が構成員。八月革命後、ベトナムを再侵略したフランス軍部隊との戦いの中で成長し、ベトナム人民軍となった。

※2　ニャット・ライ（一九三一～一九八七年）は本名グエン・トゥアン、出身は中部フーイエン省のトゥイアン。早くから作曲家を志していた。グエン・ゴックより一歳年上。グエン・ゴックが一九五〇年に中部高原のダクラクに赴いた際に、ニャット・ライと出会った。それ以来、二人は人民軍の戦士、そして文芸分野の活動家として盟友となった。ニャット・ライは中部高原の各民族の民謡が好きで、その収集に励んだという。ニャット・ライの作曲は中部高原の民謡、歌曲、オペラ、舞踊曲など多岐にわたった。一九五四年のジュネーヴ協定締結後、ハノイに集結、その後はハノイで作曲活動を続けた。オペラ『クロンパの河岸』（一九六八年）、舞踊曲『チャンパの市場』などが有名だが、ハノイに隣接するハタイ省（現在は首都ハノイに編入）の人々の郷里を愛する気持ちを歌った「ハタイ、絹の里」（一九六五年）は北爆下の北ベトナムの人々に愛され、広く歌われた。

※3　フルロ（ＦＵＬＲＯ＝被抑圧諸部族闘争統一戦線）は、中部高原の主にチャム人、クメール人などの反政府政治・軍事連合組織で、一九六四年から一九九二年まで存在した。サイゴン政権下で各部族の自治権を要求して闘い、ベトナム戦争終結後も、中部高原の分離・独立を主張した。

※4　中部高原のいくつかの民族に普及している弦楽器。

※5　ナイ、マン、ホアンはいずれも中部高原に生息する鹿の種類。

も、心配しないでくれ……」。彼が森に戻った日から、一度、彼を見つけたことがある。ダクラクのもっとも遠い県、もっとも貧しく、人里離れたエアフレオの端のブオンサムの小さな部落である。そこは平野で見られる、アヒルを見張る小屋のような粗末なあばら家の中であった。その日、彼は森から戻って、一時、小屋に立ち寄ったのだ。私たち「兄弟」二人は抱き合い、彼は泣いた――「なつかしかった。とても会いたかった」。彼の流す涙が私の肩まで濡らした、「クロンパック県[※6]のクレアロン部落で、私たちが白人に急襲されたころ、ハイ姉さん、自分たちがマイ・ドゥアと呼んでいたハイ姉さん[※7]が負傷し、みんなでクロンパックからドレア基地まで担いでいったが、助けられなかった。兄さんはまだ覚えているかい…」。それから涙を流しながら、彼は歌った、豚を呼ぶ歌を。ここでは、豚を森の中で放し飼いにし、夕方になると、叔母さんたち、娘たちが、オー、オーと声をあげて、呼び戻して、餌をやる。中部高原に住んで、ようやく知ることである。遠くに出かけて、中部高原の深紫色のその夕暮れ時のオー、オーという呼び声ほどなつかしく思うものはない。それは故郷のすべてであり、父母、恋人であり、部落であり、森…である。（彼に会ったのは）その一度だけであった。次のとき、私が戻ると、イーヨンの妻子は「彼は森に行ってしまった」と告げ、「いつ戻るのか？」と聞くと、「お天道様が知っている…」と答えた。

それが私の最初の中部高原の友人、イーヨンだった。私にはもう一人の友人がいた。私は大変気ままに順不同で話すが、それは中部高原の北のはずれの地域のことである。彼の名前はジアンガー、セダン族[※8]の人である。故郷はダクペット、現在のコントゥム省のダクグレイ。県庁の所在地であり、中部高原のもっとも遠く、もっとも標高の高い地域で、ゴクリン山の山腹である。ジアンガーは北部への集結組だ。北朝鮮に派遣されて、[※9]舞踏の振り付けを学んだことがある。踊りはすばらしい。朝鮮風でも、西洋風でもまったくない、どれとも混血していない。完全に中部高原である。それから、抗米の戦場に戻った。当時は、彼がもっとも美しく踊った時期で、私は観たことがあるが、森の王である野生の孔雀のようであった。質素で、シンプルで、派手な衣装はまとわないが、まぶしいばかりに輝きに満ちていた。光を放ち、赤く燃え上がる太陽のような、炎のような踊りの動作を見たのは、私にとっては初めてのことだった。平和になると、彼は戻っ

※6 クロンパック県はダクラク省に属し、省都バンメトートから東へ三〇キロの国道二六号上に位置する要衝である。国道二六号は中部海岸のカインホア省ニンホアからバンメトートまで一五一キロを走っている。
※7 (原註)ハイ姉さんは私たちの部隊の最高齢者であった。
※8 セダン族は中部高原に居住するオーストロアジア語族のモン・クメール語系の少数民族。人口は二一万二二七七人(二〇一九年)。主としてコントゥム省(約一〇万人)に居住し、その他の地域ではクアンナム(約三万八〇〇〇人)、クアンガイ(約一万八〇〇〇人)、ダクラク(八〇〇〇人)、ザライ(七〇〇〇人)各省に点在する。ゼーチエン、コル、フレ、バーナー各民族と近い関係にある。セダンの各部落にはみな「共同の家」がある。結婚した夫婦はそれぞれの家族の下に順に居住するが、一年間が多く、どちらか一方にずっと居住するのは稀である。最大行事は、水牛生贄祭り。
※9 当時、北ベトナムと北朝鮮は友好国であり、北ベトナムから留学生や文化・芸術分野の学生が北朝鮮に派遣されて学んでいた。北ベトナムと日本にはまだ国交がなかったので、日本語留学生も北朝鮮で日本語を学んだ。

て、ダクグレイ県の文化室長になった。あるとき、私はそこに立ち寄ろうとして、探しあぐね、やっとのことで家を見つけ出した。室長という県の役職は小さなものではないが、ジアンガーは街には住んでいなかった。家ははるか遠く、山のくぼみにある一軒の粗末な風変わりな「アヒル小屋」で、イーヨンにそっくりだ。そして、これもまたイーヨンにそっくりなのが、時おり、「所在不明」になることだった。森に溶け込んでしまうのだ。問えば、人びとは言う――「ジアンガーかい？　あれはもう森に戻ったよ！」、「いつこちらに帰ってくる？」、「お天道様が知っている」。私にはわかる。正しくは、次のように言うべきであろう――「森のみぞ知る！」…最近、私はダクグレイに立ち戻った。すると、ジアンガーが消えていた。私はまた、かの山のくぼみに探しに戻った。彼の小屋はもうなかった。私はそこに立ちつくした。薄暗いゴクリンの山腹の縁《へり》であった。はっきりとした感触があった。私の友人は、果てしない緑の森の中に溶け込んだのだ。一陣の風のように…。

もう一人の友人の話をさせてもらおう。スマン。バーナー族の人だ。スマンは一九五四年のあと、北部に集結し、ハノイの美術大学を卒業した。そこでは誰もが、彼をこれまでで、もっとも風変わりな学生の一人であったと言う。彼は、ホーおじさん[※10]を描いたが、まったくホーおじさんには似ていなかった。スマンは、ピカソの言葉を知っているはずがないが、彼はこう言った――「自分は、自分が知っているホーおじさんを描いたのであり、人々が見たホーおじさんを描いたのではない！」。しかし、バーナー族の仲間たちすべてがみな、これはまさに彼らのホーおじさんだと認めたのだ。スマンは、ザライ文芸協会の会員で、確か、執行委員会か、常務委員会にも足を突っ込んでいたようだ。私たちの組織は、そのようにハノイで勉強して戻った画家が、組織の外側にいて、傍観しているわけにはいかないのだ！　スマンはたくさん絵を描いた。ザライ文芸協会の事務所には、彼の絵が階上の部屋に山積みになって、埃をかぶり、蜘蛛の巣が張っている。仲間たちがスマンの絵を見下げているわけではない。彼自身が描き終わると、投げ捨てて、すっかり忘れてしまうのだ。中部高原の人がお墓の家の像を彫るのとよく似ている。中部高原のお墓の家の像は、みなさんよくご存じのように、陶酔するほど美しい。しかし、人はつくったのち、お墓打ち捨ての儀式でお披露目してから、捨ててしまい、雨や日照りの中で朽ち果てるままにする。私はそこを通り過ぎる際、残念で断腸の思いだが、こわくて、それにはあえて手を出せない。一方、中部高原の人間は、つくるのは、つくること自体が目的であり、一時的な手慰みであり、一時的な「興」のためであり、神霊をあがめるためである。像を彫るのは、聖なる瞬間に起き上がる神霊と交流するためである。それだけである。芸術は眺めるためではなく、ましてや売るためではない。みずからの抑えがたい自己表現のためである。一種の流し歌いでもある…。

※10　ホー・チ・ミン国家主席をベトナムの人々は親しみをこめてホーおじさんと呼んだ。本名はグエン・シン・クン、ペンネームのホー・チ・ミンの名がベトナムでも、世界でも知られている（一八九〇〜一九六九年）、北部タインホア省の出身。ベトナム共産党の創立者（一九三〇年二月三日）、ベトナムの独立を達成し、ベトナム民主共和国を創立した（一九四五年九月二日）。

スマンが協会の執行委員、常務委員であっても、彼をプレイクにつなぎとめておくことはできない。彼は部落に戻ってしまう。私は数回、マンジャン県、アユン郡、プレイボン部落に戻って、彼を訪ねたが、会えることもあれば、会えないこともあった。彼の家は森の中に沈んでいた。「スマン？…森にもどってしまった！」、いつも、こんな返事である。スマンもすでに亡くなった。今度は、彼は永遠に森に戻ったのだ。森の無限の深緑の中に消え去ったのだ。現在、プレイボンに戻っても、線香を手向けるお墓もない。中部高原の人びとはある期間、死者をお墓に「祭る」だけであり、それから、死者との訣別の儀式をおこない、捨ててしまい、永遠に、人間を森に送り返すのだ…。チン・コン・ソン[※11]は歌う――「…それから、あくる日、私は戻って、砂埃となる…」。中部高原の人びとはある日、戻って、緑の森となり、その中に溶け込んでいく。死んだときだけではない。生きているときから、みなさん、ご存じのように、時おり、彼らは行方不明となり、緑の森の中に痕跡を消してしまう…。

これまで私が言及してきた友人たちはみな文化・芸術の関係者ばかりであった。さらに数十人のことを語ることができる。しかし、文化・芸術関係者ばかりではない。私には他の友人がいる。彼はフレ族[※12]である。軍隊にいて、たいへん威厳がある将軍の職務、（第五）軍区[※13]の副司令官にまで昇格した。毎日、軍の階級章・徽章、黒靴、儀礼帽を付けて、仕事に出かける、たいへん厳格な人物であった。だが、突然、ある日、彼は軍区の自分の部署から消えてしまった。騒がしく探し回った。結局、何でもなかった――彼は部落に帰っていたのだ。兵士が探しにやってくると、彼の指揮官は下帯を締め、上半身裸で、子どもを背負って、焼畑の農作業をしていた！　まだ、運が良かった。彼はまだ完全に森に消えていたわけではなかった。一ヵ月、二ヵ月、そしてまた、そのように突然、彼は部署に戻って、毎日、黒靴、儀礼帽、軍階級章・徽章を付けて、なんでもなかったように勤務している…。

そして、さらにフルックである。みなさんが覚えているかどうか、分からないが、若者フルックは、ヌップさんの息子だ。みなさんは『祖国は立ち上がる[※14]』の中の、ヌップさんが背中に背負

※11　チン・コン・ソン（一九三九～二〇〇一年）は中部高原のダクラク省バンメトートで生まれ、古都フエで育ったベトナムの国民的な音楽家。ベトナム戦争の中、サイゴンで多数の歌曲を作曲した。人気歌手カイン・リーやホン・リーが歌い、南ベトナムの人びとのこころをつかみ、約六〇〇の作品を残した。その多くが反戦歌として歌われた。日本では、「美しい昔」、「坊や大きくならないで」（いずれも邦題）が知られる。

※12　フレ族はオーストロアジア語族のモン・クメール語系の少数民族でフレ語を話す。人口は一四万九四六〇人（二〇一九年）で、主に中部のクアンガイ省、ビンディン省に居住する。タイグエンのコントゥム、ダクラク、ザライ各省にも少数が居住する。霊魂崇拝であり、特定の宗教はない。

※13　第五軍区は中部南地域と中部高原地域からなる。ベトナムは抗仏・抗米戦争と戦時体制が長く続いた。抗仏戦争ではこの軍区が軍事と行政の両方を担い、たとえば抗仏戦時、第五区は「第五区行政・抗戦委員会」が指導した。一九五四年のジュネーヴ協定で北緯一七度線以北は平時の行政区分に移行したが、サイゴン政権支配下の北緯一七度線以南では、解放側がひきつづきこの軍区体制を維持（あるいは変更）しつつ、行政と軍事の両方を管理する体制が続いた。南部で抗仏戦争、抗米戦争を闘った人たちにとっては、こうした軍区体制の方がなじみ深い。軍事面では今日もこうした軍区の区分が続いているが、現在は純粋に軍事的な区分だけである。このフレ族の軍区副司令官は文字通り、軍事面だけの軍区副指令官である。

って列車に乗って北部に集結する場面で、すでに彼に会っているかもしれない。フルックは正規の学業を経て、師範大学を卒業した。一時期、省の教育機関で働き、それから地方政権機構での仕事に移った。つまり、本格的な機関の仕事である。それから、ある日、突然、行方不明になった。やめて、部落に戻ったのである。私は彼の部落に戻って捜し、なんとか捜しだした——酒を飲み、森を歩き回っていた…。時々はプレイクに出現するのが見られた。フルックには悪いが、彼は森の人、森の申し子であり、たった今しがた見かけたところなのに、次の瞬間にはもうすでにいなくなっている……。

もう一人いる。フルックと同じ年頃であり、私は特に残念に思っている。私たちが抗米の時代に『第五区解放文芸誌』の仕事をしていたころのある日、ナイノーと名前を記した一人の人物の一本のエッセーを受け取った。非常に風変わりな作品だった。何も出来事の話がなく、始めと終わりもない！　あるのは次のような話だけである——一団の人びとが夜、森の中、萱の森を行く。私がすでに知っているどこかの森、ムドラック、あるいはクロンナン、あるいはチューサオか、どこか中部高原の広大で果てしない萱の原野を行く話である。月がなく、どこまでも暗闇が続き、刺激に満ちているが、秘密と危険にも満ちている夜のことである。時おり、まったく突然に、コッ、コッ、ヒューと鳴く鳥があわてふためいて私の頭上で甲高く鳴き、薄暗い幻想的な暗闇の中を素早く飛び去り、鳴き声をあげる。ずっと遠くに飛んで行き、もういなくなったと思うと、また寄ってきて、そして鳴く。コッ、コッ、ヒュー、コッ、コッ、ヒューと、しつこく。頭をこするほど近くで羽ばたきをする…中部高原で夜、森を行く人たちはみな、コッ、コッ、ヒュー鳥が鳴くのに出会うと、そこが不吉な場所であることを知っている――前方のどこか、ごく近くに人がいる。誰か？　敵ではないか？　それとも、虎がいる。それも非常に近く、われわれの左側か、右側に接するほど近く、数メートルのところに……一団はさっとたいまつをかざす。藁を巻きつけたたいまつをつかんで、森を行く人々は進む。火が小さくなると、たいまつをふりかざす。すると、突然、赤々と燃え上がる。真っ暗な夜、ふりかざしたたいまつの火は、空中にいくつもの火輪を描きだす。果てしない野生。まさしく森だ。そして、まさしく人だ。中部高原の森と人だ。一時、草原が明るく照らし出され、そしてはるか遠くまで幻影につつまれる。この時、いっそうくらやみが広がる。猛々しい鹿の鳴き声、萱の草原の枯草が奏でるサラサラとした音。一頭の虎が炎を見て、立ち上がって走り出す…森を行く一夜である。何の話もない。コッ、コッ、ヒューと鳴く鳥と数本のたいまつ、姿を見せない虎…私は、中部高原にもう長くいたし、中部高原について書いたものも少なくない。しかし、コッ、コッ、ヒューという夜とそのたいまつの話には、私は読んでたいへんに感服した。中部高原の夜の無限さ！…正統な中部高原人でなければけっし

※14　グエン・ゴックが中部高原の英雄ヌップとコンホア部落のバーナー族の住民が抗仏戦争に立ち上がる姿を描いた長編小説で、一九五四～五五年のベトナム作家協会賞を受賞した。ベトナム文学最高の賞で、北部の少数民族を描いた作家トー・ホアイの『西北地方物語』も同時受賞した。『祖国は立ち上がる』は邦題『不敗の村』として新日本出版社の『世界革命文学選』に収録。

て書くことが出来ないことは確かだ。中部高原の散文作家はこの上なく貴重である。私はナイノーを捜しに行った。そして、会った。当時は、抗米戦争の終わりの時期であり、彼はまだ、たいへん若かった。私たちは友達になった…しかし、その後、私は気になっていた――私が捜しに行くことを知るといつもナイノーは私を避けた。私にはわかった――私の方は、催促し、彼に書くように要求した。正統な中部高原の散文の書き手はたいへん貴重である。しかし、ナイノーの側はもう二度と書かなかった。彼は私が責めるのを恐れた。ある人が言うには、彼はあなたが叱るのを恐れている。実際、私は彼を責めようと思った。たいへん「叱り」たかった。このような筆力を持ちながら、書こうとしない。計り知れない損失だ。そして、さらに大切なことは、誰も彼に代わることができないことだ。しかし、ナイノーはそんな風だった。お墓の像を彫った中部高原の人物とまったく同じだ。私は、彼が中部高原の散文作家になることを望んだ。しかし、お墓の家の像を彫った人物がプロの彫刻家になったら、それでも中部高原の彫像の作者だと言えるだろうか？　結局、現在、ナイノーを捜しだすことはたいへん困難だ。彼は「隠れた存在」であり、どこにいるかも推測できない。その街にいて、朝、彼に誘われてプレイクの有名なトゥハーのコーヒーでのどを潤して、一緒に『プレイクの娘、赤い頬に赤い唇』の曲を聞いたばかりなのに、夕方にはどこかに消えてしまった。森に帰ったのであろう…。

高原の私の友人たちはそんな風であり、幽霊のように見え隠れし、いついかなる時でも、いつでも森に入って行方不明になる用意ができている。あなたがある時期、彼らを知っていたとしよう。あなたは日増しによりはっきりとある感覚を持つことになる——中部高原の人は非常な不安を持って、脆い境界の上に生きており、こちら側は森であり、あちら側は社会である。彼らは常に両方から引っ張られている。そして、中部高原の森は非常に強く、私の場合でも時には自分が引き込まれるような感じがし、それを通り越すと、もはや抵抗できなくなる。こちら側にいたと思うと、一瞬のうちにあちら側に入って行方不明となり、そして、あちら側のぼんやりかすんだところから、不意にこちら側に戻って、姿を見せる。人は、そうした日常の、どちらともとれるバランスの中で生きている。中部高原全体がそうである。私があえてみなさんに言いたいのは、私と一緒に試しに中部高原に来たいと希望している人は、もしそのことがわからないなら、中部高原について何もわからないであろうということだ。少しばかりの銅鑼、少しばかりの共同の家、少しばかりのトゥルン琴[※15]、さらには、少しばかりの石の楽器でさえ…理解できないだろう。

そのとおり。みな、それらは中部高原のもの、中部高原の特産物なのだ。しかし、気を付けてほしい。それらは殻であり、外側であり、形式にすぎず、「偽物」、「模倣」にすぎない。中部高原こそまさにその不安定であり、不安定な強固さであり、強固な不安定さである。それは人間であり、それは文化である。そして、文化はいつも不安定ではないだろうか？　もし、本当にそれ

※15　ザライ族、バーナー族の楽器。木琴に似ているが、竹を使っている。名前の由来はザライ語から。ベトナム民族歌舞団の演目に「トゥルン琴の音」がある。

が文化なら、いかなる文化もそうである。なぜなら、文化は人間が自然から引きはがした努力の賜物であり、引きはがしても、依然としてくっついており、その中に静かに沈んではいないし、ましてや、もし、乾いて干からび、枯れ果てて、死んでしまうのを望まなければ、依然としてその中に深く根を張っていなければならない。芸術とはまさに、その、永遠の長きにわたる、しがみつく作業のようなものである。そして、中部高原はまさに芸術そのものである。

中部高原では、自然とは森のことだ。私は依然として、日夜、息を吸い、吐き、心配し、思案しているが、中部高原はすでに非常に多く破壊されており、それを見ると、はらわたが焼かれるようだ。しかし、私にとって幸運なことは、ゴクリンのように、チューヤンシンのように、まだ少しは森が残っていることであり…そして、そうであれば、まだ、私にはその高原に友人たちがいる。もし、いつの日か、この工業化、近代化とともに、彼らが時おり、その中に姿をくらますために、ほんの少しの森さえも残さなければ、どうしたらよいのか？　私は知らない。私は恐れる…。

第7章

ヌップ、全中部高原の部落の長老

南チュオンソンの長く、幅広く、雄大な一帯の土地に生きるバーナー族の地域と他の多くの民族の地域の中の一人の人物が、長年にわたり、すべての人から、共通の部落の長老、中部高原全体の部落の長老と見なされてきた。その人物はヌップ老である。

私は言う――すべての人々だ。その通り、男も女も、老いも若きも、髭や髪が真っ白な老人から、焼畑に出かける母に背負子《しょいこ》で背負われた、よちよち歩きの幼児までもが。そして、あらゆるところでだ――私はヌップ老と一緒に出かける機会があったが、ヌップ老の故郷のクパン、アンケ、コンクロのみならず、その他の中部高原の各省、各県の非常に遠くの各部落まで出かけたが、不思議なことに、どこへ行っても、人々はヌップ老をすぐに見分けた――「ヌップ！　ボク・ヌップ、アマ・ヌップ…[※1]」――人々はさえずるように叫んで、そして、瞬く間に、数十人となり、

※1　ボクは伯父、アマは父。年配の男性に付ける尊称。

それから数百人が取り囲んだ。そしてヌップ老は道路わきの古木の根の上に腰をおろし、すべての人がまわりを囲んで、ひとしきり話がはずみ、ざわめきが起こった。人々は互いにもう古くからの親しい知り合いであるかのようで、いつの間にか話が始まった。ある人々は日常生活にまつわる身のまわりの話を談じ、ある人々は気持ちを伝え合い、ある人々は議論し、ある人々は互いを推し量り合い、ある人々は大声を出し、ある人々はささやき合った…少し経つと、だれかがいつの間にか、こっそりと家に帰り、甕酒の甕を背負ってきた。そして、今や、甕酒を飲みながら、話をしている…ある時、私はヌップ老と一緒に、コンハヌンの北方の深い森林地域にある一つの部落に行き、ヌップ老の、そのような甕酒を飲みながらの話に引き込まれた。夜が更け、疲れてしまい、私は寝入ってしまった。眼が覚めると、空が明るくなっており、ヌップ老が依然としてバーナー族の男性たち、女性たち数人とそこに座って、ささやきながら話をしているのが見えた。ささやきながら話し合い、甕酒を飲んでいた…。

私は不意に思い至った——私がヌップ老と知り合ったのは今から半世紀余り前になる。私たちは、軍主力の一部隊として、敵の精鋭部隊、高名な第一〇〇機動兵団[※2]との決戦を準備するために、一九号道路にやってきた。ヌップは当時、この道路に近いストール部落の遊撃隊の指揮官で、毎晩、私たちを案内して森を横切り、道路に出て、敵の屯所を偵察していた…その日から今まで丸々半世紀余になる。ヌップは各部落を訪問し、部落の人びとをまわりに集め、そこに座り込んで話をした。毎日、住民たちと休みなく親密に話し合い、議論し、彼らと一緒に、人々の、部落の、共同体の日常生活の中の、小さなことから大きなことまで推し測り、解決する——ヌップは常にそうした任務に専念していた。ヌップ老はそんな人物だった。ヌップはいつも、実に簡単な方法で、確固とした真理を話した。彼は言う——「自分一人が、一人だけでやっていたら、どんな仕事もやり遂げることはできない。多くの人に話し聞かせなければならない。一緒にやってこそ、革命は成功する…」

中部高原の各部落では、長老はもっとも尊敬される人物だ。その人物は、部落でもっとも聡明な人であるからだ——山林、河川、土地、草木、日照りと雨のことをくわしく知っていて、父祖の歴史や共同体の規則・習慣を深く理解しており、もっとも経験豊かな人であり、共同体の何代にもわたる経験や、心底からの願望を寄せ集めた人物だ。部落の長老は、彼が常に「ぶらぶら歩きをする」あいだに、平等に、親密に接することに精通し、共同体の生活の中に密着する中で身に付けた深い知恵によって、部落の運命にかかわる自分の諸決定をまとめ上げる。そして、その決定を、彼はまた「ぶらぶら歩きをする」なかで、人々に浸透させ、論議し、共同の行動にするのだ。初歩的で、明解かつ効果的な民主主義である。

中部高原ではつい最近まで、社会組織の基本単位は部落の共同体であった。共同体意識がもっ

※2　第一〇〇機動兵団は仏軍精鋭機動兵団として朝鮮戦争に派遣されたが、朝鮮戦争の休戦で、ベトナムに移動した。タイグエン駐屯のベトナム人民軍部隊が、この仏第一〇〇兵団を撃破した。一九五四年六月二四日から七月一七日まで続いたこの戦闘は第一次インドシナ戦争（抗仏戦争）の最後の公式の戦闘であった。

とも深く強いのは、部落の共同体である。人々はそれ以上に広大な共同体については、あまりはっきりとは知らない。それぞれの部落では、部落の長老が、部落の共同体の意思の代表者である。おそらく、ヌップ老は、一つの部落の、かの有名なストール部落の長老というだけでなく、一つの部族の、バーナー族の長老というだけでなく、中部高原全体の部族の長老と見なされたのである。

中部高原での彼の威信は実に広大であり、奥深い。

それが偶然でないことは確かである。今世紀の二〇年代から三〇年代ころまで、彼は、中部高原各省と中部南沿海各省の一つの抗仏蜂起運動、スー水運動、[※3]に参加した。決起した山岳地域の農民たちが当時、直面した大きな、厳しく、痛ましい疑問は次のようなことであった——フランスを殲滅すること、フランスを打ち破ることができるのか？　フランスは残酷にわが国を占領し、わが人民を奴隷にしているが、彼らは神霊である。神霊はけっして死なない。神霊を殺すことはできない。神霊に勝利することもできない。スー水決起の運動の性格そのものの中に、その不安、閉塞の疑問が反映されていたのである。蜂起に参加した人々は各人が一スー硬貨を手にして、彼らが霊験あらたかな小川と見なしている小川の水に浸し、その一スー硬貨を首に付けて出陣すれば、フランスが撃つ弾丸に当たっても死なないと信じていた——凶悪であるが、神霊である一つの勢力に対処するために、人々は、自分たちにも、自分たちの故郷の小川から神霊の威力をさずかろうと希望したのだ。感動するが、痛ましい希望である。

ヌップは自分の青年時代にその痛みを味わったことがある。そして、彼はあえて一つの違う道を探し求めようと試みた。彼は、自分の民族、中部高原の諸民族の中で、敵が神霊であるという長期にわたる信心を強いて疑った初めての人間であった。

彼は試しにフランス人を撃ってみた。そして、フランス人も血を流すということを発見した。そうであれば、奴らは神霊ではない。奴らもまた、われわれと同じ人間である。奴らもまた死ぬのだ。フランス人を攻撃することはできる！

一定の範囲内で次のように言うことができる——その行動で、その生死の発見で、彼は自分の民族と他の中部高原の各民族を、この一つの時代から他の一つの時代へと移した。その戦闘をはっきりと現代の時期へと移した。

長い間、人々はいつもよくヌップの有名な「フランス人を撃てば血が流れる」という実験の大きな軍事的な意義あるいは政治的意義について語ってきた。しかし、多分、その実験行動の、より意義深い一面を語る必要があるだろう——それは実際に一つの大きな文化的行動であった。それは、中部高原の各民族の長期にわたる生活の中の文化について基本的な変転の一歩をつくりだしたのである。

※3　二〇世紀初頭の中部高原の少数民族の抗仏運動の一つ。一スー硬貨を「神聖な小川」の水に浸して身に付ければ不死身となるとされ、強力な抗仏運動に発展した。一スーは日本の貨幣で言えば「一円」に当たる最小の貨幣単位。

各民族の歴史の中で、そのような大きさの諸事件はいつも神話に変化し、そして、その事件をつくりだした人物は、いつも、神話の一人物のように人民の精神の中に生きることになる。ヌップ老の生涯とヌップという人間はまさしくそうである。ただ、その「神話」の人間がここではいっそう特別なだけである。というのは、人民が彼にささげる賞賛や尊重のすべてが、彼をほんの少しでも変貌させることはなかったからである。彼は、共同体の希望、痛み、信頼の結晶である。一つの歴史的な行動によって、彼は、その希望、痛み、信頼を偉大な一歩へと持ち上げ、自分の民族を新しい一つの時代へと移した。しかし、彼はそれによって、自分をその共同体から切り離すことはなかった。彼は依然として、深い森の中でも会うことができるような、どんなバーナー族の老人とも同じであり、質素であり、純朴であり、親しみやすく、普通である。彼は、彼が看破した大きな真理を自分の民族にもたらしたのだが、それを何でもないことのように軽やかにやってのけた。

その非常にバーナー的で、中部高原的な精神のふしぎなほどの純朴な美しさは、彼という人間と、彼の容貌を明るく照らしだしている。おそらく、彼は、これまでの数十年間、わが国でももっとも美しい老人の一人であろう。強壮で、威厳があり、矍鑠《かくしゃく》としていて、一人の将軍閣下のようでありながら、一人の仙人のように慈愛深く、ゆったりとしている。両目は子供のように天真爛漫に、温厚に笑い、額は一人の賢哲の額のように清潔で気高い。

彼には、気高さと単純さ、知恵と情愛、いかめしさとやさしさ、沈着さと素朴さの不思議な結合がある。ふと、私たちは自然に思いつく——もしも、その雄大で、幻想的で、奥深く、親密で、親しみやすい中部高原の山林が、あるとき人間の姿となって現れれば、その人間の肖像はまさしくヌップであろうと。

そのような人間たちを、私たちはいつも、彼らはけっして死なない、失われることもないと感じている。彼らは、大地のように、山林のように、人民のように長期にわたって存在しつづける。

第8章 ニンノン月※1

私はばかなことをしてしまった——ちょうど雨の季節にムオンホンに行ったのだ…。

しかし…みなさんはこれまでにムオンホンについての話を聞いたことがあるだろうか？　こういうことだ——中部高原でもっとも標高が高いのはゴクリン峰で二五〇〇メートルほどあり、他方、ムオンホンにはもっとも高い位置の部落がある。トーチャー族と呼ばれる部族の部落で、一年中、白い雲が山腹にかかっていて、海抜二〇〇〇メートル近くの高さである。

ムオンホンにいつ行くか、どの道を通って、つまりクアンナムのチャーミーの方向から深い峠を越えて行くか、あるいは、ダクト、ダクグレイ、ダクペットの方向から逆に登って行くか、これもまた一つの冒険行である。しかも、雨期にあえて行くのだから、これは確かに冒険である。

中部高原の森の雨期は、それを経験したことのある者は、生涯覚えているだろう。土砂降りがだらだらと長引き、薄暗い、それが一ヵ月、二ヵ月、三ヵ月、五ヵ月間と続く。雨期になるたびに、天地開闢《てんちかいびゃく》の時に戻るようだ。巨大な山頂が一つ一つ崩れ落ち、そして、その背後に一つ一つの高くそびえる長い山並みが出現する。底なしのいくつかの穴が、以前には平地であり、年を経た森であったところに突然姿を現し、広がる。いくつかの大きな川がぐるりと向きを変えて、流れを逆にする…水、水、水、広大で、果てしない、無限の…。

雨期の間にムオンホンに行くには、確かに情熱的な奥深い何らかの呼び声が必要だ。私には一つのそのような呼び声があった——一九六八年、敵の反撃を受け[※2]、分散して闘い、私たちは逃走し、ここに登った。そして、トーチャーの部落は当時、何もない部落で、一〇軒の家があるだけだったが、私たちをかくまってくれた。ああ、私のあの日々の、ちっぽけなムオンホン部落よ。彼らもまた飢えており、敵に攻撃され、ずたずたになっていた。それなのに、彼らは私たちをかくまって、トウモロコシの粒と野菜を我慢して、養ってくれた。それも少人数ではなく、数個中隊を養った。森にいたことのある人ならだれもが、飢えれば病気になることを知っていた。森のマラリアの攻撃は激しい。私は悪性の発熱におそわれた。一〇中八九の割合で死にそうになった。

※1　ニンノン月は焼畑で稲の収穫を終え、倉庫に収めて、倉庫の門を締めたことで、稲が眠りについたのちの、休農期を示す言葉。セダン族の言葉とされる。

※2※4はいずれも一九六八年のテト攻勢に関連する記述。※2は解放勢力のテト攻勢に対する米軍の熾烈を極めた反撃作戦を指す。※4ではテト攻勢を「戊申」と表現し、これに対する米軍の激しい反撃を紹介している。テト攻勢とは一九六八年の旧正月にあたって一月三〇日から解放勢力がサイゴンその他で一斉攻撃したことを指すが、解放側は一九六八年末までを断続的な「テト攻勢」と見なしており、これに対する米軍の反撃も同年末まで続いたと見ている。

後になって、仲間たちが教えてくれたが、私は丸数日間、時には意識が戻ったが、昏睡状態が続き、意識がもうろうとしていた。しかし、そんな意識蒙昧の中で、信じがたいことに、私はそれほど美しい娘を見たのである。

そうだ。私が意識を取り戻した時に、一人の女性が、トーチャー族の女性が、私の傍らに座っていたのだ。今になって思い起こすと、すべてがみな一睡の夢のようであるが、確かに現実なのだ。なぜなら、まさに私であるからだ。私の人生、私の運命、私の冒険だからだ。それでもなお、その何かが幻想であったかのようであり、私が一瞬、見かけて、それから一瞬のうちに見失い、一瞬、存在し、一瞬、存在しない。現実が私を悩ませた、あの両眼である。なぜなら、意識が戻った時、最初に私が気づいたのは一対の両眼、ふしぎなほど黒く、不思議なほど愛情に満ち、慈しみに満ちていた。そして、私が瞬時に理解したことは、私がまだ生きていることであった。それは、生であり、私はそれにまた会うことが出来たのである。なぜなら生があって初めて、それほどの輝く黒い瞳でありえたのであり、そのようにキラキラ輝き、情熱的な慈しみに満ちた、愛情のこもった瞳でありえたのである。それから、頭髪がすこし巻いているのも、元々トーチャー族の特徴であり、顔立ちは細めの卵型、そして、胸の形も青春の形である。トーチャーの娘は、かつては二本の先がとがったピンク色のサヌー[※3]のほうきのような胸を露出して、その若さを誇っていた。兵士たちが彼女らのところに姿を見せるようになったころから、彼女らは、恥ずかしさと大胆さを混ぜ合わせた一枚の粗い布を身にまとうようになった。あるいは、不思議なことだが、挑発と渇望まで混ぜ合わせたと言えるかもしれない…いいや、これは事実である。その娘はいたのだ。私はそうだと思う。なぜなら、その娘こそが最初に、嚙み砕いたトウモロコシの汁を私に口移しで飲ませたからだ。すでにお話ししたように、戊申《ぼしん》[※4]のあと、敵軍が狂ったように突進し、われわれを粉砕しようとしていた時期であり、米もあるはずがない。一粒の米もなくなっていた。すべての人が森の雑草を食べた。最後のトウモロコシは、老人、新生児、傷や病が重い傷病兵ためにのみ取って置いたものである。娘が乾燥したトウモロコシの粒を嚙み砕いて、私に飲みこませた。私は、少しずつ飲み込んで、サヌーの炎で乾燥させた濃厚な苦さと娘のしょっぱく、温かい唾の味と唇の涼やかで甘い味の両方をはっきりと味わった…私は生と死の不安定な境にいた。悪性の森のマラリアによる焼け付くように高い熱で乾いた私の唇が、娘の唇を吸い取ろうとしたが、その涼やかで、温かく、しょっぱくて、甘い唇が、私を生の方向へと引き寄せたのだ。

当時は、ムオンホンと呼んだが、実際は部落と呼べるものはなかった。B52[※5]による損失を減らすために互いの小屋を遠く離し、つとめて分散させて、生い茂った葦の茂みの中に潜り込ませ

※3　サヌー、あるいはサヌーの木は、タイグエンの少数民族ゼーチエン族の言葉。グエン・チュン・タイン（抗米戦争時代のグエン・ゴックのペンネーム）著『サヌーの森』でゼーチエン族のソマン部落一帯の広大なサヌーの森の描写がある。松の一種だが、この地域では二葉と三葉の二種類があり、三葉の松をゼーチエン語（セダン語）でサヌーと呼ぶ。

※4　十干十二支の戊申の年。ベトナムの人びとは、一九六八年のテト攻勢を「戊申のテト」あるいはただ「戊申」と呼ぶ。

た小屋があっただけだ。

娘は、枯れた葦の茂みの中に隠された小屋の中で私の世話をした。いったい誰が私をここに運んだのか、私の部隊仲間は今どこにいるのか、なぜ彼女と私だけがこの小屋にいて、彼女がこのように一人で死神との間で私を奪い合ったのはいったい幾日、幾晩であったのか、私には知る由もなかった。一人で慈しみと勇敢さをもって格闘し、奪い合ったのだ。私は死んで、また生き返り、気絶して、気を取り戻すことを何回繰り返したか、わからない。意識を回復する度に、涙にぬれた、そのふしぎなほど美しい顔に浮かべた笑顔を見た。そして、そのあと、私の唇に、生命の通った、しょっぱく、甘く、涼しく、温かい両唇を押し付けた。私は両腕を伸ばして、その生命を引き寄せ、かき抱き、しっかりと抱きしめ、いつまでも離さなかった…。

米軍第一〇一空挺旅団[※6]は私たちをまだ自由にしてはくれなかった。ゴクリン山の山腹の向こう側からこちら側へと移動して私たちに奇襲攻撃をかけた。私たちが弱りきったと知ると、引き続き私たちを激しく追撃した。そして、この切り立った山腹に真っすぐに立つ、けわしいムオンホンの部落で私たちの痕跡を発見したのである。そしてまたB52が、さらにまたジェット機が爆撃で山を焼き、森を焼いた。そして、また、フグという名のヘリコプターが雨のようにロケット弾を降り注ぎ、そして、イモムシという名のヘリが包囲のために部隊を降下させた。

私は、人々がどのように私を担いで行ったのか、誰が担いだのか、どこへ行ったのかを覚えていない。そして、彼らのそのような厚い包囲網をどのようにして脱出できたのか…。私が完全に意識を取り戻し、話すことができるようになった時には、私たちのぼろぼろの部隊は、森の道のりでムオンホンから四日間の行程の、五〇キロも離れた所にいた。そして、トーチャー族の娘はもはや私のかたわらにはいなかった…。

かなたの、ちっぽけなムオンホンの部落に、ゴクリン山の山腹の白い雲が年中ただよっているように、私が生と死の境をさまよっていた不安定な状態の中で、すべては幻影にすぎなかったのであろうか？　もし、そうであったなら、私はその不安定な生と死の淵の上にいつまでもとどまっていて、こんなふうに、この世の生活に戻ることなどは望んでいなかったであろう！

四分の一世紀がすでに過ぎた。あの娘はだれであっただろうか？　名前はなんというのか？本当の話かどうか？

…だれも私に答えることなどできない。

わが国はもともとSの字に曲がっており、このため、ハノイ－サイゴン間の航空便は、最短の

※5　米軍が第二次世界大戦後に開発した戦略爆撃機。「空の要塞」と呼ばれる。核兵器搭載可能。ベトナム戦争で初めて実戦に参加し、北ベトナムから南ベトナムへの軍事輸送の大動脈である「ホーチミン・ルート」爆撃に動員された。B52は返還前の沖縄やグアムから出撃していた。

※6　米空軍第一〇一師団の空挺部隊四〇〇〇人が一九六五年にベトナムのカムラン湾に到着し、ベトナム戦争に参加した。この時、この部隊の出身であったテーラー米大使とウェストモーランド将軍がこの部隊を閲兵した。

コースを選び、行程の始めの半分は海の上空を飛び、さらにあとの半分はダナンから南方に向かって、中部高原上空を飛ぶ。ダナンから飛び立つと、わずか一〇分後にはゴクリン山頂を飛び越える。この二一年間余り、私はハノイ－サイゴン、サイゴン－ハノイ間を、百千の込み入った仕事で、そして、何の成果も得られないかも知れないことで、忙しく飛び回った。ゴクリン山を越えるときはいつも、目をこらして見下ろした。いつも、雲海が見えるだけであった。運良く、数回、空が明るい時に、三〇〇〇メートル、五〇〇〇メートル、あるいは八〇〇〇メートル離れた、はるか遠くの雄大なゴクリン山の山腹が下方の彼方に広がっていた。私の昔のトーチャー部落はどこか、非常に遠い時間の中、起伏の多い空間の中のどこにあるのか、森はいったいどこに？…かなたの下方で、トーチャー族のどの娘、いや、トーチャー族のどの女性かが、かなたを平然と飛び去りつつある飛行機を見上げて、その飛行機の中に四分の一世紀前に、自分が処女の両唇を使って口移しに情愛のトウモロコシの汁を与えて命を救った一人の男性がいて、今では頭髪の半分が白髪になってはいるが、いまだに、半ば事実、半ば幻の前世の借りのように、そのことをけっして忘れ去ることができないでいることを知っているだろうか…。

私にはムオンホンからそのような一つの問いかけの呼び声があるのだ。そのため、私はまさしく雨期の最中に危険をおかし、興奮してムオンホンに行くのだが、生涯のうちには、そのような狂気の沙汰があってもいいのではないだろうか？　私にはダクグレイ県に行く用事が少しばかりあったが、ダクグレイからムオンホンまでは約七〇～八〇キロだった。私の年齢では、これはムオンホンに戻る最後の機会であることは確かだった…。

「あなたは気が狂ったのか？　この季節にムオンホンに行くなんて、死にたいのか？」

党県委員会の書記が眼を大きく開いて、尋ねた。

「死にたいのかというと、まだ死にたくはないが、しかし、気が狂ったのかと言われれば、そうだ」――私は笑った。

「本当を言うと、秘密の軍事的な任務で、どうしても行かなければならないのだ。みなさん、少しましなU－OAT型ジープを貸してください。すべての責任は私が負います…」

運転手はたいへん若く、名前はゴック・アイン。雨は滝のように降っている。急勾配の道がどこまでも続く。肘折りの急カーブが連続する。血のような赤い泥を撥ね飛ばしながら進んだ。数十キロの道のりすべてが、一方は切り立った崖で、もう一方は真っ暗な深い谷であった。私たちは行程の五分の四ほど進むことができた。私は言った――「運がいいぞ、すべて順調だ」

ゴック・アインが言った――「まだ、わからない、早合点は禁物です…」

言葉が途切れたとたん、背後でたいへん奇妙な物音がした。非常に小さな、長く伸び、沈んだ、重苦しく、沈鬱で、激しい、非常にゆっくりと、しかし、はっきりとした、刻々、脅威が増し…最後には、一陣の雷鳴のように、天地全体を揺るがし、空間全体をつつみこむような、ゴーゴー、ゴロゴロと、一面に響く物音がした…それから。突然、ぴたりとやんで、静まりかえった。土砂降りの雨音でさえも、この時は、まるでこの世の終わりの静けさを打ち破るような激しさだった。

ゴック・アインが叫んだ――「ああ、もうだめだ！」
私たちは後方を振り返った。雨が天地を暗くする中、私はおそれおののきながら、大きな山がそっくり崩壊するのを見た。すんでのところ、私たちは死を免れたが、あらゆる退路を塞がれた。私たちはゴクリン山の山中に取り残されてしまった…。

一つだけ方法があった――車を捨てて、歩いて部落に入ることだ。そして、そこで待ち続けることだ。あるいは一〇日間、あるいは半月。あるいは一ヵ月。はたまた三ヵ月。民工隊[※7]の人びとが崩れた山を爆破して車が戻れる道を開くのを待つのだ。

やっぱり、予見は不可能だ。この季節にムオンホンに行くことは狂気の沙汰だ！　ムオンホンは雨の中で眠っている。当然、今ではもはや、戦争のころのような葦の茂みの中の掘っ立て小屋ではない。すでに部落はあるが、何もない貧しい部落で、ぬかるんだ泥の土台の上に立った、低く粗末な高床式の家が一〇軒あまりあるだけだ。

私は、部落のはずれの家に入った。家の中で最初に目に入ったのは、サヌーの煙をもくもくと上げるかまどであった。しばらくして目が慣れると、一人の人がかまどの火の近くに座っているのが見えた。その男性、年齢は推測できないが、灰色のゾー[※8]をまとった男性が下帯を締めて、長いキセルをくわえていた。

私は声を出してあいさつしたが、彼は顔をあげて見つめ、軽くうなずき、それから、また、頭をさげて、じっとかまどを見つめ、返事をしなかった。

私は言った――「自分は部落の人を訪ねて来たが、山が崩れて、車は部落の向こうに置いて歩いてここに来た。私たち二人を一両日泊めてもらえないだろうか？」

彼はまた、顔をあげて、今度は口からキセルを抜いて、私を頭から足まで見て、それから、うなずいたが依然として無言だった。

私は驚かなかった。中部高原の人間はもともと無口だ。彼らは、沈黙すること山や森のごとしだ。楽しい時、悲しい時、怒った時、いつもそうである。互いに出会ったときも、心をこめて抱き合うようなことはない。数十年間、離れ離れであったあとでさえそうである。戦争のころ、私の部隊にトーチャー族の戦士がいた。彼はずばぬけた射撃の名手だった。彼は川のこちらに立って物音を聞くだけで、一発のソ連製ＣＫＣライフル[※9]を発砲して鹿の耳から耳に貫通させる。彼は狩りに行き、夕暮れに戻り、家に入って、一言も発せず、悠然と急がず、体をきれいに洗い、台所に入って、ごはんを取り出して落ち着いて食べ、食べ終わると、緑茶を入れた鍋を両手で持って、顔を仰向けて一気に飲み干し、鍋を下ろして、両手を拭き、ようやく、ゆっくりと告げた

※7　戦時体制が長く続いたベトナムでは、民間人が年間に一定の日数の肉体労働に参加する義務が課せられていた。戦争による破壊からの復興や緊急の人命救助活動などである。その民間人から成る活動チームを「民工隊」と呼んだ。

※8　（原註）タイグエンの男性が上半身に羽織る布。

※9　ソ連製ライフル銃。通称ＣＫＣライフル。一九六〇年ころからソ連、中国が軍事援助としてベトナム人民軍に供与した。現在もベトナムの民兵隊やベトナム人民軍の儀仗兵の装備として使用されている。

——。

「ボス！　私に八人付けてくれ」

「何のためだ？」

「猪を担ぐためだ。自分が川の向こうで射止めたが、大きくて四人でも担げない」

私はトーチャー族の人間を知っている。私は主人がにこやかにいそいそと迎え入れるのを待つ気はなかった。それどころか、私は、彼がもう一回ののしるのをいつでも受け入れる準備をした

——貴様はどの面下げて、ここに来た！　今、お前らは街にいて大きな家、大きな門、自動車や何階もある高い家を持っている。貴様たちは、俺らのことを覚えていないだろう。貴様たちは、仲間を忘れてしまった…。

絶え間なくののしる。父親が子どもをののしるように、母親が子どもを叱るように。しかし、私たちが叱られるのは、当然すぎるほどの報いだ。私たちが毎日、あたふたと、せわしなく動き回り、あれこれしている間に、二〇年余りが過ぎたが、いったい何人の人が、昔、自分を助け、自分のために生死を賭けた、この山に穿たれた隠れ場にいる、父なる人、母なる人、姉なる人のもとに戻ってきたであろうか…。

私は静かに近づき、家の主人である彼のかたわらに腰を下ろし、両手を、こすり合わせながら、サヌーの火にかざして乾かし、ぎこちなく打ち解けようとした——「ひどい雨だな…」しばらくして、彼はやっと最初の言葉を発した——「あー、雨だ…」

今、ようやく目が慣れて、ようやく気づいた——この家はトーチャー族の家とはまったく似ていない。中部高原の家の型ではない。中部高原の家はけっして各部屋を壁で区切らない。家は長く、三〇～五〇メートルあり、数十家族が一緒に生活しており、こちらの入口から向こうの入り口まで吹き抜きで、家族ごとに台所があり、家全体が、常に往来する密接な共同体で、個が共通の中に溶け込んでいる。この家は違う。私たちが座っている所から数メートルが一つの部屋であり、篠竹の編格子だけだが、それで三方が囲われていて、四方目が簾《すだれ》で覆われた出入り口となっている。

そして、不意にオギャー、オギャーと泣く赤ん坊の声を聞いた——人がいる、おそらく、女主人が。子どもを生んだばかりの。

男主人は、私の腕に一方の手を置き、もう一方の手でキセルの雁首を口から外した。彼の手が私の腕を握りしめ、時とともに握力が増し、激痛が走るまでになった。そして、彼はしゃべった。しゃべりつつ、笑った。話す声は小さいが、一語一語はっきりと、早口だ。たいへん不思議だ。どうして、こんなに声が震えているのだろう——。

「自分の家内があそこで最近、横になっている。五番目の子だ。あんたはハノイから来たばかりだろう。一目見てすぐにわかった。ハノイの人はどこにも行けやしない。家内は五人目を生んだばかりだ。三人が男、二人が女だ。どうか、勘弁してほしい。これは少数民族に対する特別の政策のおかげだ。[※10] キン族の地域と同じようにはいかない…」

なんということだ、どうしたことだろう？　私は、多くの中部高原の人間がキン族の言葉をはっきり話すことを知っている。いろいろな形で、隠語や、語音転換で話したりするので、正統なバクハー人でさえ恐れ入るほどだ。[※11]しかし、今、私の眼の前にいるのは、このゴクリン山の山腹二〇〇〇メートルの断崖絶壁にかかる白い雲の中にただよっているトーチャー族の部落で、この広大な薄暗い森の雨の中で、私と一緒に座っているのは、正真正銘のキン族の人間に違いない。

「ビンフーの人ではないか？　ヴェットチ、あるいはラムタオ？　昔のチュオンソン部隊[※12]の兵士では？　あなたは」

「あんたは鋭い。しかし、今、自分はトーチャー族の人間だ。一〇〇〇%の…それで、あんたはどうして、こんな風雨の中を命がけでムオンホンに登って来たのかね？　けさがたの山崩れでも命をなくさなかったということは、あんたの運がまだ強いということだ。お前さん、正直に聞くが、あんたも兵隊で、ムオンホンのトーチャー族の娘に借りがあるのではないのかね？……」

部屋の中から、子どもの泣き声がする。

「上の子たちは、四人の子はどこへ行ったのかね？」

「子どもたちは下のダクグレイの親戚の家に行っている。あんた方はすっかり駄目人間になった。どこへ行くにも自動車で、道が途切れればおしまいだ。あの子たちは、川を歩いて渡り、山が崩れて川がせき止められても、怖がらない…そうだ、あなたは、今晩は私とここにいなさい。雨は、明日の朝には小降りになる。部落の長老にはあとでお伺いしよう。自分は今、部落長だ。自分を通して報告すれば、どこに行くのも大丈夫だ…今晩はこのまま寝ないで過ごし、一緒に世間話をしよう…」

キン族の兵士が戦争の後、中部高原で妻をめとり、山林にとどまった話は、私も二～三例知っている。みな不思議な話だ。そして、みな美しい話だ。みな一人の勇士と仙女の現代の話だ。しかし、この話は…いいや、彼に話してもらおう…。

「…あんたは自分が長い間、中部高原に結び付いた人間であると言った。私はあんたに、このことを聞きたい。あんたは、中部高原ではニンノン月が何であるか、知っているかね？　知らないのかね？　それでも中部高原を知っていると言うのだね。ニンノンの意味は田の作業をしない、焼畑作業をしないということだ。ニンノン月は、焼畑作業をしない、つまり、前の稲の季節に、すでに収穫は済んでいる。倉庫の扉はもう閂を締めていて、母なる稲は寝入ってしまった。新米

※10　この頃は人口の急増を避けるために、公務員の家族には二人目までは手当が支給されたが三人目からは手当を支給しない政策がとられた。しかし少数民族に対してはそのような人口増抑制策はとられなかったことを言う。

※11　キン族は隠語を使い、語音転換（言葉の順序を逆にする）をすることが多い。男女の関係を比喩的に表現する方法としてよく使う。中でも北部のバクハー人は比喩的な表現が多いことで知られている。

※12　ビンフー、ヴェットチ、ラムタオは北部の地名。話し手の発音、アクセントからの類推。チュオンソン部隊とは一九五九年、北部から南部の前線に軍需物資を輸送するチュオンソン山脈沿いの道路（ホーチミン・ルート）を建設するために創立された部隊であり、略称五五九兵団またはチュオンソン部隊。その部隊の兵士ではないか？という問い。

を食べる儀式はもう終わっている。労働の季節はすでに終わった。お祭りの季節が始まった。お墓打ち捨ての儀式をおこなう季節になった。人々は、夫を求め、妻を求め、婚礼をおこなう。人々は互いに訪問し合い、兄弟、友人、親戚が家を訪問し合う。人々は踊り、歌い、トルン琴を弾き、クロンプット[※13]を弾き、クシ琴[※14]を弾き、ディンナム笛[※15]を吹く。人々は、スカートや下帯を織り、用具を編み込み、新しい生産の季節を準備する、雷鳴がとどろくまで。妻をまだめとっていない者は、急いで結婚しなければならない。雷が起こると、母なる稲は雷の音を聞き、母なる稲は目覚め、新しい労働の季節が始まる…中部高原のニンノン月でもっとも奇妙なのは、コンチエン[※16]の音だ。偽の中部高原、新時代の中部高原、現在の舞台やテレビ上に現れる偽の銅鑼ではない。ゆったりとした、こだまする、底の深い、神秘的な…一日中、一晩中、銅鑼の音がこちらの山腹から響き渡り、山の向こうの山腹まで響いていき、また、こちらの山腹に跳ね返ってくる、地の魂、森の魂、山や川の魂の響きのようだ。手で握る小さな銅鑼ではない。かの巨大な銅鑼だ。人の頭より高く大人ほどの直径があり、両手をひろげてもまだ収まらない。地の奥深くから、深い心の底から、時間の無限の深みから響きあがるような低い音だ…。

　私はラムタオの人間だ。あなたは鋭い人だ。雄王《フンヴォン》[※17]の土地だからね。なぜかはわからないが、今の今まで、雄王《フンブォン》の時代から今まで、わが先祖はまさにそのように銅鑼をたたき、あるいは銅鼓をたたいていたと私は考えている。そして、現在のニンノン月の銅鑼の音はまさに当時から鳴りひびいてきたものだ。時間の地平線は、私たちの周囲を永遠に覆っているのだ。私は通信兵だった。

あなたも兵士だったから、おわかりだろう。その戦争当時の通信兵だったから、山林を避けることはなかった。私は中部高原のすべての森に入った。私はニンノン月を知っており、私が最高に夢中になるのはニンノン月だ。トーチャーのニンノン月の巨大な銅鑼の音が大好きだ。

あなたに誓って言うが、私は、そのように若々しく、自由奔放だった。しかし、私はどのトーチャーの娘にも借りはなかった…戦争が終わるまでは。そして、戦争が終わり、砲弾、火炎、大量の死は終わったのだが、私は…脱走したんだ、あなた。私はトーチャー地域に逃げ帰り、トーチャーのニンノンの季節に遊び暮らし、それから帰って、部隊と家族に罪を認めることを心に決めた。

トーチャーのニンノン月は、コンチエンだけではない。もう一つの風変わりな風習がある——その月になると、決まった日に、部落中が、数万年、数百万年の進化の歩みが人類にもたらした斧や鉈、刃類、家屋、太鼓類、米・トウモロコシ、鍋釜類のすべて、すべてを投げ捨てる。人々

※13　バーナー族などの楽器。ザライ族はディンプットと呼ぶ。演奏の仕方が独特で、竹琴の竹の筒の前で両手を合わせて拍手するようにたたいて音を出して、女性が演奏する。

※14　バイオリンの一種で、どの少数民族も使う楽器。呼び名も同じ。

※15　エデー、ザライ、ムノンなどの吹奏楽器。乾燥させた瓢箪に六本の篠竹を差し込み、瓢箪の口から吹いて音を出す。収穫の祝いの儀式などで使う。

※16　コンチエンは銅鑼太鼓のこと。中部高原ではコンチエンはもっとも古い時代からの楽器の一つである。

※17　雄王一世はベトナム初代の王朝（雄王朝）の王。紀元前二八七九年に即位したとされる。

によると、以前は衣服まで投げ捨てたという。そして、部落中が、部落の長老に従って、みんな連れ立って森の奥深くに入ったという。そこで、彼らは祖先の魂に、自分たちのところに帰るように大声で呼ぶ。そして、彼らは原始時代の生活をし、拾集と狩猟に戻るのだ。一〇日間くらい、時には半月、あるいは一ヵ月間くらい。何のためにそうするのか？　人々は、それは祖先のもとに、自然のもとに帰るためであり、水源の川の泉で人間のすべてを洗い清める沐浴をするのだと言う。一〇日間くらい、半月くらいしてから、人々は部落に戻る…そして普通の生活が引き続き繰り返される。そして、また、稲妻が発生するころになる。母なる稲が目覚める。人々の万代にわたる生活の新しい一年がまた始まる…。

私はその年に、トーチャー部落の同胞からその水源での沐浴行事に付いていくことを許された。そして、私の人生全体を揺り動かす出来事が起こった。森の奥深くの洞窟で横になっていた原始の夜、一人の女性がむせび泣きながら、私に語った――『ねえ、あなた、私はあなたを知っている。あなたは、ずっと知らないふりをして、私に隠している。あなたこそ、若い兵士で、春ごろ、めったやたらに敵を攻撃して、ここに逃げのびてきて、高熱を発し、部落が私にあなたを介抱させた。あなたは死にかけては生き返り、それを数えきれないくらい繰り返した。私はトウモロコシを噛み砕いて、私の唇を使って、口移しで、焼け付くような乾いたあなたの唇に飲み込ませたの！　あなたを死神から取り返したの！…それから、あなたは出て行った。私に名前さえ告げないで。そして、私の名前も、あなたは知らないでしょう？　でも、名前なんか、どうだっていいの。私、待ってた…ずっと！』

私の話はこんなところです、あなた。その年のニンノン月に、原始林の中で、私が知り得ず、会うことも出来なかった、どこかの幸福な兵士と、私はその居場所を代わることができた。一方、彼の方は、おそらく、彼は倒れてしまい、サイゴンに進む道のどこかで、永遠に横たわっているのだろう…」

私もそんなに駄目な人間ではない。一歩一歩を、一台の車で進む。翌朝、ゴック・アインは車を守るために居残った。一方、私の方は、森を横切り、雨はまだ降り続いていたが、川を歩いて渡り、ゴクリン山の急勾配の山腹を越えて、ようやく抜け出た。私一人で今回もまた、狂った人間のようであった。私が彼女に会うことはなかった。

私は逃げるように帰った。

何から逃げたのであろうか、私にもわからなかった。

今さら、どこへ行くのか？　運命は、私に中部高原のニン・ノン月を与えてくれなかった。

もういい、私はここから、騒々しく、無秩序な、有形無形の人生の雑事が待ち受ける都市にもどることにしよう。今、やって来つつある中部高原の春、ニンノンの季節を背後に残して。

第9章
ステン人の六つの魂

彼女を捜しに行きたいのだが、今すぐそうするのは容易ではない。彼女は第三級学校[※1]の国語の教員資格を持ち、現在、コントゥム省のもっとも高地の、もっとも遠い県であるダクグレイ県の全寮制のダクグレイ民族学校[※2]の副校長として赴任している。彼女の故郷はトゥモロンで、そこもまた巨大なゴクリン山の山腹にあり、いずれ劣らず高地の険阻な県である。ダクグレイに行くには、二つの道があり、一本はダナンから上る道だが、現在、道路はたいへん良く、四時間ほどで行ける。ただ、危険なことで有名なローソー峠を越えなければならない。もう一本は、省庁のあるコントゥムから逆に上る道で、一二〇キロあり、りっぱなアスファルト舗装の道路である。最初、私はダナンから上って行ったが、彼女に確実に会えると思っていた。しかし、夏休みの最中《さなか》で、教員の彼女は、ニャチャンで開かれている何とかの講習を受けに行っていた。私は彼女の友人である数人の県の幹部の女性たちとほんの少しばかり座りこんで話をした程度であるが、彼女たちは同じ年頃のようであり、雑談を通して、私がとても会いたいと思っている人をなんとか推し量ってみようとしたのだ。とても会いたいと思ったのは、私が彼女の修士論文を読む機会があったからである。それはたいへん面白く、トゥモロンに住むステン族[※3]の人びとの心霊生活について書いていた。私にとっては、単なる一つの興味深い発見にとどまらなかった。この繊細な女性は、彼女の故郷である奥深いゴクリン山脈のように、広大で、神秘的で、さらに不思議で、無限で、謎の多い一つの世界への扉をほんのわずか開いて見せただけに違いない…と私は確信している。

※1　日本の高校にあたる。

※2　ホー・チ・ミン国家主席は民族独立を達成した八月革命とその後の抗仏戦争で北部山岳地帯の少数民族とその居住地域に依拠して活動を発展させたこともあり、国家主席令により、ベトナム民主共和国（一九四五年〜一九七六年）治下の中国国境やラオス国境地帯にベトバック（越北）自治区が設立された（一九五六〜一九七五年）。前身はベトバック連区（一九四九年一一月四日に創設、ベトバック自治区創設とともに解体）。一九七五年の南部完全解放後は、民族自治区は廃止され、ベトナムは統一国家として発足した。ベトナムには五四の民族が存在しているが、基本的には全国共通の教育政策が施行されている。同時に各少数民族の言葉と文化を保護するための少数民族教育の権利は保障されており、少数民族の主要な居住地域がある山岳地帯の各省の小学校では、ベトナム語と各民族語の教育が並行して実施されている。これらの各省では公立の全寮制の中学校、高等学校があり、省や県に運営権が委ねられている。この章に登場するファム・ティ・チュンはその後、コントゥム省ダクグレイ県のこの民族高等学校の校長を務めたのち、コントゥム省教育局局長に就任した。

※3　ステン族はコントゥム省に住む六つの少数民族の一つセダン族（二〇一九年時の人口は約二一万二二七七人）の一つのグループである。このほかトドゥラ、モーナム、カーゾン、ハーランのグループがある。セダンステン人はトゥモロンに集中的に居住している。

数ヵ月後に、私は戻ってきた。今回は、南部から飛んで、プレイクに着き、コントゥムに出て、省都コントゥムからダクグレイに行こうと考えた。聞いてみると、彼女はどこの講習にも出ていないそうで、確実に会えると思った。コントゥムで少しばかり用事を済ませ、午後五時近くに省都コントゥムを出発した。省の仲間たちが貸してくれた車で、ダクト、タンカイン、プレイカン、ズクニャイを越えて、一二〇キロにわたる一四号道路をいつもとは逆に上って行った…。この地方を、私はよく知っている。戦時中のころから、平和になった直後の最初の困難な数年間の時期まで、鮮烈な記憶に満ちている…。夜の八時近くになって目的地に到着し、すでに人の気配が少なくなっていた県委員会の事務所に立ち寄って彼女の消息を聞いた。なんということだ。またあてがはずれてしまった――彼女はこの一週間ばかり、省都コントゥムに戻っているとのことだ。彼女の子どもが肺炎にかかり県の病院に入院したが、心配なので、省の病院に移すことになったためだという。私はコントゥム省の知事に電話した。省知事は私に車を貸してくれた当人である。私はかつてその省知事に、彼女の修士論文を読むよう勧めたことがあった。知事は思いがけず、自分の省にこんな「すばらしい」人物がいることを知って驚いていた。彼は私の電話に答えて言った――「しかたがない、どこか店を捜して、なにか少しばかりお腹に入れてから、こちらに戻って寝て、明日の朝、彼女に会えばいい。そちらの高地で寝れば、寒くて死ぬ思いをすることになる!」。そうこうして、また一二〇キロを下って省都に戻った。その夜は、月が出てぼんやりと幻想的で、空気が澄み切っており、山林が時には絹絵、時には漆絵のようであった…。

…今、彼女はここで私の前に座っている。彼女が言うには、今朝方、子どもの具合が大分良くなったので、母親に看病を頼み、医師から許可を得て、少しの時間でも私に会おうと、走って来てくれたのだ。私の方はすでに電話で彼女と会う約束はしていたが、それでも、あまりに不意の出会いであった。私の目の前には、一人の華奢な女性がいる。まったく普通の女性であり、私がかつてその論文を読んで形容したような、鋭敏な研究者であるどころか、第三級学校の優秀な教員であると想像することさえむずかしい。非常にやさしく、しとやかで、最初はためらいがちであったが、親しみやすく、たいへん素朴で、さらに、少しばかり田舎者でさえあった。どこかの山道で出遭うような、地元の少数民族の女性で、焼畑から戻ってくる途中の、背中にタピオカを入れた籠とか、重い薪を背負っている女性とほとんど変わらない。ただ、その両目をじっと見つめると、小さく聡明な瞳の底に、表現し難い心のときめきを秘めていることに気付く。その心のときめきとは、一人の人間の、常に発見を求めてやまず、生涯にわたり、不思議なこと、自分のまわりの人間の、世界のつきない不思議な事々への好奇心、私たちが日ごろ、うっかりと見過ごしやすい、日常の平穏の装いの下に隠された数々の謎の深さへの好奇心をいかなるときも失わない人間の心のときめきである。このような人物は、世間に多くないことを私は知っている。そして、自然だが冷静な様子の中に、少しばかり注意をこらすと、推測することができる――この女性は、身を焼き、捧げるように夢中になる心と、聡明な科学的な精密さを結びつけることができるが、それは、研究者にとって、特に民族学の研究者にとって、簡単には授かることのない特性である。私はさらに次のようなことを喜んでいる——私が彼女同様、中部高原に夢中の人間であり、夢中であるがゆえに、その「道」にのめり込んでおり、彼女がすべてのことを打ち解けて話し、親しい人、中部高原の人間同士のように信じ合うことができることを彼女が非常に鋭敏に、すぐに理解したことである。それは私がこの地に戻るたびに感じる、私の人生にとっての幸福である。

彼女は自分を「孫」と称して、※4 実に親密に話を切り出した——「私が今度産んだ子は二番目で一〇ヵ月になったばかりです。前回、論文を書いている時に、最初の子どもを妊娠しました。あなたは無茶だと思いますか！　しかし、私は計算したのです。しかたない、こうなったら、まず「義務」を果たそう。それからあとは、仕事に集中しよう、と」

私は、彼女が言った「仕事」という言葉を理解した。彼女の数千人の生徒がいる全寮制の民族学校の仕事自体が、軽い仕事ではまったくないのに加えて、民族学研究の仕事は、少しばかりたしなみのある人なら、より正確には、この職業にかかわったことがある人なら、だれもが知っていて、私はいつも地質学と比較するのだが、繰り返し調べ直し、精魂込めて、艱難辛苦をいとわず、時には、地質学以上に辛抱を求められる。ここの鉱脈は地中に埋まっているのではなく、人の心の中に埋まっていて、それがどれくらいの深さなのか推し量るのはむずかしいからだ。その上、現在では社会からも、人間の中からも日ごとになくなっていきつつあるからだ。それらの深さは現実でありながら、超現実でもあり、われわれは一つの非常に一般的な無意味に等しい言葉で「文化」と呼んでいる。

彼女は、非常に率直に語り、愉快に笑った――「私は、人々が呼ぶところのF1世代[※5]に属します。私の父はクアンナムの人間で、故郷はヌーイタインです。叔父さん[※6]は、戦争中、そこで活動したことがあるから、父を知っているはずです。ファム・スーです。叔父さんは会ったことがありますか?」。私はまだ会ったことがないが、名前を聞いたことがあり、すぐに思い出した。それは非常に特殊な世代に属する人たちだ――一九五四年のころ、彼らは北部に集結しなかった[※7]。しっかりした信頼できる人々、最も長い間中部高原で動き回った人々の中から、非常に厳しく選抜され、そのころ、ここにとどまって、敵の中で秘密に活動するよう配置されたのだった。当時、平地では、敵は激しく「共産主義告発」、「共産主義殲滅[※8]」を唱え、そうした地域では、空白地帯が出来、基礎組織は完全に破壊された。われわれは退却し、高い山に登り、少数民族の同胞に依

※4 日本語にはこうした自称の仕方はないので、以下、日本語になじんだ自称を使う。
※5 F1は遺伝子学の用語で、雑種第一代を指す。異なる系統や品種の親を交配して得られる作物や家畜の優良品種のこと。一代目の雑種の子では、大きさ、耐性、収量、多産性などで、両親のいずれをもしのぐことがある。(原註) 彼女は冗談めかして、父はキン族、母はステン族、自分は混血で、第一世代だと言った。
※6 彼女が著者をこう呼んだ。
※7 一九五四年七月に締結したジュネーヴ協定で、北ベトナムに集結した人々を集結組、南部の現地にとどまって活動を続けた人たちを非集結組と呼んだ。
※8 米政権にかつがれて南ベトナム政府(サイゴン政権)の大統領になったゴー・ディン・ジエムは南部で活動する人たちを侮蔑の意をこめてベトコン(ベトナム共産主義者の略)と呼んで、弾圧し、虐殺した。

拠して運動を維持し、民の中にもぐりこみ、徐々に時期が到来するのを辛抱強く待って、少しずつ少しずつ勢力を回復し、時期がやがて煮詰まるのを待った。当然、敵もまた、山林が身を隠す場所であることは百も承知であり、この高地でも、低地に劣らず、彼らは捜索、殲滅作戦を激しく展開し、この地域に潜伏しているキン族の幹部を、住民の中から追い出して、殲滅しようとした。残った人々はすすんで住民の中に身を隠し、みずから完全にその場所の少数民族の住民となり、裸体に下帯を締め、摺歯、張耳[※9]をおこない、山頂の焼畑に出向いて膚を黒く焼くので、もはやキン族とは見分けられず、少数民族の言葉が母語よりもうまくなり、そして完全に身元を隠し、下方の平地の親しい知り合いの人たちが、自分のことを戦死したか、あるいは、ずっと以前に北部に出たと思い込むくらいにするのである。

　私は、そうした人たちの中の二人と親しくなって、そうした特別な幹部層の当時の不思議な人生の一時期を多少とも知ることが出来ていた。そのうち一人の名前はサウ・ゾー（五男のゾー）と言ったが、西クアンナム（省）のカートゥ族[※10]の地域で活動していた。当時、彼の妻はクアンナムの平野部で活動していたが、敵の弾圧があまりに激しかったため、北部に行くルートを確保する任務に配置された。どう行っても、まさしく彼が身を沈めて活動する地域を横断することになる。彼らは焼畑のある場所で出遭った。彼はまったく見知らぬ人を見るようにして、一人のカートゥ族の男性が初めて見るキン族の人間に会ったかのように、とまどったふりをし、じっと見つめ、彼女にカートゥ語だけを使って話しかけた。彼女は疑わしそうな様子で、このカートゥ族の男性は、なんと自分の夫にそっくりだと思い、なつかしく、胸が締め付けられるような痛みを感じたが、彼の方はなにごとも感じていないように無表情であった。彼女は夫のことをしのぶあまりに、見間違えたのかとさえ思った。彼らは全く沈黙したままで、別れた。彼女はタイガー・バーム[※11]を一個贈り、彼はぎこちなく口ごもりながら、カートゥ語で「ありがとう」と言った——そのようにして、戦争が終わった後、彼らは二人とも生き残った。ダナンで、私は彼らを何回も訪問した。彼は、妻が何十年も前に贈ったタイガー・バームをいつも持ち出して、私に自慢するのだ。不思議な一つの時代の、不思議な人たちの、そして、無名の人たちの、神聖な痕跡なのだ…。

私が親しくなった二番目の人の名前は、ティエムだ。彼は省都コントゥムの責任者としてとどまるという秘密の任務を引き受けた。一九五九〜六〇年ごろには、敵がきわめて激しく攻撃し、省都の内と周囲の彼の根拠地はすべて失われ、犠牲になった人、捕えられた人などで、完全に誰もいなくなり、彼はまったく一人ぼっちになった。拠って立つ一片の土地も、身を隠す茂みすらもなくなった。窮地に陥った彼はハンセン氏病患者の収容キャンプがコントゥム市の近く、市の北

※9　歯を石で何時間もかけて擦って歯茎近くまで歯を摺り切り、熱湯で耳たぶを張らせる中部高原の少数民族の風習。
※10　オーストロアジア語族のモン・クメール語系の民族。ベトナム中部と一部は南部ラオスに住む少数民族。ベトナムには約一〇万三〇〇〇人いる。
※11　シンガポールで開発され、アジア各国で使用されているメンソレータム風の鎮痛用軟膏。

方にあるのを発見した――この地では、人々はらい病、らいキャンプと呼んでいた――彼はそこに入ることに決めて、社会から隔離されて孤立している、らい病の人びとに率直に話した――「私は共産党の幹部だが、逃げ込む場所がなくなってしまった。私はここに入る。どうか、みなさん、かくまってください」。すると、病気の人びとは、本当に彼をかくまって、彼を養い、隠し、彼は彼らと一緒に食事をし、住んだ。まさに、本当のらい病患者のように。彼はその恐怖の時期を乗り切って生き延び、少しばかり平静な時期を迎えた。そこから情勢は徐々に熟していき、運動が回復していった…私が彼に会ったのは戦争が終わって一〇年ほどたったころで、彼は笑いながら言った――そのように生活したが、自分はまったく、らい病に感染しなかった。ふしぎなものだ！　私はファム・スーさんとは知り合いにならなかったが、彼もまたサウ・ゾーさん、ティエムさんと同じ世代であることは確かで、いずれ劣らぬ伝説的な道のりを経た熟練の士であることも確かだ。彼はトゥモロン地域で活動し、ステン人の妻を持ち、女の子を生んだ。彼はチュンと名付けた。ファム・ティ・チュンという姓名だが、当時、人々はふつう、自分の名や、子どもの名をそのように付けた。チュン（忠）、チュン・タイン（忠誠）など自分の一生をささげる決意を示す堅固さや忠誠を表す名前である…そして、今、その女性が私の目の前に座っている。ゴクリン山の中腹に住んでいる、総数でも一〇〇〇人に満たない、セダン族の小さな支族であるステン族で最初に修士号を獲得した女性である。自分の修士論文の中で、ファム・ティ・チュンは遠慮がちに、丁寧に自分の民族について書いた――「（ステン人の）観念に従えば、谷は妖怪の通り道である。人々は山の尾根にも住まない。なぜなら、それは神々の通り道だからだ。狭い山と山の隙間もまた、人間の空間ではない。それゆえ、ステン人は山の中腹で『眠る』だけである。それは彼らが所有する権利を得ており、他の諸世界がしっかりと尊重し、侵犯すべきではない空間である。山腹にへばりついた、低いが、しっかりした高床式の幾棟かの木造家屋は、各部落の独特の景観をつくりだしている…」。チュン嬢は、ゴクレウという名の一つの部落の、山の背にへばりついている小さく、低いが、しっかりした高床式の家の一つで生まれた。ファム・スーさんは正真正銘のステン人になり、チュンは幼少の時期を通して、魂を狂わすほど美しい、辺鄙な山の麓の、小さなステンの少女であった。産声をあげて数日後には、母親が焼畑に向かう背中であやされ、母の背中に体をくっつけて眠り、焼け付くような暑さの日も、山がうなり声をあげるような突風と嵐の風雨の中でも、ここの子どもたちはみなそうであったが、ほんの小さなころから野生の自然の中で鍛えられた。死亡率は高かったが、生き残れば、鋼の芯のように丈夫になる。ちょうど、自然がそれを選択したかのようである。それは文明世界が忘れ去ったものである。大きくなり、歩くようになると、毎日、山に出て、友達と一緒に水牛の世話をし、猿のように上手に速く木に登り、裸になって小川で水浴びし、森に入って薪を拾い、そして、焼畑を耕し、森の木の葉や木の根や皮を種類ごとに慎重に記憶し、どの種類が酔いつぶれるほど強い甕酒をつくる酵母になるのか、どの種類がどんな病気を治療できるのかを記憶し、一つ一つの動物の性格を知り、動物との親密な関係をつくって一匹（一頭）ごとの友だちになり、その動物が自分の森に帰ってしばらく姿を見せないと、さびしく思う…まさしく正真正銘のステン人で、神秘的なゴクリンの森の申し子である。

それから、チュンは学校に通うようになった。父親ゆずりのしっかりした性格に加えて、母親ゆずりの生来の敏感な性格を合わせもった優秀な生徒であった。二つの血統が凝集した聡明さがあった。彼女は優秀な成績であったが、特に文章に秀でていて、県の高校の国語の教師になった。夫もまたセダン人であり、国語の教師であった。それから、ハノイで修士課程のクラスが開講された。彼女を探しに行く私に車を貸してくれた（省）知事が語った――「私自身が、彼女を勉強に行かせる文書にサインしたのだが、君が教えてくれなかったら、彼女がこんなにすばらしい論文を書いていたとは思いもよらなかったよ…」

ハノイでは、ステン人の女性は、生まれて初めて、広々とし、にぎやかで奇妙かつすばらしく秘密に満ちて、現実的かつ超現実的、高尚だが親しみやすい、彼女の山林に酷似した新世界に足を踏み入れた。たとえ、彼女が幾世代生きたとしても、けっして踏破できない世界であった。それは人類の先端を切る人類学者、民族学者たちの世界、クロード・レヴィ＝ストロース、エミル・ドゥルクハイム、アーノルド・ファン・ジェネップ、エドワード・タイラー、ポール・ギルミネット、ジョルジュ・コンドミナス、ジャック・ドゥルネ[※12]などの世界であった…そのすべてが彼女のもとに同時に押し寄せた。最初は、目がくらんだが、その後、わずか数ヵ月で、彼女はすぐにそれらを制圧し、支配下に置き、彼女自身のゴクリンの深い森の中を行くかのように熟知するまでになった。「私が聡明でも、賢いわけでもありません」。彼女は言った。彼女によると、ただ、かの人々がなぜかあまりに近しいので、多分、そのレヴィ＝ストロースさんも、ドゥルネさんにしても、彼らは姓名を変えたステン人ではないか、あるいは、少なくとも、過去にここにやってきて、長く住み過ぎて、ステン化してしまったのではないかと、愚かしくも考えたという。「私はびっくりしたので、そのように呆然と考えたのですが、叔父さんは笑いますか？」。私は彼女に何語で読んだのかと尋ねた。彼女は、ある作品はすでに完訳されており、叔父さんも数冊を翻訳していますね。私はとても感謝しています。若干のものは部分翻訳で、図書館に保管されていて、残りはなんとか英語で読もうと努力しています…新しいが、慣れ親しんだ、果てしない森を探索しながら、日ごとに彼女は道を覚えていった。そして、彼女はおそらくは自分の人生でもっとも重要なことがらを学んでいることに気づいた——この広大な人類は結局、一つであり、そして、彼女の断崖絶壁のゴクレウ部落の中にいる、物静かな彼女の小さな民族、それは彼女の父、彼女の母、彼女の夫、彼女の子ども、彼女の仲間たちであるが、彼らは、そうした広がりの中で結び付いている一部であり、その深さ、美しさ、重要さはけっして劣るものではなく、その限りない豊かな数々の価値も、まだだれもそれと同等のものをまだ手に入れてはいないであろうこと

※12　彼らはフランスのすぐれた人類学者、民俗学者で、仏領インドシナの人類学、民俗学研究の発展に貢献した。グエン・ゴックはこれらの学者の著作を数多くベトナム語に翻訳している。

を…そして、彼女はそれらを見通し、書き上げ、語りあげ…、少しでも、そのすばらしい無限のものに貢献する…ことを渇望していた。彼女は、昼も、夜も読書し、それから田んぼに飛びだし、大きな丸いお腹でも行き、田んぼに出かけたあとも、また読書し、二つの世界、これとあれとを比べ合わせ、知識と現実とを互いに比べ合わせ、互いに照らし合わせ、以前は彼女自身も知らず、その深い価値とその背後の価値を予想さえしなかった一つ一つの詳細をまばゆいばかりに輝き出させた…。

「叔父さん、知ってる?」。チュンが語った。「私はフィールドワークに出るのが楽しくてたまらない。出かけるのは私一人だけではありません。私には、グループ・フィールドワークがあります。私の母、夫と私の三人です。次のように分担しています。私の母は、彼女だけで一つの無限の倉庫ですが、人々に一つの倉庫を持っていくと、不思議なことに、人々に次第に、彼らの無限の倉庫をそっくり私たちに開け放つ気を起こさせるのです。私の夫の場合、彼は一つの特別の任務を持っています――彼はお酒を飲みます、私は酒が飲めません、甕酒がなくては話を進められません。彼は酒を飲み、話を無限に引き出します。そして、私はメモするだけです。私の論文には三人の作者がいるのです。そうだと思いませんか!」

彼女は謙虚だ。彼女はメモするだけではない。ファム・ティ・チュンが実地調査に出る時は、彼女には、有利な特別の姿勢がある――彼女は内部にいるのだが、その当事者として、彼女は自分自身の民族を探し、語る。自分で自分自身について語る。同時に、彼女は、外部の人間の、冴えた、鋭く、冷徹な目を持っていて、必要な場合、看破したい実態を照らしだし、分析する。彼女には、二つの姿勢があり、それが軽やかに融合しており、ごくわずかな、いかなる努力も必要としない。一人の女性が部落から出ていき、世界の新鮮な光を受け取って、部落に戻り、自分の部落、自分の親しい人々、自分の部落の仲間たち、さらには自分自身の肖像を捜しだす。彼女が論文を書くのは、自分を探し、自分を発見することだ。それは、何か、一人の芸術家が創作するのによく似ている。おそらく、まさにそのためであろうか、彼女の文章の言葉そのものが実にすばらしく、一つの名作のように感動させるのである。

ファム・ティ・チュンの論文の題名は「トゥモロンにおけるステン人の霊魂に関連する、人間の霊魂といくつかの儀礼」である。私は恐れずに強調する――彼女がしっかりと把握した、予期しなかった、不思議で深遠な一つの世界全体は、彼女が抑制につとめた結果、わずか一〇〇ページ足らずではあるが、まさにそうであるがゆえに、ほんの少し開けられた扉のように、彼女がわれわれを導いて無限の彼方まで連れて行くことを期待させるのである。彼女はようやくのこと、われわれを敷居のところまで連れて行き、意識的にわれわれの欲望をあおっているようだ。しかも、まだ、ほんのその敷居のところにいるに過ぎないのに、どれほど多くの驚くべき事柄を知ることになったであろうか。私に限れば、もう一度読んでみて、私はこの確信に戻ったのだ――確かなことは、大きな民族も小さな民族もなく、偉大な民族も偉大でない民族もない、ということである。ファム・ティ・チュンのステン族は、彼女がわれわれに初歩的に垣間見せてくれただけの民族だが、他の諸民族ほど偉大さが少ないという理由はない。たとえば、ファム・ティ・チュンが、霊魂に対するステン人の考えを打ち明けるのを聞いてみよう。ステン人にとって、また中部高原のすべての人にとって、万物はみな霊魂を持っており、人間も同様で、劣ってもいないし優れてもいない。しかしながら、人間が最初から霊魂を持っていたわけではない。人々は、生まれたばかりの赤ん坊に魂を吹き込んで、人間にするのであり、耳の穴から魂を吹き込むのはいつも産婆で、いつも回転する糸車の軸から取った一巻きの糸を通して吹き付ける。このことを、われわれは中部高原に共通する習慣を通して、すでに知っていた。ただファム・ティ・チュンのステン人の間では、少しばかり違っていた。少しではあるが、限りのない奥深さがある。ファム・ティ・チュンは書いている――「ステン人の考え方によれば、並行の状態（つまり、人間の肉体がまだ魂を持たない状態と人間がすでに魂を持っている状態）は、実際には、子どもが母から生まれた時から始まっている。すでにその時から、ジャカド（神）は、彼（子ども）に心臓とともに魂を授け、まさにその時から人間は、自分の人生を短いものとするか、長いものとするかという、魂が肉体を離れてこの世を終える…その終え方を選ぶ責任を負わされている」。みなさんは驚かないだろうか？　どこに、このような考えがあるのだろうか？　人間になるための条件が、生まれたばかりの時から、このように奇妙に、激しく、深遠に提起されることがあるのであろうか？そのまさに始まりの時から、自分の運命、そして、一つの必然の死が、遅かれ早かれやってくること、そして、それにどのようにではあれ、個別に従うことを、自ら認め、受け入れる場合にのみ、人間として生きることが出来るのである。考えてみよう。この世界のあらゆる種類のものの中で、唯一、人間だけが自分がやがて死ぬことを知っている。それが、人間と万物との根本的な違いである。生きることは、自分自身が初めから認めた一つの運命と、ある時点に、ある方法で死ぬことを受け入れることである。結局、生活の内容と意義をつくる事柄は、その絶対的な対立物、すなわち死である。不死はありえない、なぜなら、それは無意味であり、一つの生命に結末がなければ、それはもはや人間の生命ではない。まさに、そこから、人間は自分の生命の内容をじっくりとよく考えなければならないのである。生きることから抜け出るために生きること、そこから永遠に出ていくために、この出ていくことは起源(始まり)の時からプログラムに組み込まれ、承認されているのである…。

そして、今、われわれのトゥモロン山上の修士である彼女がステン人の霊魂の観念について語ることを聞いてみよう。ファム・ティ・チュンは、ジャック・ドゥルネをたいへん注意深く読んだ。ドゥルネのいくつかの研究は主としてザライ人に集中している。彼が語るところによると、ザライ人によれば、宇宙の七つの層に関する彼らの観念に連関して、人間は七つの魂を持っている(ベトナム人は「三つの魂《こん》と七つの魄《はく》」を持っている)。ファム・ティ・チュンは、ステン人は、彼らの観念によると、六つの魂だけである、と言う。そして、ここでは、非常に奇妙な二つのことがらがあり、人生における人間の道徳に関連するとともに、無限の宇宙の範囲での、人間の枢要な条件である死生にも関連している。六つの魂には、それぞれに個別の機能がある。第一の霊魂（マーファモイ）は、主な霊魂であり、呼吸する空気、血液と心臓の鼓動の中に、つまり、生命の中にあり、他の霊魂よりも大きく、それは常に肉体の中に存在し、生命を維持し、そのほかの、より小さな霊魂に指示を伝えている。第二の霊魂（マーファペア）は家族の平和と友好の霊魂である。第三の霊魂（マーファパイ）は労働の勤勉さの霊魂である。第四の霊魂（マーファプン）は客への配慮の徳を維持する霊魂であり、第五の霊魂（マーファポタム）は正直・率直の霊魂である。第六の霊魂（マーファアトロ）はいつも人間の体内にいるわけではなく、どこかをさまよっている。これは人間が各神霊…を尊重するように配慮する霊魂である。そのように、結局、六つのうち五つの霊魂はまさに、社会の中で人間が生きる各基準を心霊世界を照射することで明らかにしている。ステン人の世界の中では、すべての物だけでなく、人間と人間の関係についても、みな霊魂が介在する。ファム・ティ・チュンが言うには、一つのステンの部落では、人々は、たとえばよく盗みをする輩を「二つの口」の輩と呼ぶが、これは第五の霊魂を失った輩のことであり、そして、無頼漢や、唾棄すべき輩を叱る言葉の中で最も重いのは「お前は霊魂のない輩だ」という言葉である。人間の霊魂がこれほど奇妙に人間味あふれる言葉になっているところが他にあるだろうか?…。

しかし、まだ、こんなことがある――どうして、霊魂はたった六つであり、偶数なのか? 中部高原のほとんどすべての民族と同様に、ステン族も、奇数こそが良い数字だとみなしているのに。一つのことを予測するための数占いのあらゆる方式の中で、良いか、悪いか、生か、死か、良いこと、生きることはいつも奇数とされており、逆に、もしも偶数になる場合は、確実に、悪い、そして死である。新しい稲の季節の始まる日には、チンと呼ばれる、部落でもっとも清潔な女性が選ばれて、最初の稲籾をまく。チンという女性は、両手の籾がちょうど奇数であるときだけ、籾を撒く——生命の発生と成長は常に奇数から始まり、それはステン人の確かな信念となっている。不対称からこそ創造が生まれる。そうであるなら、なぜ人間の霊魂は偶数なのか？　ファム・ティ・チュンによると、長老たちは、神々が人間に、偶数であり奇数ではない、六つの霊魂を与え、生まれた瞬間から、人間となるために認めなければならない条件とした、と教えている。この世のあらゆる物と同様に人間は、有限であり、いずれは滅する一つの心霊である。ここには、人間の運命の話があるだけではないようだ。もし、ザライ人の七つの霊魂に関する観念が、彼らの七層の宇宙に関する観念と結びついているとしたら、ステン人の六つの霊魂に関する観念、偶数は死であり生ではないという観念は、宇宙に関する彼らのよりいっそう包括的な見方であり、やがて絶滅する、永遠ではない一つの宇宙に関する彼らの見方である。さらに、このことに加えて、彼女の論文は書いている——「(トゥモロン県に直接、接している) ダクト県ゴクトゥ地域のステン人は、稲の籾撒きの儀式の中に、古来の形式をいまだに保存している。神聖な焼畑の地では一組の夫婦とその縁戚は何も身にまとっていない…そのようにして初めて、稲の魂は強い生命力を持つのである…」。毎年、生き生きと再現される成長への渇望には　避けられない滅亡についての豊かで、深い理解が満ち満ちている。

謎の多いゴクリンの高くそびえる山腹では、人間が宇宙、生死、人生の道理、人間、社会…をそのように理解している。そして、心やさしく、少しばかり田舎者の女性が、レヴィ＝ストロース、ドゥルクハイム、ドゥルネのところ…に行き着き、そのように自分の民族をみずから看破したのである。だれがそれを予想したであろうか。そして、今、私が指摘したそうした事柄は、山の蜂蜜に似て強い粘着力のある論文から拾い出した小さな一片に過ぎない。ファム・ティ・チュンだけでなく、確かなことは、どのステン人も、中部高原の人びとはみな、その中深くに秘めた果てしなく大きな宝物殿を持っている。チュンは幸運にもそれが開花した一例に過ぎない。

チュンは、医者の許しを得て私のところに一時立ち寄るだけだったが、実際には午前中ずっとそこに座り込んでいた。非常に長い付き合いの親しい人のようにくっついて離れず、彼女は、「叔父さん、次はここにもう少し長くいられるように、トゥモロンへの往復ができるように都合をつけてきてください」と告げた。「県にやってくるだけではなく、県に来てから、さらに二〜三日余分に歩きましょう。叔父さんは山を登ることができますか？　私が叔父さんを連れて行きます。叔父さんがその遠くのいくつかの場所のことがわかるように…——はるか遠くの場所に、私が書きとめたすばらしいことの中で現在何が残っていて、何が失われつつあるか、そして何が変化しつつあって、実際自分には理解できない方向に動きつつあるのか、それは、その後、どこへ行くのか、つまらないものになるのか、あるいは良いものになるのかを、叔父さんが判断できるように…トゥモロンの部落に住むアーテン老人は私たちに告げました——『現在では、礼儀知らずの人間が神々をどこかへ追い払ってしまった。いくつかの森は遠くに後退し、消えてしまい、ステン人が生存する空間は、もはやその深く暗い姿をとどめていない。今では、人々は平然と分け入り、自分の手で切り倒してしまい、懇願も、問いかけもしようとしない』…しかたがありません。なぜなら、神々はもはやそこにはいないからです。叔父さんはジャック・ドゥルネが中部高原の青少年をたたえた一節、叔父さん自身が翻訳した一節を覚えていますか。彼は夢中になって書いています――『彼らの均衡のとれた肉体は大きく、強健で、しなやかであり、ギリシャの彫刻家のモデルになった若い闘士を彷彿とさせる。外形は清雅で、表情は鋭く、筋肉は隆々とし、膚はつややかで、頭は昂然と高く持ち上がり、両眼は聡明である。顔立ちは、川で水浴びしたばかりの青年の生気をはらみ、筋肉が腕に盛り上がり、中部高原人の装いで、肩をむき出しにし、機を織る指のこまやかさを示し、体型全体は月の下で踊りを踊るしなやかさを示している…』。今、叔父さんが、トゥモロンに行って見たらわかると思いますが、もう、どれほども残っていません。今では、人々は甕酒を飲まないで、密造酒を飲んでいる、密造酒が足りないと、アルコールをまぜて飲んでいる。青年は酒におぼれ、やせこけて、膚が青白い…私は恐れます。注意しないと、すべてを失ってしまう、叔父さん。いったいどうしたら良いのでしょうか？　なにかでこわれて粉々になりつつある…粉々になるのは避けられませんか、叔父さん？　粉みじんになること自体はどのように考えますか？　私は叔父さんに次の話を聞いてもらいたいのです。これもたいへんふしぎなことです。叔父さんはこの地に長くいる。叔父さんは知っている。少数民族にとって、慣習法によれば、近親相姦はたいへんな重罪[※13]です。部落を汚すことであり、自然の摂理を攪乱することであり、神霊を侵害することになり、共同体に災いをもたらし、疫病、暴風・洪水、山崩れ、飢饉…を引き起こします。その罪は、必ず部落からの追放です。昔もそうでしたし、今もそうです。以前なら、部落から追放されたら森の中をさまようだけであり、獣になります。そして、そこで朽ち果てるのです…。私の地域では、最近、そのように零落した数十組がいて、彼らもまた部落から追放されましたが、昔と違って、現在では、彼らは誘い合ってトゥモロン山頂に登り、独自の部落をつくり、一緒に生活し、周囲の社会とはあらゆる関係を断っていて、だれも足を踏み入れることができない。もはや山中をさまよい歩いて朽ち果てるのではなく、愛する権利、生きる権利を貫き、必要なら、自分で新しい独自の社会をつくって生きる。それは、独立した、自主的な人間になることです。不思議ではありませんか？　一つの新しい社会のモデルがここに誕生しているのではありませんか？　このことを、政府ははっきりとは認識していないと思います。ところで、叔父さん、叔父さんはこれを消極的だと思いますか、それとも積極的だと思いますか？…よかったら、次の機会に、叔父さんがやってきたとき、叔父さんと私で、試しに部落に入る方法を考えて、部落に入ってみませんか。叔父さん、一緒にやりませんか？…あるいは、何かがいま壊れつつあり、ことによると変化しているのは必然であり、そして、ことによると何か新しく不思議なことが起こっていて、何が生まれつつあるのかわからないのでは？　叔父さんはどう考えますか？…。

チュンが病院に戻り子どもと一緒になる前に、私は、この実に風変わりな人物に変化しているこの女性に問いかけてみた。チュンに、文化部門に移って、適当な土地を見つけて仕事をしてはどうか？　と。彼女は首を横にふり、やさしく、しかし、断固として言った――いいえ、私は教育部門にとどまります。どこにも行かず、私の学校にいます。私はよく考え、計画も立てました。もう夫とも相談しました。私の夫はこのままトゥモロンで教え、私はダクグレイの民族学校の専属教員になります。その学校には数十人の教員がいて、全員が少数民族出身です。私が学んで身に付けたように、彼らが民族学の知識を身に付けるように助けます。そして、彼らが自分自身の民族を理解するのを助け、自分自身の民族の諸問題を明らかにし、探し求めるように導きます。それから、彼らは、彼らの数千人の生徒たちに知識や意思を伝えます。私には広範な一つの勢力が得られます。文化部門に匹敵する、全部落に行き渡る勢力です。まさに、この勢力が、私自身がまだ解答を見つけられていない疑問に答えることができるのです。まさ

※13　近親相姦は中部高原の各少数民族が父系制であるか、母系制であるかによって、その対象が異なる。父系制であれば、父方の親族の家系が継承されるので、父親の親族間の婚姻は厳しく制限される。母系制であれば母親の親族間の婚姻が厳しく制限される。この章に登場するチュンさんが属するステン族は父系制、中部高原でもっとも人数が多いザライ族は母系制である。各民族は部落共同体が社会の基礎であり、この共同体の成立を脅かす「近親相姦」は重罪となる。部落を汚辱し、自然の摂理を攪乱し、部落を襲う各種の災厄を引き起こすと考えられていた。

に、この勢力が今日の激動の中で中部高原を維持するのです。私は信じます。叔父さんは私と同じように信じますか？

突然、私の面前に座る女性が突如、完全に変化した。まさしく、彼女は大きな、長期にわたる謀りごとをあたためていたのだ。彼女の父が数十年前に身をささげた「長征」よりも容易ではないだろうが、私は彼女を信じた。彼女は、私に吐露したのだ、彼女は私を非常に信頼していたし、特別に鋭敏な嗅覚で、彼女は私の中に潜在的な共犯者になる可能性を見つけ出したのだ。私の目の前に、そこに座っている華奢な女性を、私は改めて見つめ直し、朝からこの時まで見られなかった、強情で、向こう見ずで、挑戦的な表情を発見し、昔のファム・スーさんとそっくりなのであろうと思いついた。そして、ステン人の女性である彼女の母親にも。私がかつて知っていた中部高原の女性たちは、疑いなく寡黙で、優雅で、辛抱強く、大胆であった。謎の多い森のようであった。そして、非常に現代的でもあった。

いいや、中部高原はまだ存在し、何人ものファム・ティ・チュンが存在する。その意味するものは、今もなお多くの希望があるということだ。まだステン人の六つの霊魂、ザライ人の七つの霊魂をしっかりと保持するチャンスがある。人間の魂、土の魂。そして森……。

第10章
ムオンホンのアーボック

中部高原の話は、生涯、語り続けることができるし、いつになってもいつになっても終わりがなく、いつになっても飽きることがない。みなさんに、最初に次のような話をさせてください――今から約四分の一世紀前に、一人のフランス人が中部高原にやってきた。彼の名前はジャック・ドゥルネ。彼は神父であった。最初、彼は現在のビンフォック[※1]に属するスレ地域に来た。それから、徐々に北方に進み、ほぼ中部高原のすべてに行った。行かないところはなく、いろいろな所に行って長く住み、数十の現地語に流暢になった。彼は、ザライ人とともにもっとも長く住んだ。ザライ人は

※1　ビンフォック省は、ベトナムの南東部に位置する省の一つ。省都はドンソアイ市。この地域には一九七五年までビンロン省、フオックロン省、ビンズオン省が存在した。一九七六年、これら三省を合併してソンベ省を設置した。一九九六年一一月六日国会決議により、ソンベ省はビンズオン省とビンフォック省に分割された。タイグエン（中部高原）につながり、丘陵地帯が多く、少数民族も多い。火山岩石の玄武岩が多く、ベトナム語でバザーン（火山灰）と呼ばれる赤土の丘陵地帯となっている。人口は約一〇〇万人（二〇一九年）。

主としてザライ省に住んでいるが、一部はダクラク省にも住んでおり、もっとも人口が多い民族で、この高原に住むすべての民族の中でももっとも「中部高原らしい」民族である。ジャック・ドゥルネが中部高原で生活したのは合計で約三〇年間である。宣教師たちが長く生活し、多くの場合死ぬまで生涯にわたりそこにとどまることは不思議でも稀でもない。私たちは、神聖な宗教的使命についての彼らの大きな信念を知っている。一九五四年初頭、私は、ある一つの連隊にいたが、その連隊はコントゥム市の東方のコムライ屯所を攻撃し、同じ夜にマンデン屯所を攻撃し、その後、高い山を走破して、コントゥム南方のターフイン三差路と呼ぶ地点で一四号道路に出て、コントゥム市からプレイクに逃走する敵軍を待ち伏せし阻止する任務を持っていた。私たちが越えなければならない山並みは非常に高く、非常に深く、正直に言うと、そこは抗仏戦争のまる九年間[※2]、わが幹部と兵士が、だれも足を踏み入れたことがない地域であった。私たちは森を切り開いて、進まなければならなかった。そして、その深い山脈のはるか彼方のはずれにある、深い森の奥深くに横たわるバーナー人の部落に出会った。そこには共同の家の型にならってつくられた天主教[※3]の教会があり、一人のフランス人の神父がいつごろからか、あたかも天地創造の時からずっと住んでいるかのように、そこに住んでいた。頭髪は真っ白で、へそのちかくまで伸びたひげも真っ白であり、彼は私たちにバーナー語で話しかけ、それからバーナーなまりの強いフランス語で話しかけた…彼はそこで死ぬにちがいない、彼のバーナーの子羊たちのために、天主のために…ジャック・ドゥルネもまたそのような宣教師であった。しかし、彼は一方で一人の科学者であり、一人の熱狂的な民族学者であった。彼はすでに中部高原に関する有名な数十冊の作品を書き上げていた。そのうちの数冊は、中部高原研究を志す者、すこしばかり中部高原を理解したいと思う者の古典になっていた。たとえば、『南インドシナの山岳地帯の諸民族』、『森、女性、狂乱』[※4]、さらには代表作の『ポタオ、インドシナのザライ人における権力に関する理論』などである。ジャック・ドゥルネにはまだ、次のような特別なことがある――彼は、未開の各少数民族に布教するために来た神父でありながら、彼らとともに生活し、彼らの言葉を学び、彼らの文化の中に身を沈めるほど深く交わり…最後には彼は信仰を捨て中部高原文化に「帰依」した！のである。彼は中部高原に幻惑され、「中部高原教」の信徒となった…。

私がやや長々と導入の話をしたのは、それは、まさにジャック・ドゥルネが、ある種の「中部高原教」に魅入られたことを言うためである。そしてまた、中部高原の問題、中部高原物語は、

※2　抗仏戦争は第一次インドシナ戦争とも呼ばれる。ホー・チ・ミン国家主席が全国抗戦の呼びかけを発した一九四六年一二月一九日を全国抗戦の起点とし、一九五四年七月二〇日のジュネーヴ協定締結で抗仏戦争は終わった。しかし、実際には、日本軍の武装解除のためにベトナム南部に配置された英軍とともにベトナムに再上陸した仏軍が同年九月一三日にサイゴンで抗議のベトナム市民と衝突した日が抗仏戦争開始の日となった。この日を起点とすれば、抗仏戦争はまる九年間続いたことになる。

※3　カトリック教の別称。

※4　（原註）共にベトナム語に翻訳されている。『南インドシナの山岳地帯の諸民族』のベトナム語版のタイトルは『幻の土地』。

容易な話ではないものの、かなり「容易な」話になりうるし、容易か、そうでないかは、自分自身にかかるということであり、もし自分が心から理解しようと思えば理解できるということである…ジャック・ドゥルネが中部高原を理解するために、ほんのわずかでも自分のための分を取って置かないで全生涯をかけたように…もし、そうでなければ、いつになってもけっして理解できなかったであろうし、間違って理解するか、でたらめな理解をしたであろう。そして、当然、仮に、われわれがこの地で何かをする責任があったとしても、われわれはでたらめなことをしたであろう。ジャック・ドゥルネは打ち明けた――「もし、愛するために理解しなければならないとしたら、理解するために愛さなければならない」。まず第一に、ジャック・ドゥルネが中部高原の人間と文化に対して注意深く、かつ情熱的に尊敬を払ったように、真実の、献身的で、尊敬に満ちた愛情があってはじめて、この奇妙で、不思議な地域についての少しばかりの事柄を真に正しく一歩一歩、理解を深めていくことが期待できるのである…。

他の一つの民族に接しようとすれば、いつも、われわれは、外から来て、内部に入って、見ようとするが、よくあるように、上から見下ろすのでなく、中部高原の場合のように、常に、この一つの文化から、他の文化を見るのであれば、使い慣れた指標に立って、当然のように、この文化からそちらの文化を観察し、評価することになる。外部からの見方ではなく、内部からの見方ができるよう自分で努力する必要がある。そして、そのような見方が出来るなら、ジャック・ドゥルネの公式のように、理解し愛する、そして愛し理解する必要があり、とことん愛するために理解し、理解するために愛する必要がある。中部高原を理解することは、一つの科学であり、一つの芸術である。次の言葉が、みなさんをそうした科学と芸術に進むよう導くことになることを願っている。みなさんは一緒に行きたいと思いますか？

一つの民族は、どの民族もそうであるが、具体的、個別の人間たちの集まりである。そして、彼らは、自分の民族の中の何かもっとも奥深いものを持っており、血液の中、骨髄の中に隠された秘密を伝えており、同時に、われわれがいつも言うように、自分個人の秘密、「一つの運命」をも伝えている…中部高原もそうであることを私は知っている。一つ一つの運命を通じて、人生は私に、幸運と出会い、それを知り、近づくように仕向けている。みなさんは彼らと知り合いになりたいと思いますか？

中部高原の各地名の中で、二つの名前は聞いて、少し違和感がある。エデー地域では、ブオンは、部落の意味で、ブオン・ホー（ホー部落）、ブオン・ユー（ユー部落）、ブオン・ムラー（ムラー部落）、ブオン・ドレア（ドレア部落）、ブオン・トウル（トウル部落）、ブオン・マー・トゥオット（マー・トゥオット部落[※5]）と呼ぶ…。しかし、ドーンは、よく知られた観光の部落であるが、バーン・ドーンと呼ばれる。なぜだろうか？　バーンはラオス語である。ドーン部落がバーン・ドーンと呼ばれるのは、かなり昔からラオス人がここまで降りて来て、一つの交易の拠点をつく

※5　日本ではバンメトートと表記。

り、そして、おそらくラオス人自身が狩りや象の調教の芸をこの地域に住むムノン人に伝えたからだと思われる[※6]。そして、ムノン人は幾世代もかけて、象の狩人、高名な、熟練の象の調教師になったのである。

バーン・ドーン（ドーン部落）は南中部高原のはずれ近くにある。中部高原の最北の方角のコントゥムにもまた、そのように少し変わった一つの地名がある――ムオンホンと言うがこれは、中部高原でもっとも高く、もっとも謎の多いゴクリン山系の果てにある。ムオンはまさにきわめてラオス的な言葉である。どうして、一つの「ムオン」がこの高くそびえる山系の果ての奥深くに入り込んだのであろうか？　北コントゥム地域には特に注意を払うべき一つの特徴がある――わが国のどこにも、ここほど比較的狭い一つの空間に、多くの民族が共に生活している場所はおそらくないであろう。もし、われわれがこの地域の民族学の一つの地図をつくろうとして、一つの民族に一つの異なる色を塗ったとすれば、異常なほど多様で、豊富な彩りに満ちた一つの象嵌細工ができるであろう。若干の民族学者が説明している――もともと、昔、南チュオンソンでの生活では、各部落（各部族）の間に戦争が絶えず、彼らは主として人を奪い、シャム、ミャンマーに奴隷として売り払うために戦った…。こうした戦争の結果、南ラオス地域から多くの部落の民がちりぢりばらばらに道を捜して、最大の山岳であり、全中部高原と全南部の最高峰であるゴクリン山に逃走した。今日、ゴクリン山の山腹に各部族の人々が密集して住んでいるのは、まさに、こうした遠い昔の各逃走のかけらの数々である。広大なゴクリン山の頂きに連なる山々から、雲と霧がたれこめて、深く、秘密に満ちた盆地を形作っており、そのような、それぞれの盆地が一つの部族の人びとの塊の安全な居住場所となっている。多くの各部族の塊は、もともと昔は一つの根につながっていたが、数百年を経て、険阻で深い盆地の中で別々に生活するうちに、言葉も風俗習慣も徐々に違ってきて、彼らはそれぞれ、独立した部族になり…今日《こんにち》に至ったのである。

今日、ゴクリンの最奥部に一つの部落がある――今では小さな町になっており、あの奇妙な名前が付いている――ムオンホンである。ムオンホンの住民はほとんどがセダン人であり、そこに、他のもう一つの部族が混じり込んでいる。非常に小さな部族である。わずか四〇親族で、人口は一〇〇人に満たない。チャウ人と呼んでいる。チャウ部落はムオンホン山の中腹に漂っており、この時期には、棚田で稲が実りつつあり、異常なほどの美しさで、まるで印象派の一枚の絵のようである――ことによると、モネがここに来て、そして、まさに、人を陶酔させる幾層にもなった棚田の稲に、彼の印象派絵画芸術の創造が喚起されたのであろうか？　そのようにあまりにも小さく、あまりにも少ない部族民たちだが、彼らはいつも、非常に固く互いに結びついて生きて

※6　バーンはラオス語やタイ語では「ムラ」、ムオンまたはムアンは「クニ」の意味であるが、ここで言う「ラオス人」はラオスから来た人という意味で、ラオスで最大の民族であるいわゆるラーオ人――低地ラーオ人――ではないだろう。ラオスでは「ラーオ・トゥン」（山腹ラーオ）と呼ばれるオーストロアジア語族モン・クメール語系の人々で、中部高原に住む民族と近い。ラオス中南部の山岳地帯に多く住む先住民で、ラオスでは少数民族だが、フランス植民地時代には対仏抵抗運動の主流となった。

おり、おそらく、互いに異なる特徴の人々が無秩序に群がる中で、自分のアイデンティティーを最後まで守ることを願っているのだろう。チャウ人はいっそうそうなのだ。私は、この非常に美しい棚田の山腹のチャウ人の部落に一人の男友達がいる。アーボックである。一人の非常に面白い男友達である。チャウそのものであり、中部高原そのものである…。しかし、今では、アーボックはもはや、その棚田の部落にはいない。どうしてか、まさに、私はみなさんにその話をしているのだ。

アーボックはかつて軍隊に参加した。現在の多くの中部高原の青年たちと同様である。非常に熱心に、兵役義務を果たそうとし、また、行動を通してあれこれ知ることが好きだったからだ。中部高原の人は、特に男性がそうだが、遊び歩くのが大好きだ。あちこち、さまよい歩き、きのうは森の中でジャコウシカや鹿を追いかけ、蜜蜂や笛にする篠竹をさがし歩き…きょうは曲がりくねった、はるか遠くへと伸びる、黒光りしたアスファルト舗装の新しい道をさまよい歩くといった風である。古い友人を訪ね、新しい友をつくる。軍隊に参加するのは、アーボックにとってはすばらしい物見遊山の旅に参加することで、森に入り海に出て、カンボジアにまで行ったこともある…軍隊に参加して、アーボックは著しい進歩を遂げ、どれぐらいの事柄や、不思議なことを知識に加えたであろうか——彼は機械、科学技術が好きになった——どのようにして近づいたのか、ダクグレイ県のラジオ放送・テレビ放送局の数人と知り合いになり、そして、県からハノイに送られて、無線技術を学んだ。県がハノイで学ぶために送ったのには、目的があった——今では国の電力はムオンホンにまで引かれ、巨大な高くそびえるこの山脈のもっとも奥にある部落のゴクリン部落にまで電気が来ている。電気が来ると、人々はすぐに放送局・テレビ局をつくった。正確に言えば、その放送局は国内の各放送局の信号を受信して、人々に発信して聞かせ、見せる中継局にすぎず、何も自分で制作する必要がないものであった。山間の各部落にはすでに数台のテレビがあった、主として白黒であった。局の人員は二人で、主任と副主任である。主任はグエンさん、キン族で、ヴィンフー[※7]出身であった。

このグエンさんの話もたいへん面白いが、あとで話すことにする。サブはアーボックだが、技術部門というのは少しばかり荷が軽い。なぜなら、ハノイでしっかりと正規に養成されたからである。しかし、それでも喜んで、サブをつとめた。というのは、自身のことをよく知っていたからである。彼には父親・母親譲りの(より正確にはまさに彼の民族が生み出した)性格があったからであり、血の中には、死んでも直らないもの——限りなく自由で、キン人でさえ「自由主義」と呼んだものである! この年末に、アーボックは、局のテトを祝う準備のために酒を買いに行く任務を引き受けた。ムオンホンから、県の中心ダクグレイにやってきた。そこでは各種の酒が売られていた。以前なら、車で行っても、時には数日間かかった。数知れないトンネルがあり、

※7 ヴィンフー省(一九六八〜一九九六年)は紅河の中流域に位置し、省都はヴェットチ。現在はヴィンフック省とフート省に分離している。

多くの区間がぬかるんだ道であった。さらに危険でもあった。今では、オートバイを駆って、ボンボンと三時間もかければ到着する。アーボックはどれくらい時間をかけたか？　みなさん推測してみてください…。一ヵ月半！　それでもまだ速い方だ。前回はダクグレイに酒を買いに行って、三ヵ月近くかかった。どこに行ったら、そんなに長くかかるのか？　ムオンホンでは、昔はそうであったし、今でもそうであり、だれもそのことは聞かない。職場でも聞かないし、妻子も聞かない、絶対に聞かない。人々が遊びに行くとき、どうして、どこに行くのかと聞くのか！　予想するだけだ――友に会う、古い友だ。あるいは、新しい友をつくる。そして、中部高原の人にとっては、神霊以外では、友はもっとも大切で、人生でもっとも神聖なものである。この機会に、付け加えよう。中部高原では、人々は水牛を飼っている。耕作するためではない。水牛は牽引力ではない。数人の幹部諸君が、少数民族の仲間たちが祭礼で水牛をつぶすことをおろかにも「牽引力の浪費」と批判するが、これはあまりにも傲慢で、おろかである。神霊をまつるために人間が命を捧げる代わりに、水牛が命を捧げる神聖な任務を遂行する動物であることを知らないのである。しかも、神霊をまつる各種の儀式のお供えの中では、父母夫婦を結ぶきずなより強く、人間のもっとも気高い生きる道理となる、生涯にわたり生死を共にする兄弟の契りを結ぶ儀式でのお供えである。兄弟の契りを結んだ友がいない人間を、人間とどうして呼ぶことができるであろうか…アーボックはあちこちに契りを結んだ兄弟がおり、生死を共にするほどの結びつきであり、彼が一ヵ月半、あるいは三ヵ月間、友達と放浪し、漂流したとしても、とがめだてするほどのことであろうか！　しかし、時として、アーボックは数ヵ月間続けて行方不明になることがあるが、必ずしも友達のためだけではない事情がある。より単純なことである。彼はただ森の中を一人で放浪しているだけである。森の中を放浪し、人と一緒ではなく、草木や野獣と一緒にいるというが、このような放浪は、中部高原の人びとの、時おり突然頭をもたげる、いつになったら断ち切れるかわからない深い習性である。そして、そのような人間はある日、突然どんどんと出かけ、すべてを投げ捨てるが、すべては突然無意味になり、森に帰る。原始に帰るのである。そのような動物的欲求は、いったい阻止できるのであろうか、どのようにして阻止するのであろうか？……

アーボックが行方不明になると、地元のラジオ・テレビ中継所の仕事は、グエンが受け持つ。当然、やっかいではあるが、しかし、いかなる事態にもならない。時がたてば、放浪していたその友人が突然戻ってくる。そして、平然と、楽しそうに仕事を始める。まるで、いかなる事故も起こっていないかのようである。生活は依然として穏やかに過ぎていき、遠くにかすむ山蔭が幻想的なまでに美しく映えている…。

それでも、最近、突然、本当の事故、おそろしい事故が発生した。アーボックの妻が子どもを生んだ。すでに四人の子がおり、また生まれたので、数えて五人目であるが、結局、六人となった。彼女は双子を生んだのだ。非常に重大な事態だ。どれほどの代を重ねたか、いつのころからか、今でも、チャウ人は、双子の子は人間ではなく、魔物だと信じている。部落に、魔物が出現した。その女性のおなかに紛れ込んだ魔物は、共同体に計り知れない災厄をもたらすだろう。疫病、落雷、山崩れ、森の洪水、飢饉…双子は叩き殺さなければならない、二人とも。昔はそうであったし、今でもそうしなければならない。おそらく、これは人生の中で初めてのことであり、アーボックがいまだかつて考え及ばなかったことであり、ほんのちょっとでも考えつくことのなかったことであった。彼はもはや自分の部落の共同体には同意できなかったのかもしれない。民族の千代の風俗習慣に反対し、もっとも遠い祖先によって伝えられた信念に反対した。彼の双子の二人の子どもを、彼は魔物とは信じることはできなかった。彼はけっして子どもを殺せない、絶対に殺さない。彼の妻もけっして殺さない。彼女について私はまだみなさんに言っていないが、彼女もまた芸術家であり、夫に劣らない自由主義者である。だれよりも子どもを愛し、焼畑耕作の腕は部落で一番であり、また、部落一番の強情者で、一番の自由主義者であった。人々は、たびたび、彼女が畑の端で一日中酒を飲んで酔っ払って横になっているのを見かけたが、それは珍しいことではなかった。アーボックの妻は、夫より気性が激しかった。子どもを殺すのか、彼女は？　どちらか！　クイズですよ！　誰か答えてみますか？　彼女自身を殺す方が簡単かも！彼女は突然、雌虎に変化した。誰かあえて手出しできるものはいますか！　…できないなら残るのは一つの道しかない、夫婦とも、家族みんなで、部落を捨てて、出ていくことだ。このムオンホンの山腹で、どれほどの期間かわからないが、数百年間にわたって温かく一緒に暮らし、固く結ばれてきたチャウ部落を捨てて、出ていくことだ。そうだ、出ていくことは問題ない。このアーボックに恐れはない！　アーボックの妻も恐れていない。彼らは依然としてチャウ人であるが、あえて共同体に抗して立ち上がり、共同体を捨てる最初のチャウ人である。彼らは荷物をまとめ、手を引きあって出ていく、夫婦二人と六人の子どもで。持っていく荷物もたいして多くない。八人の人間、数丁の鉈、そしてアーボックが肩に軽々とかついだ衣服の包みだけである…。

最近、ある日、ムオンホンを訪問し、私は大通りで、アーボック夫妻に会った。夫婦は自分たちだけでそこに新しい家を建てていた。とても家と呼べるものではない掘っ立て小屋である。しかし、八人が日照りや雨を避け、膚を刺し骨を切る氷の空気を吐き出すゴクリン山の雲がすべてをつつみこむ夜更けに全員がしっかりと抱き合うにはそれでも十分であった。アーボックは屋根の上に不安定な格好で座り込んで、最後の茅を屋根に取り付けていた。二人の大きな子——一人は男、一人は女——は座って、一心に籐を削っている。家族全員が昔からの友に会ってさわがしい。少ししたらここに戻って酒を飲もうと約束した。双子の幼児は知らない人が来たので、こわがって泣きだした。アーボックの妻が二人の子を胸にしっかりと抱きしめたが、雌鶏が羽を広げて、ひよこたちを抱く姿になんと似ていることか。「いいえ、伯父さんたちはお前たちを殺しはしないよ！　だれも母さんの子どもを殺すことはできないのだよ！」彼女はチャウ語でささやいた…。

そうだ。アーボックだ。技術幹部で、ラジオ・テレビ中継所の副主任だ。ゴクリン山の最奥部のムオンホンの中継所は二人しかいない。このチャウ人の友人は、才能豊かで、限りない自由主義者で、永遠の自然主義者であり、これが今日《こんにち》の彼の新しい運命なのだ…。

中部高原はそうなのだ。そこの「現代化」はそのように展開されている。国の送電線がゴクリンにまで引かれ、その国のもっとも辺鄙な山間でラジオ・テレビ中継所が衛星電波を受信する装置を持っているという話だけではない。一方にはアーボック夫妻の激しいひっぱり合いのたたかい、自分の双子の子どもを最後まで守り、共同体に抵抗するたたかいがある——中部高原の人間にとっては、そうしたことは、すべてに、全世界に抵抗する意味を持っている。当然、それは、国の電気をそこまで引いてきて衛星の電波を受信する装置を付けることよりも何倍も何倍も困難なことである…。

数十年後になれば、どこでとは言えないが、みなさんは、国のどこかの通りで二人の双子の青年に出会うかも知れない。二人の天使のように美しく、賢く、無限に自由な青年である。なぜなら、父母から受け継いだ自由の気質の血を排除できないからだ。聞いてみたらようやくチャウ人だとわかるだろう。遠く離れた二〇〇七年のゴクリン山のちっぽけな少数民族はわずか八二人だけだった。ほんのちょっとのことで、八〇人だけになってしまうところだった。もしも、彼らの父母が最初の近代的なチャウ人になる勇気を示していなければ…。

第II章
森の中の旅芸人

私たちはイーヨンを捜しに出かけた。

私の若い友人である演出家が尋ねた。

「部落の長老の役は、あなたならだれを選びますか?」

「誰にも当てられない。イーヨンだけだ」

「いったいだれなの?」

「私と一緒に行けば、必ずわかる。彼を見つけに行こう」

しかし、今、どこでイーヨンを見つけられるか? プレイクで聞いてみても、だれも知らない。バンメトートで尋ねても、人々は、あいまいに手を横にふる。

「イーヨンだって? 森に戻ってるよ。聞くところによると、ダクラクとザライの間のどこかだ」

よくわからないのだろう、いつもそうだ。二つの省の境界に接するところで、さびれて、木々が枯れた、貧しい土地だ。ここも同じだ。バンメトートから一〇〇キロほど離れ、プレイクからも一〇〇キロ近く離れている。一四号道路わきの一〇数キロの道のりは、焼け付くような暑さで、部落も民家も人も、まったく見かけない。無限に続くのはすべて広葉樹林[※1]で、葉っぱが大きく、雑木で、一般には使いものにならない。すこしばかり地表を隠して日陰にするが、すべてを覆うわけではない。

運転手の若者は、アスファルト舗装の道路、数十キロを、煙を噴き上げながら、後方に戻ったり、また前方に進んだりを繰り返したが、道を聞こうにも、人影もなく、ぶつぶつと言いながら不平を顔に出している…運が良かった。五回目に引き返したところで、一人の少年を見つけた。ザライ人であることは確かだが、何をしているかわからない。広葉樹林からゆっくりと出てきた。

「ボク・ヨン？　ああ、知らない人はいないよ！　この近くだ」

確実に捜しだすために、私たちはこの少年を車に乗せて道案内を頼んだ。

イーヨンの部落の名前はブオンサムで、エアフレオ村に属している。エアフレオ県の一番はずれの部落である。エアフレオ県も、ダクラク省のはずれにある県だ。少年ははっきりとそう説明した。一四号道路からは一キロほど離れている。貧しすぎるとまでは言えない部落だ。車は部落の中を走ったが、道の両側にはまばらに鉄板屋根の高床式家屋も見かける。しかし、少年はしばらく停まれとは言わなかった。

「まだか？」

「もう少し…」

車は部落のはずれ近くまで来た。

「まだか?」

「もうちょっと」

車は部落から抜けてしまった。

「あそこ、あそこ!」

私たちの目の前には、以前は広葉樹林だった一定の広さの空き地があるが、林を伐採し、焼いて焼畑を耕しており、まばらな小さな竹藪がある。そして、竹藪の下に隠れて一軒の小屋がある。悪口を言いたくはないが、まさしくアヒル小屋と同じ大きさだ。われわれが下流地域の広々とした平野で刈り入れの終わりごろによく見かける小屋だ。

おーい、私のイーヨンよ。またどうかしたのか、あなたは? 霊魂の底までまだ中部高原にいるのだね。依然として、血肉まで賭して流浪の日々を送った芸術家のままで。そして、依然として、そんなにまで一生涯、貧しいままで功名も金銭も求めず、一スーたりとも財布に貯まらない、居所も定まらない漂流のような人生。この掘っ立て小屋でさえ、あなたが最後に足をとどめる場所ではまだないのか?

※1 この広葉樹林はベトナム語でルン(林)・コップ(広葉樹のこと)と呼ぶ。東南アジア特有の広葉樹林で、雨期に葉が茂り、乾期に落葉する。

背をかがめてようやく小屋に入ることができる。小屋の中の道具と言えばゴザを敷いていない竹の長椅子と一つの机、これも竹製だ。机の表面は竹を組み合わせたもので、凹凸があり、四本の脚は、四本の竹の棒が土間に突っ立っている。アルミの鍋が、三つの石で組み立てたかまどの上にかかっている。一人の女性がベッドの端に腰かけているが、皮膚が青白い――マラリアである。

「イーヨンは家にいますか？」

返事がない。

若い監督が耳元でささやいた。

「別のイーヨンと間違えたに違いない、あなた。ここにはヨーンという名前がいくらでもある」

私は周囲を見回して、別棟の台所の萱葺きの屋根のひさしにひっかけてある生徒用のノート二枚分のサイズの紙を指さした。眼を近づけると、ようやく読める――。

ベトナム社会主義共和国

ホアン・マイ・ルー音楽賞

芸術家イーヨンに授与

民族音楽の保存と発展の事業に対する功績をたたえて…

私はこの賞がこれまでに二人の人物にだけ授与されたことを知っている。もう一人の人物は、音楽家ファン・フイン・ディエウである。

その時になってようやく、小屋の片隅にいた女性が声をあげた。

「ヨーンは向こうの焼畑の井戸で水浴びをしているよ」

井戸まではわずか五〇～七〇歩ほどである。私は大きな声で呼んだ。

「おーい、ヨーンさん！　古い知り合いがここに来ているよ。だれかわかるかい？」

老人はふしぎなほど耳が良い。彼は私を見分けられなかったが、私の声でわかった。彼は大声で長く私の名を呼んで、私の方に向かって一目散に走ってきた。衣服をまとう余裕もなかったようで、あわててズボンをはいただけだ。まだ全身がびしょ濡れだった。私を抱きしめた。そして、彼の記憶力はふしぎなほどだった。彼は一息に話した。

「あなたはまだ覚えているかい。一九五一年五月一五日、われわれ兄弟はクロンパック県クライロン部落でフランス軍に待ち伏せ攻撃された。すんでのところで全滅するところだった。トゥアンさん（男性）、オンさん（女性）は敵に捕まった。ハイさん（女性）は負傷し、あなたと私、ニャット・ライさん（男性）とで、彼女を担架で運んで、二一号道路を越え、それから一四号道路を一五昼夜かけて歩いてドレア山に到着したが、それでも結局、命を救うことはできなかった…あなたは覚えているか？」…

彼は泣いた。

「覚えているか?」

「覚えているとも。どうして忘れることができようか。その当時、私たちは旅芸人一座だったからね」

イーヨンは一瞬、沈黙したが、それから、彼は泣きぬれながら笑った。

「その通りだ、旅芸人一座だった。戦争の最中だ…」

まさにその通り、当時、私たちは中部高原の山林を放浪する、戦争の最中《さなか》の流しの旅芸人一座だった。私個人にとっては、事態はこうであった——私は一九五〇年末に中部高原に上った。兵士であったが、まったく自由放任の兵士であった——私は軍連区[※2]の新聞の特派員をしていたが、その新聞は、当時、まったくゆるく自由奔放な機関紙であった。特派員が解き放たれると、行きたいところにどこにでも行き、どれくらい長く行っても構わず、ただ前線であれば良かった。何をしようとかまわなかった、時々、数編の記事を送れば良かった、小さな物語風でも、日記風でも…。

南中部高原は当時、非常に苛酷で、困難な、しかし、非常に自由でゆるやかな戦場であった。私はダクラクに上り、イーヨンの部隊に出会い、気に入ったので、すぐさまその部隊への入隊を申し出た。そして、だれも不思議に思わず、だれも経歴を聞かなかった、と記憶している。その部隊は時には「宣伝工作隊」と呼ばれ、時には「武装宣伝隊」とも呼ばれた。なぜなら、私たちは武器を持っており、一丁のカービン銃と二丁のフランス製の超長尺歩兵銃[※3]、そのほかはすべて手榴弾、匕首《あいくち》などであった。トゥアンさん。県委員で、部隊に派遣されて部隊長を務めていたトゥアンさんだけは一丁の拳銃を持っていたが、撃っても弾丸が出ないとのうわさがあり、私も、彼が撃つのをまったく見たことがなかった…本当に必要なときは戦闘に参加したが、それを除けば、私たちの主な任務は西フーイエン地域[※4]のクンソンからムドゥラック、クロンナン、ブオンホーを越えてクロンパックに至り、それからカンボジア国境のダクミル、ラックに至る長い回廊に根拠地をつくりあげるための宣伝活動をすることであった。

だれが最初に隊の活動方式を考え出したかは知らない——私たちは自らを流し歌いの旅芸人一座に変えて、ザライ、エデー、ムノンの各部落のすべてをほっつき歩いた、革命的流し歌いのグループであった。敵に激しく威圧された際は退却して、チュードレア大山岳地帯の麓に張り付いていた。運動が高揚した時には、チエオレオ、アイヌ、カールイ、ブオンホー……の各町の郊外にまで「流し歌い」に出かけた。そして、イーヨンはグループの魂であった。

※2　第6章※13参照。当時、抗仏・抗米戦争に参加した人々は軍区あるいは軍連区などの呼称をよく使う。この場合は第五軍連区のこと。
※3　第一次大戦で使用。長く、重い。
※4　フーイエン省は中部南沿海地域の省で、ビンディン省の南、カインホア省の北に位置し、県庁所在地はトゥイホア。西部は中部高原地域に接している。

私、それにニャット・ライも最初からイーヨンに夢中だった。

彼についてどのように描写したらいいだろうか？　通俗的に、あまり大げさでなくこんなふうに――イーヨン、それは中部高原。中部高原の人間。中部高原の国土。中部高原の森林。中部高原の文化。中部高原の歴史、運命とさえ言える。あるいは、より正確には、中部高原の魂である。非常に奇妙である――イーヨンはフランス語を上手に話す。つまり、彼は、バンメトートで開校していたフランスの学校で、本格的に学んだ。しかし、同時に、彼は依然として自然と野生の、一種の「森の人」であり、一本の古木であり、中部高原の一頭の森の野獣である。彼の生涯は中部高原の近代史と現代史の結晶であり、それは、自発的であり、故意にではなく、手のひらで捏《こ》ねてつくった人工的な塑像でもなく、しかし、まさにそうであるからこそ、きわめて本質的なのである。

イーヨンの家は非常に貧しかった。彼の部落は、中部高原でもっとも貧しい、何もない地域にある。そして、彼の家は部落でもっとも貧乏だった。なぜか？　正直に言うと、私は次のような疑いを持っている――土地がやせていることが、部落全体、地域全体を貧しくさせているのに加えて、イーヨンの父親イータムの境遇が影響したのではないかと。あまりにも度を越した芸人なのだ。私の知る限り、中部高原にはそのような人物がいて、その数は少なくない。彼らは年中遊んでいて、風のように、水の流れのように放浪、漂流し、楽しい場所に行き、好きになればそこにいて、飽きたら去る。仕事をする必要はなく、ただ、夢中になって踊り、歌い、そして、木像を彫るが、それは彫刻で遊んでいるのであって、何かするためではなく、すばらしく美しく彫るのであるが、彫り終わると、捨ててしまう。それは彫ることに楽しみを求めているのであり、すでに彫り終わったものを楽しむのではない。創造を楽しむのである。彼らは天性の芸人で、自分の血液中にそれがあり、一種の伝染病のようで、どんな薬でも直せない。イータムさんは、中部高原のあらゆる弦楽器に長けていて、自分で楽器を造り、自分で弾く。彼は中部高原のすべての歌の旋律を覚えており、自分一人で歌を即興でつくって、女性たちとともに、数十夜連続で歌うことができ、いつ、いかなる時も途切れず、言葉もダブらず、歌い終わると、忘れてしまう。毎夜、歌うたびに一人の女性を愛し、愛してすぐに忘れ、翌日の夜は別の女性を愛する…中部高原人にとって最大の祭であるポーティ※5の祭日の日々には、イータムは常に銅鑼楽団を指揮していた。

つまり、家にはそのような男性が一人いるが、それが夫であれば、十分すぎるほどである…しかし、こまったことには、イーヨンの母親フルムさんもまた夫に劣らない芸人であり…彼らは、放浪の中で出会った二陣の風である。だから、何にもなしの貧乏である。ただ、生活には必ずし

※5　ポーティはザライ語で「お墓打ち捨て」の意。中部高原では、ザライ族、バーナー族をはじめ多くの少数民族の儀式・祭礼となっている。死者が永遠に森に帰るのを祝う儀式であり、その部落共同体のみならず近隣の部落からもさまざまなお供えを持ってやってきてポーティに参加する。中部高原で最大の祭礼である。完成まで通常、死者を弔うお墓の家が、数々の彫刻の装飾などをふくめて、完成するのを待って執り行なう。完成までの期間は数ヵ月間から一年間を要する。

もすべてが必要であるわけではない。イーヨンが生まれた時には養うことはできないと思われ、母親は殴打してすぐに死なせようとした。当時、中部高原ではそれはあたりまえの話であった。しかし、ヨンの父親が勝った。

　イーヨンはそのようにしてこの世に出た。二陣の風から一陣の風が生まれた。歩き始めた時には、踊りを覚えた。一〇歳の時には、一日中、琴を弾くのが父親よりもうまかった。一方、彼の父親は、そのころには放蕩の疲れからか、子どもを抱いて、自分の腿の上に置き、奇妙な歌を教えた。たとえば、後になって、イーヨンが彼の母語、ザライ語で歌って聞かせてくれたが、その歌詞は、一人の四〇歳になる男性が五歳になったばかりの少女を夢中に愛する嘆きの言葉であり、そして、自分はこれ以上、大きくもならず、年もとらないで、お前が大きくなるのを待ち、結婚しようというのである…。

　そんな風だったから、生まれて、そんな野生の濃い乳で育てられて、イーヨンが一人の「普通の人間」になるわけがない。

　…当時、残酷な征服のあと、マーチャンロン[※6][※7]、ムクル、ムワル、ムチャングー、アエムオイたちの数々の蜂起による激しい反撃を受けて、フランス人は中部高原に一人の統治官を派遣した。学者で、名前はサバティエである。彼はダクラクに来て、エデー語を学んだ——彼は酋長のアマトゥオットと兄弟の契りを結んだ。まさに今日の都市、ブオン・マー・トゥオット（トゥオットさんの部屋）[※8]が誕生したのはそれからである。サバティエは学校をつくり、子どもたちを強制的に学校に行かせた。学校に行かない子どもがいると、父母が捕縛され、残酷に殴打された。各々の総[※9]は一つの学校を設立した。各学校には四〇人の生徒がいなければならない。イーヨンのエアフレオ総（県）も同様である。当然、イーヨンは勉強に行く生徒には選ばれなかった。村、ラーン、ブオン[※10]でさえも各統治官は、彼の家族…のような飢死寸前の淵にいる困窮者たちには気を留めようとしなかったのである。しかし、その後、エアフレオ学校の四〇人の生徒の中の一人の生徒、イーキーが死んだ。おそらくはマラリア感染であろう。一人の身代わりが必要になった。ナイブルイという名前の教師が各部落を訪問し、偶然、イーヨンが歌うのを聞いた。とても気に入って、もっと歌いなさい、もっと歌ったら五スーあげると言った。五スーもらえると聞いて、イーヨンは熱心に、いっそうすばらしく歌った…かくして、彼は、イーキーの身代わりとして、「捕え」られ、勉強に通うようになった。

※6　（原註）アマ、略してマー。ザライ語では「さん（男性）」の意。ムノン語では「ナー」にあたる。
※7　ザライ語の「マー」、ムノン語の「ナー」ともベトナム語の「オン」にあたる。オンの本来の意味は「祖父」であるが、転じて年長・年配の男性の尊称となった。「マー」、「ナー」、「オン」とも、日本語では「さん」の意であり、この場合はチャンロンさん。蜂起の指導者への尊敬を込めてチャンロン翁と呼ぶこともできる。
※8　バンメトード。
※9　総（ベトナム語でトン）は封建時代のベトナムの行政単位で、現在の行政村（サー）をいくつか統合した大きさの、いわば大村。
※10　ラーンは「部落」。ブオンは「エデー族の部落」。

当時のサバティエのフランス学校はたいへん変わっていた――そこでは、フランス語、公民教育と歴史を教えた。この歴史教育は、次のような有名な言葉で始まった――「われわれの祖先はガロア人である」。…しかし、そこでは、エデー語、ザライ語も教え、さらには、一つの厳格な学科、エデー、ザライの風俗習慣と中部高原の各少数民族の民謡、美術まで教えた。

イーヨンは勉強がよくでき、弾き、歌い、踊ることもうまく、演奏も巧みで、才能に恵まれていた。県の学校を卒業すると、バンメトートの省立学校に進級できた。まさに、この学校が、中部高原の最初の知識層を養成し、そして、大多数がその後、この高原地域の革命の中核幹部となったのである。当時、フランス人は主として中部高原で二種類の役人を集中的に養成した――医療と教育である。おそらく、唯一、イーヨンだけがその養成の枠にはめ込まれなかった。彼の中の、父と母から伝承された放浪者の血があまりにも強すぎたからであろう。彼は、中部高原で最初の「西学（あるいはフランス学）」を学んだ知識層に属するが、ふしぎなことに、その「西学（フランス学）」の蓄積は、彼の中の野性的な、山林的な性質を薄めないで、逆に、その性質を日増しに濃くし、深くし、確かなものにしていったのである。ことによると、まさに、彼の教師であるサバティエ氏も、自身の中になんらかのあちこちを放浪する性質を部分的にせよ隠し持っていたから、それがイーヨンに伝わったとき、よりいっそう強く受け継がれたのではないかと、私はかすかに考えている。

植民地主義は単純ではない。それは、みずからが興味あることに出くわした時ほど不意の一面を見せるのである。

イーヨンがバンメトートの中学校で勉強していたとき、革命が勃発し、抗戦に突入した。イーヨンは故郷に走り帰り、すぐさま、部落、村での活動に参加し、それから、ブオンホー県の副主席を務めた。ブオンホーの戦線[※11]が壊れ、フーイエンに逃走し、そこで責任ある同志たちに迎えられて、中部高原に戻って活動するよう説得された。フランスに捕まって掃討作戦の案内をさせられたが、イーヨンは彼らに歌を聞かせた。とてもうまいので彼は大切にされ、その隙を利用して逃走した。クンソン、ムドゥラック地域に戻って、彼は（革命側の）文化学校の校長に選ばれたが、この模範となる（範を垂れる）仕事は彼の性《しょう》に合わなかった。「武装宣伝」隊がやって来た時に、彼は、逃げるようにしてその部隊の側に移った。そして、隊の活動の利益にあまりに大きく関係する、演奏、歌と踊りに彼が驚くべき才能を持っていたため、誰も彼を追い払うようなことは考えず、それどころか、彼をここにしっかりと匿い、貴重なものを大事にするように、大切に扱った。彼は隊の中では、何も役職を持たず、ニャット・ライや私のように取るに足らない単なる隊員であったが、彼は隊の魂であった。彼がやって来たころから、ようやく人々は理解し始めたのだが、結局、戦争当時の中部高原で、大衆を目覚めさせ革命拠点をつくり、革命勢力を組織し、包囲を打ち破り、根拠地をひろげる…などの宣伝活動の中で、もっとも強力な革命活動の方法は、

※11　抗仏戦争の時期の統一戦線で、略称ベトミン。

流し歌いであり、「武装した流し歌い」であった。

中部高原の抗戦の歴史にこのことは書き留められないと思うが、事実はまさにそうだったのだ。イーヨンが各部落を放浪しながら歌い、彼が私たちにも教えて、一緒に歌った歌の数々を私はよく覚えているが、革命、抗戦、憎悪、敵への攻撃…などについてはほとんど何も言っていない。あるにはあるが、多くない。主として恋歌である。男と女が愛し、森を愛し、部落のはずれの小川を愛し、永遠に静かで物悲しい山岳を愛し、霧でかすんだ早朝に萱の芽を食べる若鹿を愛し、焼畑で稲をついばむオウム[※12]…を愛する。しかし、不思議なことに、それらはすべての人を糾合し、故郷への愛情をはぐくみ、そして、森林と部落の自由のために人々に立ち上がるよう呼びかけているである…。

後になって、私はようやく理解した——イーヨンの芸術はそのようなもので、実用主義的な形態としては「時宜を得て」いないし、現在、ふつう「イラストレーション（挿絵）[※13]」と呼んでいる形態のように「政治的」でもない。もっとも急を要し、もっとも困り果てた状況の中でも、彼は平然と、万世についても、日常のことやちっぽけなことについても語る——しかし、それはゆるぎなく、長く存続する…そして、たいへん不思議なことに、まさにそれらのことが、激しい嵐の中でも人間がしっかりと立つのを助けるのだ…。

何回も、私たちの宣伝工作隊は危険な状況に陥った——敵が四方を包囲し、死が一〇中九まで確かになる。しかし、それでも、同胞たちは知略を尽くして、匿い、包囲をあざやかに解いてくれる。彼らは言う、「お前たちが死んだら、だれが歌を歌い聞かせてくれるのか…」と。

一九五二年、私はダクラクを離れて、北中部高原の方向、ザライ、コントゥムに向かった。そして、イーヨンともそのころから遠ざかった。そして、私は北部に集結した。それから、抗米の中で南部に戻った。

抗米の時期には、イーヨンは南部に戻らなかった。彼はハノイにいて、音楽学校に行って学んだ。そして、彼は、騒がしくなく、真情のあふれた、興味深い仕事に取り組んだ――夜毎に、深夜、全国が寝静まったころ、一日の戦闘が終わり、翌日の戦闘に備えて体力を取り戻すためにまどろんだころ、それが、「ベトナムの声」放送局の電波を通じて、イーヨンが、自分の故郷、中部高原の親戚縁者に語りかける時であった。当然、自分の人生の中で、イーヨンは語ることを知らず、歌うだけである。彼にとって、語るとは、つまり、歌うことだ。ザライ、バーナー、エデー、ムノン、セダン…などあらゆる種類の言葉で歌う。どの言葉も彼は巧みだ。のちになって、イーヨンは、当時、ラジオで歌った歌のいくつかの歌詞を見せてくれた。彼は、銃を取って敵に従っている傀儡《かいらい》兵にも、歌いかけた。それで非常に不思議なのは、対敵工作の歌のほとんどすべ

※12　中部高原には野生のオウムが多い。収穫前の稲を食するので追い払うことが多い。
※13　著者がここで言う「イラストレーション」（挿絵）は一般に使われている「イラスト」、「挿絵」というより、より語源的な「光を照らす」ような意味、つまり、文章ではわかりづらいことを、絵にする、図解することで、相手にわからせる、理解させるという意味である。

てが恋歌であるということだ。すべてを寄せ集めれば、おそらく、果てしなく神秘的で、魅惑に満ち、抒情的で、広大かつ雄大な中部高原を音楽で描いた、どこまでも広がる一枚の絵が出来上がるだろう。

それから、フルロ[※14]が中部高原のいくつかの地域で横行する時期があった。多くの時期、多くの場所で、緊張が高まり、われわれの幹部は足を踏み入れることができなくなった。人々はイーヨンに意見を求めた。

—私が試しに行ってみよう。

—銃を持っていくべきだ。

—必要ない。

彼は背中にゴーン琴[※15]を背負っただけであった。

彼はもっとも危険なフルロ地域に入った。彼は歌った。そして、数日後、人々は彼が数人を連れて戻ってくるのを見た。数人は銃を持っていたが、銃口を下に下げていた。フルロの兵士たちが投降したのである！

—あなたはどんな歌を歌ったのか？

—たいしたことはない。自分は豚を呼ぶ歌を歌っただけさ…。

中部高原の各部落では、人々は小屋の中で豚を飼わない。豚は森の中に放し飼いにしている。そして、食事時になり、家族の女性が声をあげて呼ぶと、豚の群れはいっせいに帰ってきて、食べさせてもらう。中部高原の人にとっては、遠くに行ったとき、その豚を呼ぶ声ほど、故郷への思いを募らせるものはない。それは、母親の、姉の、妻の、あるいは成長したばかりでひそかに愛をささやき始めた、あるいはデートの約束をし始めたばかりの娘の呼び声である。豚を呼ぶ声にすぎないが、われわれの内なる森・山、焼畑、部落、共同体、共同の家、台所、父母、愛情を想う気持ちを喚起する…。

イーヨンはそんな風である。

それが、もっとも奥底にひそみ、同時に、また、もっとも近しく、質素な中部高原である。長きにわたりひそやかに存在し、永遠に堅固であり、その上をすべてが通り過ぎる——すべてとは、戦争、社会的な諸々の変動、「洋学」、「博学」、政治などである…が、それらのいずれも（中部高原の存在を）薄れさせることはできず、逆に、それに深遠さを加え、濃密にするばかりである…。

イーヨンはまだ私を抱きしめている。彼は泣き、私の頬まで濡らした。

私は彼に言いたかった——二〇年間の平和が続いて、今になって、私はようやくあなたを捜しにやってきた。これは私の大きな過ちだ。私と私の友人の若い監督はあなたに私たちの映画の中の長老の役を引き受けてもらいたいのだ。そして、そのあとで、私個人としても、あなたについ

※14　第6章※3参照。
※15　中部高原のいくつかの少数民族に普及している弦楽器。口絵4のイーヨンが手にしている。

ての本を書くか、映画をつくりたいのだ。私はすでに中部高原の幾人かの英雄について書いている。そして、あなたは、あなたは一人の「英雄」だろうか。芸術界では、現在、わが国の数百人に「優秀芸術家」あるいは「人民芸術家」の称号が贈られており、おそらく、今後、一〇〇〇人にのぼることもありうる。一方、あなたには、あなたには何も称号がない。

中部高原で最初に多少なりとも洋学を学んだ知識層は、私の知る限り、その後、みなが革命運動に参加し、公務でも出世を遂げた。あなただけは別の道を進んだ。あなたはいつまでも、単なる中部高原の永遠の放浪歌人のままだ。あなたについて書くのは、私にはわかるのだが、たいへんむずかしいことだろう。いったい、これまで、風を描いた人がいるだろうか。彼は放浪する一陣の風、中部高原の永遠の春の一陣の風であり、その中には、この神秘的で偉大な地域のひそやかだが無限の生命力がやどっている。

イーヨンは語った。

―互いに会ったのだから、あなたにまずは一曲歌い聞かせたいのだが。

―何の歌か？

―豚を呼ぶ歌！

友人の映画監督が、私の耳元でささやいた――「私は中部高原がわかり始めたようだ、あなた…少しだけだが…」

第12章 クニアの木を生んだ無名の芸術家

芸術はしばしば非常に奇妙な「機能」を持つことがある。誰かが言った——「作家はどこかから、多くの人びとの集団の中から一人の無名の人を捜しだして、彼らを不滅の存在に変える」。人類は、芸術のおかげで、不滅の人びとによってより豊かにされる。一人のキエウ、一人のトゥバー、一人のソー・カイン[※1]、一人のハムレット、一人のドン・キホーテ、一人のジュリエット、一人のグランデ、一人のトム・ソーヤなど…数人の人物にとどまらず、時には、一つの部落、一本の小川、一つの山から、一本の木までも。

※1 キエウ、トゥバー、ソー・カインは「キムヴァンキエウ」の登場人物。「キムヴァンキエウ」は、一九世紀前半にベトナムの詩人グエン・ズーが中国の小説『金雲翹伝』を翻案し、チュノム（ベトナムで漢字から考案した文字）で記した長編叙事詩。チュノム文学の最高峰、ベトナムの国民文学的作品とみなされている。初版発行は一八二〇年。薄幸の女性キエウが主人公で、幸福の絶頂からどん底に落とされ、人生の辛酸を味わう物語。この長編詩をそらんじているベトナム人は多い。

中部高原のクニアの木[※2]もまたそうである。あなたはもう中部高原に行って、クニアの木を見ただろうか？　たとえ、すでに行ったことがあるとしても、おそらく、あなたは注意しては見なかっただろう。きわめて平凡な一本の木だ。クニアは一本の孤独な木だ。ふつう、その木は、身を隠すものがないむき出しの小高い丘陵地帯にポツンと立っているか、焼畑の縁にさびしそうに立っている。そして、部落の入り口には、いつも、大きな岩があり、確かにそこから遠くない、その近くのどこかに、澄み切った小川の中の岩の間から水がわき出ているのを見るだろう。

クニアはそのように実にふつうの木である。花はごく小さく香りもない。幹はまっすぐで、ざらざらしている。材木の質はふつうだ。民族の魂を象徴するような強さもなく、竹のようなしなやかな弾力性もない。ロシアの白樺のような輝きや清潔さはない。しかし、結局、自然は、聡明かつ周到に、巧みに配置している――焼けつくような日差しの高原を越えて行く旅人は、重なり合った中部高原の萱の丘が続く、はるか遠い道のりを越えて行く前に、足を一時、休める場所をどこかに捜すことになるのだろうか？　少しばかり注意して見ると、あなたは、実に不思議なことに、息を切らす一定の道のり毎に必ず一本のクニアの木に出会う。その木陰は濃く、深緑で、天地の間に、緑の日傘を立てているかのように、非常に広々とした涼しい日陰を一年中つくりだしている。

村の老若男女は焼畑耕作に出かける。ふつうは一つの家族全員で作業する。老婆はやせ細り、背中が折れ曲がっていて、だれも年齢を数えることができない。もっとも年寄りのおじいさんは、森のリムの木[※3]のように、ひげがへそまで垂れ下がり、母親が背中の子どもをあやしている。そして、当然のことにいくつもの集団の男性と女性たちが、お昼になると、クニアの根元に集まり、一個のタピオカいもを焼く。それは、一塊の森の肉である。

そして、長い間どこか遠くへ行っていた人が戻ってきて、雑木林の間に、ひときわ高く聳え立つクニアの木の青く丸い葉の茂みを見つけた時には、心がすっかりやすらぎ、胸が高鳴るのを感じるに違いない――ほんのもう少しすれば、彼は温かく憩う高床の家のかまどの傍らに座り、娘たちのしゃべる声、慣れ親しんだコメを搗《つ》く杵の音を聞くことができる。すべて、それらのすべてが、彼の幼年、彼の恋愛、彼の人生をつくってきたものである…。

クニアの木はそんな木だ。それは、中部高原の人間のたましいの中の、どこか小さな片隅に隠れて、つつましく、ひっそりとたたずんでいる。その秘匿と謙譲は、私が数十年間中部高原に住んで、二つの戦争を膚で体験し、ここの少数民族の二～三種類の言語を聞いて理解できるように

※2　学名 *Irvingia malayana.*　ワイルド・マンゴー、アフリカ・マンゴーとも言う。東南アジア各国に広く群生している。常緑樹、半落葉樹もある。ベトナムでは、中部高原地域、中部のクアンナム省などに自生する巨木。いつも緑の葉をこんもりと茂らせて卵型をしている。根を広く、深く張り、干ばつにも強い。木材。薪・木炭として使用する。種子は食用・脂肪搾取に使う。無名の詩人であったゴック・アインの作詩による「クニアの木蔭」によりベトナム全土に知られることになった。

※3　英語では Ironwood. 日本語にすると鉄樹。森の中に生え、幹は円形、真っすぐで、三〇メートルほどの高さになる。材質は非常に固く、重い。高価な木材となる。

なっているのに、いかなる一つの中部高原の民謡の中にも、いかなる有名な一個の中部高原の木彫りの像の中にも、クニアの木に思いを馳せるものを私がかつて知り得なかったほどの秘匿と謙譲である。

それは、そこで深く身を隠し、ぐっすりと寝込んでいて、おそらくすでにこの数千代にわたっているであろう。その日がやって来るまで…。

その日になると、一人の人がやってきて、そして、ちょうど、その時に、まるで一瞬のうちにであるかのように、神が出現し、それを目覚めさせたのだ。ただ、当の中部高原の人だけではない。祖国の、民族のすべてを目覚めさせたのである。そのすべての時は、永遠に忘れることが出来ないものとなった。

わが国では現在、クニアの木のことを聞いたことがなく、クニアの木を知らない人は、どこをさがしても見つけられない。彼らが直接自分の眼でそれを見たことがないとしても。おそらく、このように言っても、間違いではないし、言い過ぎでもない。今日、すべてのベトナム人は各人がみな「自分の」クニアの木を持っていると。祖国には、きわめて共通するもので、そして、個々人の心情にとっては、きわめて個人的なものである。クニアの木は、数十万種類の無名の草木から目覚めさせられ、不滅のものになった。それは、北と南が分断され、互いを偲び合った一つの時期のシンボル、もっとも困難で、もっとも痛苦に満ちた時期の祖国と人間の終生変わらぬ心のシンボル、愛情と寄り添う心のシンボル、となったためであった。芸術と芸術家のみが、その驚くべき覚醒の仕事をなすことができたのだ。つまり、芸術と芸術家はそのようなものであり、彼らの人生での仕事はそのようなものである――われわれが全生涯を生きながら、気づかず、あまりにも無神経で何も知らないとき、隠されて、誰にも知られない中で、われわれに、もっとも貴重なもの、もっとも美しいものを覚醒させるのである。

われわれすべてを覚醒させ、クニアの木を生み出した芸術家は、私の一人の友人、ゴック・アインさんである。

いいや、私は、中部高原でのゴック・アインさんの長期にわたる奮闘については、これ以上、何も言わない、多くを語らなければならない特別のことが何かあるわけではない。私たち二人とも、同じ日に（軍隊に）入隊した学生であり、一緒に兵士になり、それから、一緒に軍隊機関紙の「戦場特派員」をつとめ、一緒に誘い合って中部高原に上った。積極的で、ロマンチックで。漂流・冒険好きであったために…当時は、さらにニャット・ライがいた。抗仏戦争の全期間、私たちは中部高原のいたるところを放浪した、南中部高原、中中部高原、それから北中部高原である。名付けられることも、そうでないことも、十分すぎるほどの種類の仕事をした――敵への攻撃、焼畑仕事、大衆活動、遊撃隊の組織、武装宣伝活動…エデー、ザライ、ムノン、セダン、チエン、ゼア、コルなどの各部落をぶらぶら歩く放浪の中であった…。

ニャット・ライはそれ以前に現れた。私たち二人（私とゴック・アイン）が中途半端な放浪をしていた時に、彼はすでに有名な数曲の歌を作っていた。私はニャット・ライに遅れること数年で、興味半分に本を書いた。一方、ゴック・アインは依然として沈黙していた。

抗戦が終わった時まで。ゴック・アインは依然として沈黙していた。彼の性格はそんなだった。ゴック・アインは三人の中で一番ハンサムだった。その美しさは、劇の役を演じた際に彼が化粧して女性を演じたときは、その脇に立っていた私がどぎまぎし、恥ずかしくなり、赤面したほどである。一人の佳人の傍らに立っているような気持ちになったのだ。私たちはフーイエンに駐屯していたことがあるが、ルオン・バン・チャイン中学校の二人の抗戦参加の女子生徒がどちらも同時に彼を好きになった。そして、どうやら彼の方もまた二人を好きになったようだった。彼は、色白で美しく、女の子のような話し方をし、中部高原の兵士の持つ厳しい外見が少しもなかった。

そうではあるが、私たち三人、ニャット・ライも含めた三人すべての中で、彼ほど「中部高原」らしい者はいなかった。私たちはどうやら多少とも中部高原「らしさを装っていた」ようである。ゴック・アインは、彼の血液の中から中部高原であった。

ニャット・ライは北部に集結して、りっぱな音楽家になった。私もまた作家と呼ばれるようになったが、一方、ゴック・アインは、ひそかに中央民族局に戻って、そこで何かを研究する幹部になった。

「何か書いたらどうだ」——私はある時、彼を促した。

彼は笑うだけだった…。

それから、ほどなく、一九五六～五七年ころ、各新聞紙上でちらほらと若干の中部高原の詩が載るのを見かけた。無署名の民間の詩で、下のところに、ただ「バーナー族」、「エデー族」と記してあり、記事の囲みの中に、より小さい字で「ゴック・アイン翻訳」と記してあった。

私自身、ずっとあとになって、ようやく知ったのだが、彼はなにも「翻訳」したわけではない。それは、ゴック・アインの創作詩であった。数十、数百の詩だが、「クニアの木蔭」[※4]がもっともすぐれた詩である。

なんと不思議なことだろう。私なら、中部高原のことを何か少しばかり、南部のことを何か少しばかり記すためには、一心不乱に数百ページも書かなければならないというのに。

ゴック・アインの場合はこう書くだけである――。

「丸い陰が母の背を隠す
戻り、あなたを想い母は泣く
…
陰は傾き私の胸を隠す

※4　「クニアの木蔭」はゴック・アイン（一九三二～六四年）が一九五七～五八年ころ少数民族の民謡を土台に作詩した。多くの作曲家がこれに曲を付けたが、二つの歌曲がもっとも有名になった。ゴック・アインはグエン・ゴックと同郷のクアンナム省出身で、一九五七年から抗仏戦争に参加、一九六四年にコントゥム省で戦死した。

戻り、あなたを想い眠らない

……

お前の根はどこの水を飲む？

北部で湧き出る水を飲む」

一字たりとも加える必要はない。われわれの心の底まで揺り動かす。民族の魂を揺り動かす。「クニアの木陰」は正真正銘の民謡となった。ゴック・アインが翻訳したか創作したかは、重要なことではない。全国がそれを認めたのだ。中部高原の人がそれを認めたのだ。私自身は、私にははっきりわかるが――まさしくゴック・アインが完全に創作したものだと思う。そうでありながら、その後、私は中部高原の各部落に何回も行ったのだが、コル人[※5]は、まさに彼らの民族の「民謡」だと認めており、バーナー人、エデー人、ムノン人、ザライ人…もまた同様であり、だれもが認め、自分たちのもの、自分のものにしている。

誰もが知っているように、この詩にはすでに楽譜が付けられていた。（ただ、私は作曲者に前もって謝ることにするが、私は音楽にたいへん無知である）彼の自作の詩はすでに歌われていたのである。ただ、おそらく今に至るまで、音楽の作曲者は名前を記され、はっきりと敬意をもって紹介されているが、一方、この詩を書いてクニアの木を覚醒させ、私たち各人の中で永遠に不滅なものにしたこの作詞者は依然として無名のままだということだけである。

一九六二年、私は南部の戦場に戻り、西クアンナム、クアンガイで活動した。一九六四年になって、ゴック・アインがハノイから戻って、北コントゥム地域で活動していることを聞いた。私たちは電報でコントゥム省にゴック・アインを私たちのところへ派遣するように要請した。そのわけは、当時私たちは軍区の解放文芸紙を発行する準備をしており、どうしても人を増やす必要に迫られていたからである。

電報を打ったが、いつになっても返事がない。半年後にようやく返事があった——ゴック・アインはダクグレイ県ゴクリン山の向こうの麓で犠牲になったのである。戦争で、私たちの電報は遅れて、一ヵ月近くかかった。それは一九六五年初頭であった…。

二三年後、ハノイで、ある日、一人の女性が私の家を捜してやって来て、ソアという名前だと自己紹介した。私にはすぐわかった。初めて彼女に会ったばかりだが——ソアさんはゴック・アインの妻であった。

ゴック・アインが結婚した日、私は南部に入る準備に忙殺されていて結婚式に出られなかった。当時、彼女はハイフォンで勤務していた。ゴック・アインはハノイの民族局で働いており、しばらくたってから、ようやく一〜二日間、ハイフォンに戻るのだった。ソアさんが語るには、二人の夫婦が一緒に生活したのは合計でちょうど四〇日間であった。ゴック・アインは出かけて行き、

※5　コル族は中部沿海省のクアンガイ省を中心に居住するオーストロアジア語族のモン・クメール語系民族。二〇一九年調査によれば、人口は四万四四二人。二〇〇九年調査では、中部海岸のクアンガイ省に八三・一%に当たる三万三八一九人が居住し、他にクアンナム省五三六一人、コントゥム省一一八人である。

彼女の元に二人の男の子を残した。バックとハイ[※6]である。彼女はそのように生きて、子どもを育て、丸々この二〇年余をかけた。二人の子どもはともに成長し、バックは中央郵便局で母親と一緒に働き、ハイは鉄道部門にいる。

私は、彼女にゴック・アインがゴクリン山の麓で犠牲になった状況を語り聞かせた。つまり、彼女は長い間、彼がどのように犠牲になったかを知らなかったのだ…。

しばらくして、ソアさんは私のところにやってきて、中部高原に行って夫のお墓を探し、彼を故郷のクアンナムに戻すという決意を知らせた。彼を故郷に戻してあげない限り、彼女は安心して生きられないと告げた。

みなさんはこの事に気づいているだろうか——信頼し合った、しっかりと結びついた夫婦はふつう、何かしら互いの特徴が非常に近しいものであり、非常によく似ている。ソアさんには非常に「ゴック・アイン」的な特徴があり、高齢であるが、小ぎれいにしていて、温和で、謙譲であり、やや自分を目立たないように隠しながら、非常に堅固で、必要な場合は激しさもある。あるいは、それはクアンナムの地の女性たちの特質であろうか？

私にはソアさんの意図がわかった。彼女は軽く語っているが、けっして翻意させることはできない。ヌップさんとザライ・コントゥム省の指導部の人たちがハノイに出て、祖国戦線[※7]の大会に出席した機会に、私たちは提案し、諸兄の援助を頼んだ。みんな、かつては二つの戦争を通して、一緒に戦闘に参加した親密な同志であった。諸兄は戻ると、すぐにお墓探しに取り組んだ。

そうこうするうちに、半年以上が経った。わたしは中部高原にある戦没兵士のお墓にまつわる諸々の話を知っている。みなさん、ご存じだろうか、一つの雨季を経ると、チュオンソンの森は、大地の傷跡の上に、もう一つ生い茂るようになることを。激しい雨が続き、鉄砲水がうなりをあげる。一つ一つの山が崩落する。一つ一つの大きな川が流れを変える…そして、当時は、戦争中で、私たちは足場となる場所を連続して移動していて、一ヵ月間で七〜八回も場所を変えたことがあり、敵と繰り返し戦闘し、新しい駐屯地が古い場所から数百キロ離れることもあった。犠牲になったばかりの友を埋葬し、それから、あわてて出発し、そのあとを、うっそうと茂り、日ごとに様相を変える山林に託すのである。

ザライ・コントゥムの諸兄は丸半年余にわたって捜した。運が良いことに、ゴック・アインの遺体は当時、コル族の同胞の部落の近くに埋葬された。部落の人びとはまだ覚えていた。しかし、うろ覚えにすぎず、その森のあたり、そこの三〇〜五〇メートル四方あたりにあるというだけで、今や、そこは平地になり、落ち葉が厚く積もっている…三回捜索したが、発見できなかった。

私は隠したが、ソアさんは知っていた。彼女は息子と共に行くことを決心した。ハノイ－プレイクを飛行機で行く。その後、プレイクからは高い山を登るつもりだ。

※6　バックは「北」、ハイは「海」の意。
※7　市民の統一戦線組織。労働組合、青年団、農民会、婦女会などが加盟している。

後になって、私はブレイクに行った際に、仲間たちが語るのを聞いた。ソアさんが来た時に突然、空気がまったく変化した。はっきりしたことはわからないが、なぜか、幻想的な、何か神聖なことが起こった。そして、すべての人がとっさに確信した――今度は必ず、見つけることができる。

ソアさんは病弱なため、諸兄は彼女をブレイクの町に留まらせて、その日、その時刻になったら、ゴクリン山の方角に向かって、三本の線香に火をともして、手向けるようにと諭した。息子のバックは捜索隊と一緒にゴクリン山に登った。二〇〇キロ近くを車で行き、それから一日歩いて、ようやく目的地に到着した。仲間たちは祭壇を設け、三本の線香に火をつけ、手を合わせて拝んだ。

―今日、彼女と息子があなたを捜しに来た。聖なる君にお願いする。彼女と息子があなたを連れ帰ることができるようにしてください……。

三本の線香に火がつけられた。一瞬、一本の火が消えた。

ソアさんが私に語った。その日、ブレイクで、彼女は三本の線香に火をともしたが、やはり、一本の火が消えた。火をつけても、また消える。彼女は取り換えて、他の三本の線香に火をつけたが、やはり、一本が消えた。

彼女は特に注意を払わなかったが、烈士の墓の捜索に何回も参加した経験がある仲間たちはみな、ひそかに喜んだ。これなら、今回、必ず見つけることができる！

ゴクリン山の麓で、省の社会傷病兵局の仕事をしている一人の幹部が祈禱をしたのちに、鉈を持って近くの竹の節を切って、酒を注ぐ杯の代わりにしようとした。突然、彼は厚く積もった枯葉の層の下に隠れた一つの石に躓《つまづ》いた。その場所の落ち葉をひろげると、四角の形に並べた石の列が表れた。二三年前のその日、数人の兵士が部隊仲間を埋葬し、慎重に墓のまわりに石を並べて目印としたのが、わずか、今日まで残っていたのだ！

ソアさんは、わずか、合わせても四〇日間一緒に生活しただけの彼女の夫の上顎の左の虫歯に気づいた…。

…昨年末、ある夜、ソアさんがまた私の所にやって来た。今回はとても楽しそうに、私に語った――。

「私、息子のバックの結婚式をおこなうことを決めました。この子の父親はもういません。親戚もこちら※8には誰もいません。私はあなたに、ゴック・アインの代わりを頼みたいのです…」

私の人生初めてのことで、ぎこちなく、まごまごしながら仲人役をつとめ、友人の息子の結婚式に参加した。私は新郎側の親族として！

結婚式は水産省の会議場でおこなった。新郎の家族、新婦の家族とも、私に両家を代表して祝辞を述べるように頼んだ。私は、ゴック・アインに言及した。しかし、それから、私は少しさび

※8　北部のこと。

しくなった。数人の何らかの人びとをのぞいて、にぎやかで、さわがしい会場の中で、誰もゴック・アインが誰かを知らないのだ。

しかし、「母の背中を隠す丸い陰をつくる」、「陰が傾き、君の胸を覆う」クニアの木を、彼らの誰もが知っていることは確かである。

ゴック・アインのお墓は現在、ディエンバンの戦没兵士の墓地の中にある。その墓地はクアンナム省でもっとも美しい墓地であり、私は昨年、訪問した。小さな記念碑には赤い文字が数行、記入されていた。

革命戦士　ゴック・アイン　作家

ベトナム作家協会の全会員の名簿には、協会の会員名簿保存委員会が、すでに亡くなった人々をふくめ、これまで五九二人すべての会員を登録しているが、ゴック・アインの名前はない。作曲家協会にもおそらくないだろう。

最高にすばらしいクニアの木が代々永遠に残るよう記録した芸術家は、無名の芸術家である。

もう一人、無名の人がいる――ソアさんである。彼の妻であり、彼の孤独な、終生変わらぬクニアの木である。

第13章
コンクロに帰った人

　それで彼女はコンクロに帰ってしまった。正直に言うと、そうなることをずっと前から、私は感じていたが、そんなに早くはないだろうとも、あるいは、必ずしもそうなるとは限らないとも考えていた。依然として希望していたのだ、彼女はとどまることになるだろうと。それでどうなるというのか？　私は、彼女がずっと以前から「呼ばれている」ことを知っていた。ことによると、北部のハノイにいた当時からすでに、そうであったかも知れない。その呼び声は、時にひそかに、時に突発的に、時に長く連綿と、思いこがれるように、そして、おさまり、それから、また、燃え上がり、長々と、時に、大声で、呼びかけられるのだ。大声で呼ばれる日々には、彼女は、悪魔に悩まされているかのようであった。私たちはたいへん心配した。しかし、他方、私はずっと以前から、彼女が気力に満ちた人であることを知っていた。中部高原の女性はそうである。純朴で、穏やかで、一見すると、臆病なようだが、同時に、いつでも強くなれる。決断できるし、任せることができる。多くの場合、情熱的で、向こう見ずだが、必要な時には自主的に判断する。

そうした日々、私は彼女の双眸がじっと一点を見つめ、涙があふれているのを見た。彼女が大声の呼びかけの声を抑えようとして、こまり果てていたが、彼女はなんとかそれを抑えこむことができた。彼女にはまだ仕事があるし、彼女は注意深く、いつも全力をあげる人だったからだ。私は、彼女がコンクロの森のみずみずしい一人の少女であったころに出会ったのだが、彼女はその当時からそうであった。われわれの第一次戦争[※1]が終結したばかりのころであったから、今から数えると、半世紀以上が過ぎている。…一九七五年[※2]の後、プレイクに戻った日から、その叫び声はあまりにも近くなり、いっそう痛切さを増した。夜も昼も、耳を騒がせて、眠りの中にまで出現した――みなさんは、そうした叫び声を聞いたことがあるだろうか?「自分だけに聞こえる、耳の中でなく、心の中で」――彼女はそう私に語ったが、彼女がこれに抗《あらが》うことはむずかしかった。しかし、私はそれでもまだ彼がいるのだから、彼なら、おそらく彼女をとどめることができるだろうと考えた。しかし、結局、それはそうならなかった。彼自身が「それ」に巻き込まれて、どこかへ行ってしまった！　その叫び声は、なんともおそろしい。やがて、ある時になれば、みなさんも、耳の中、あるいは心の中で聞くことができるし、その時には、自分自身が正真正銘の中部高原人になることが出来たと考えることだろう。私は、ジャック・ドゥルネ神父[※3]はそれを聞くことができたと信じている。当然、彼は一人の研究者、一人の科学者であり、非常に深く中部高原を理解していたが、しかし、他の多くの科学者がかつてここに来たが、彼よりも「科学者」として劣っていたわけではなかったのに、いったいなぜ彼だけが中部高原に「帰依する」ために信教を捨てたか。それはまさに彼がそれの大きな叫び声を聞くことができたからである。

「それ」とは、つまり森である。中部高原の森である。

私はかつてハザン[※4]にいたことがあるが、ドンバン、メオバック高地はみな山岳地帯で、絵のように、夢のように美しいが、そこには森がない。石だけだ。石もまた荒々しく、心乱されるものであり、その地方では石の高原は有名である。しかし、石に心乱されるのは、違った形で、である。森はまた違う。森は何かしら根源的なもの、本来的なものに関連しており、その根源的、本来的とは人間である。人間が誕生したところは、そのきわめて深いところであり、そして、そこ

※1　ベトナムでは仏軍の介入による抗仏戦争を第一次戦争、第一次インドシナ戦争と呼び、米軍の介入による抗米戦争を第二次インドシナ戦争と呼んでいた。ただし仏軍がかつてのインドシナ連邦の宗主国として旧植民地の復活をめざしたのに対し、ジュネーヴ協定（一九五四年七月）後の米軍の介入はインドシナ各国に親米政権を擁立し、それぞれの国内で対立する勢力と互いに争わせる形の内戦のような戦争形態にし、同時にベトナム、ラオス、カンボジアの抵抗勢力もそれぞれの国の解放をめざしつつ、協力する形をとったので、第二次インドシナ戦争という呼称はあまり普及しなかった。
※2　ベトナムでは一九七五年と言えば、一九七五年のベトナム全土の解放、抗米戦争の終結を指す。
※3　ジャック・ドゥルネ（一九二二～九三年）はフランス人カトリック神父。一九四五年四月に神父となり、布教のために翌一九四六年一〇月にサイゴンに派遣された。その後、ラムドン省に住むコホー人のコホー語を手始めにタイグエンの少数民族の言語を学び、二五年間にわたりタイグエンの少数民族の風俗習慣、信仰、言語を熱心に研究した。一九七一年にフランスに帰国。集団生活を嫌って、南フランスの山裾で独居した。
※4　中国の雲南省と国境を接するベトナム東北端の省。少数民族のように褌を締め、半裸で生活していたという。タイグエンの少数民族の居住地域。

から出発し、やって来たのだ。それはこの世界、人間世界、文化世界の中の、人間の誕生と存在に関連している。このことについて、私がどのように考えるかを少しばかり述べてみたいと思う。

中部高原の森の中を行くと、時おり、われわれはザライ語でルンゴルと呼ぶ土地に出くわす。ルンゴルとはもともと森であった場所（そう言えば、中部高原ではどの場所も、もともと森でなかったところはない）が、ある時期に古い部落の居住地になったところだが、現在ではなんらかの理由によって人々がその場所を捨てたため、もはや部落ではなくなり、といって、森に蘇るにはまだ時間が足りない。人々が捨てていった一つの空き地が、やがては森に再び占拠されるのは確実だ。あるいは、今では、すでに一部が、あるいは各部分毎に占拠されてしまっている。残りは、まばらに柱が黒く焼けた空き家がさびしくたたずみ、豚を水浴びさせる沼地、朽ち果てた竹垣があり、とりわけ激辛赤唐辛子とニガウリの畑がいつでも残っていて、行軍中の兵士たちが喜んでおみやげに摘み取っていく。漠然とではあるが、まだわずかに人間のにおいが残っている。鼻がよく利く人には、少しきついが温みのある匂いであり、森の木の葉の甘さと辛さがまざりあった匂いと間違うことはないだろう。そうした気配は日ごとに非常に速く薄れていき、森がやがて圧倒し、占拠するが、それは非常に速く、森にいるだれもがそのことを知っている。その速さは恐ろしいほどである。部落が昨日放棄されたばかりで、人の息がまだ温かいのに、振り返ってみると、ルンゴルはその広がりがなくなっている。野生があたりに満ち溢れ、占拠して、覆い、そして、数日間留守にして部落に戻ってくると、人間の部落も、文化も完全に消息を絶っており、ルンゴルもなくなっている。森だけがあり、この一〇〇〇年にわたって人間の痕跡がなかったかのようであり、野生が万世にわたってこの地を支配しているかのようである…。それゆえ、中部高原では、森がすべてであり、すべてを覆っている。起源は森である。神は教えている——まず初めに言葉ありき。ここでは、初めは森である。元来は森である。森は、始まりであり、この世のすべてのことがらの究極である。空間のように、時間のように、無限である。中部高原の人は、自分の血の中で、その根本的なことを非常にはっきりと、非常に深く理解している。彼らは、彼ら自身もまた、森という大きな包括的存在のごく一部であることをよく理解している。生物も、無生物もあらゆるものが、森の獣、昆虫類、草木、岩土、山川、そして、すべての物質まで、多すぎず、少なすぎず、であることを知っている。

その無限のものの中から、ある日、人間は、徐々にではあるが、決断して出てゆき、子どもが母のものをねだるように、森のものを取ることをねだり、一つの小さな土地を、骨折って手を加えて飼い慣らし、その土地に部落をつくり、社会をつくり、文化をつくった。聞くところによると、文化とは何かについて数百の定義があるが、それらはみな、優秀な学者の方々の教えの言葉である。一方、中部高原人は、単純ではあるが、奥深い考えがある。文化とはつまり部落であると理解している。そして、部落とは社会であり、自然とは、野生とは、つまり森とは逆である。それは森なる母から離れることへの希望であり、動作であり、子どもが人間になるためには、母のへその緒を断ち切らなければならないことと似ている。バーナー人はお産のとき、子どものへその緒をすぐに持って行き、高床の家の階段の下に持って行って埋める。その意味するところは、切り離しても、結びついているということであり、森なる母との結びつきは依然としてそこ、階段の下にあるのだ。その階段は、毎日、人が昇り降りしている場所である。そして、死んだときには、最後の鄭重な見送りの儀式のための準備の期間のあと、生きている人はお墓を捨て、お墓を捨て去って、もはやお墓の世話のために往来することはない。忘れたのではない。そうではなくて、その人間は森から出て行き、この短い期間のこの世での存在の後、今、当然のことに森に立ち戻ったのである。人生、社会は、その中間の一区切りであり、とても面白く、とても愉快であるが、しかし、それはまた、その中間の短い一区切りに過ぎない。その二つの側、二つの端は、無限の森であり、それはまた、つまりは無限の空間と時間なのである。それゆえ、何らかのある意味に従えば、生きるということは、常に、切り離しと帰還の間の、絶え間ない引き止め合いであり、帰還こそが主要で、基本で、永遠である。そして、そのように、中部高原の森には、両方の意味があり、一方では、物質であり、寛容と人間の養育であり、もう一方では、精神、超現実であり、人々がいまだに呼んでいるような「向こうの世界」であり、必ず、こちら側よりも何倍も重要である、なぜなら、それは根源であり、この二つの入口に入る、無限の空間と時間だからである…。

どの中部高原の人間を観察しても、われわれは、もっとも近代的な人物を含めて、そのことを認めることができ、彼らは、その二つの入口の間の引き留め合いで不安定である。彼らの生活のすべても、その中心的な内容は、まさに、その二つの入口の引っ張り合いのバランスをなんとか維持して平衡を保つことである。私はもっとも近代的な人物を含めて、と言ったが、前回、私の友人のフレ族[※5]の軍区副司令官の少将について語ったことが、まさにその例証である。私はその上、以下に述べることを完全に信じている。確かに、昔は、われわれすべてがみな、そのように、そうした引っ張り合いがあることで自分の人生の生きる内容がつくられていると信じ、自分の毛細血管の中で、一方が森で、自然であり、他方が社会で、文化であり、その間の絶妙な引っ張り合いがあったことを深く信じていたのである。かつては、そうした絶妙な…不安定な姿勢の上でその不安定さを維持していたのに、やがて、そうした不安定さを失ってしまい、静止した社会、文化、もはや自然や森のない社会、文化という一方の側だけを、もっぱら乱暴にしっかりと残してしまうことになった…と私は信じている。消耗と枯渇に行きつく道のりを日増しに遠くへと…。

…それで、彼女は、コンクロに帰ってしまった。私の友人フベン姉さん、彼女はそれの呼びかけで帰ってしまったのだ。私は、さいわいなことに、フベンさんとは早くから知り合いになっていて、そして偶然にも、彼女の波風が少なくない人生の中の各節目をたどることができたようである。それは一九五四年ころで、わが軍は一九号道路で大きな待ち伏せ攻撃をして、朝鮮から引き揚げてきたばかりの仏軍の第一〇〇兵団[※6]を殲滅した。私はこの戦闘に参加したが、攻撃を終え

※5　第6章の※12参照。

て、さらに続けて、大きな成果を得ようとプレイク包囲を続けるために進撃する準備を積極的に進めた。しかし、その後、ジュネーヴ協定が締結されて、すべてが中断され、そして北部に集結する準備をした。私たちはアンケ[※7]にいた。アンケは、当時はまだ一つの大きな県[※8]であり、その後、ようやく三つに分けられた。北部はクパン県、真ん中は県の中心地アンケ町、南部はコンクロ県である。私たちは、若干の青少年を選んで、学習させるために北部に派遣するよう指示された。その中に、フベンがいた。彼女はバーナー族の女性で、二〇歳、とても美しく、それはバーナーの女性特有の美しさであった。エデー、ザライ、セダンの女性たちはそれぞれに美人は多いのだが、バーナー型の美しさはないと私は思う。中部高原にいる各民族の中で、バーナーが、とりわけ芸術家や俳優が多い。簡潔に一つの事柄を指摘するにとどめたいのだが、彼らの生きる哲学は要約すると次のようになる——食べることが十分できる程度に栽培すれば良い。なくなれば、また栽培する。さらに、困窮したら、森に入って、山芋を掘る。山芋がなくなれば、森の野菜を食べる。問題ない。苦労することはない、あとは、時間をつくって遊ぶことだ。遊ぶこと、楽しく生きることが、人間がこの世での生活を営む段階での最高の目的なのだ。バーナーの女性たちは、血液の中にその要素をたっぷりと含んでいる。質朴で、困苦に耐え、しかし、ロマンチックであり、才能豊かで、情熱的で、極度に多感である。私は、そのことを、フベンに最初に会ったときに、彼女のまなざしから読み取った。フベンはコンクロ人だが、あなどることなかれ、コンクロはバーナー全体の地域の中で根源となるバーナーの土地であり、そこに住むバーナー人は、バーナームロと呼び、すべての各バーナー族の中でもっともバーナー族らしく、もっとも才能豊かで、ロマンチックである。殺されても治すことが出来ない才覚と、ロマンチックな性格を強情に抑えつけ、隠すことがまさしく、バーナー・コンクロの女性たちの抗えない美しさをつくっている。双眸はその中で、うるみ、かつ、炎が燃えている。各種の炎の中で、もっとも恐ろしいのは、女性の眼の中のうるんだ炎である。私はその時、フベンに会い、親しくなったが、彼女を北部に派遣する選抜の仕事をしたわけではない。その仕事は、他の若くて、ハンサムな幹部の青年に委ねられた。後になって、その青年が部落に来て、選抜し、彼女を連れて行ったことについて、フベンが私に語ってくれた。道は遠く、最初の夜は、彼らは森の中で寝ざるをえなかった。二人だけで、当時はハンモックもなかった。森の枯葉を敷いて寝た。二人は両側に横になった。あいだには、焚火の火を焚いた。火を点して、虎を追い払うのだ。この地域には虎が非常に多く、荒々しい。戦闘が発生するたびに、虎は銃声を聞き、銃声が止むと、忍び寄り、死体を捜しだして、食べるのだ。戦場の始末をすばやくしないと、戦士の死体を容易に失うことになる。

※6　仏軍の第一〇〇兵団とは仏軍第一〇〇機動兵団のこと。第7章の※2を参照。

※7　アンケはザライ省の東部に位置する市で、ビンディンからプレイク市にいたる一九号国道上にある。プレイクから九〇キロ、クイニョンから七九キロ。アンケ峠とマンヤン峠の間にある。人口は八万一六〇〇人。抗仏戦争最後の激戦地。

※8　ベトナムの行政単位は中央直属都市・省、中央直属都市の区・省庁所在地の市・県、そして県の中心の町、(行政)村となる。

その夜、フベンは眼が冴えて寝付けなかった。虎への恐れは少なく、彼女が語るには、焚火の火をはさんで横になっている男性のほうがもっと怖かったという。そして、自分自身までもが怖かった。広大な夜の森は二人をからめ捕る、森は、フベンにはよくわかっていたが、森の主人はよくそのかす…ようやく朝になって、フベンにわかったのは、彼もまた寝ていなかったことである。彼もまた一人で森の中で女性と共に寝るのは初めてであり、一晩中、森の不思議なそのかす声を聞いていたようであった。彼は、普段は銃弾をものともしないが、彼がいまだ聞いたことがない…声であった。結局、何も起こらず、翌朝、彼らは旅を続けたが、その彼はフベンを峠の外れまで連れて行っただけで、そこで彼女を軍隊の一部隊に引き渡した。彼女はクイニョンの港で船に乗り、その部隊と一緒に北部に向かったのである。一方、彼は戻ることになっていた。彼は彼女の手を握り——彼女は人生で初めて一人の男性に手を握られた。彼は「さあ、君は先に行きなさい」と彼女に言った——彼が彼女を「エム」と呼び、自分を「アイン」と呼んだのも初めてである——「アインにはまだ仕事があるので、あとから行く、北部で会おう。アインはエムに、第一〇〇兵団を攻撃した戦闘で手に入れたばかりの戦利品のパラシュートでつくったマフラーをあげる。エムは北部に行ったら健康に気を付けなさい。北部はとても寒い、ハノイでまた会おう！」。さらに歳月が過ぎて数十年後、フベンはようやく知った。彼が後から行くと告げたのは、嘘だった。彼は南部に留まって、まさに彼女の故郷であるコンクロ地区で戦闘する任務を担うことになったのだ。敵の「共産主義反対、共産主義撲滅」の弾圧がもっとも激しかった歳月に、彼は同胞と一緒に「歯を削り、耳を張る」[※11]生活をし、戦闘した。コンクロで弾圧が一層激しかったのは、そこが革命の根拠地であったから当然であった。そして、彼は、彼女のコンクロの森の中で犠牲となった。一九五九年か六〇年のことであろう。当時はまだ、うっそうと巨木が生い茂る原始林…であった。実に奇妙なことだが、彼らが出会って一緒に過ごしたのは、森の中でのわずか二日と一晩であり、非常に若い二人は、焚火の火を間にして、まんじりともしない不安な夜を過ごした。彼らは火が一瞬たりとも消えないように注意したが、それは、虎を恐れたからでもあり、互いを恐れたからでもあり、そして、自分自身を恐れたからでもある。彼らの間にはなにも、ほんのわずかなことさえもなかった。絶対になかったのだ。そうであるのだが、フベンは、それを彼女の永遠に消え去った初恋であったと考えており、それはとりわけ深く、非常に痛む傷痕であった。なぜなら、人生で初めての傷痕であったからである。私は彼女に深く感謝した。彼女がその不思議な話を私にしてくれたからである。その話は、理屈に合わないが、限りなく真実の話

※9　若い男女の間（特に恋人同士）あるいは夫妻の間での一人称、二人称はいずれもエムとアインである。エムは女性の側の一人称となるが、男性側が女性を呼ぶ場合には二人称となる。アインも同様、男性が一人称で使い、女性が相手の男性を呼ぶ場合は二人称となる。夫婦間、恋人間で頻繁に使う言葉。また兄弟間ではアインは兄、エムが弟、妹を指す。

※10　原文では「抗共滅共」。米国の手先となって解放勢力を弾圧したゴー・ディン・ジエム政権が掲げた反共スローガン。

※11　「歯を削り、耳を張る」。第9章※9参照。

である。彼女が私に語った、私だけに語ったのは、彼女が私を非常に親しい人だと考えたからである。非常に親しい関係であるからこそ、人はたがいに、そのように、奇妙で、理解しがたいが、同時に無限に真実に近いことがらについて、打ち明け合うものである…。

そう、それがフベン、私の友人である。みなさん、バーナーの女性はそうなのです。彼らは、森の血を分けた子どもであり、森のように、はるか遠く、深く秘められた存在なのです。

私は、ハノイに集結してしばらく後に、フベンと再会した。彼女は中部高原文芸隊に属していたが、イーヨンとニャット・ライ、私の中部高原の初期の友人たちもそこに所属していて、ほとんど毎日曜日、一緒に座って、焼けるように熱い古いハノイの地酒を酌み交わした。その酒は「私たちの」中部高原の甕酒に比べると魅力に欠ける酒であったが、そうした日々はかけがえのないものであった。私たちは甕酒が欲しくなったが、私たちが中部高原を悩ましいまでに想う気持ちは、その甕酒を想う気持ちと重なっていた。イーヨンは時々、地酒を一口すすり、少しの間、口に含んで、顔をゆがめて頬を膨らませ、それからペッと吐き出した。わが甕酒は森でつくるが、この種の地酒はすべてが化学製品なのだ!…フベンはいつもその傍らでぶらぶらしている。彼女はささやきかける――「いつか、あちらに戻ることができたら、私が甕酒をつくって、みなさんに飲ませてあげる」。この言葉は慰めにはならず、私たちの思い焦がれる心を燃え上がらせただけである。中部高原では、男性たちはあらゆる種類のものをつくることができるが、甕酒だけは、絶対に女性たちしかつくらず、男性たちはけっして手を出さない。そうだ。その地方では、酔う成分を製造するのは女性たちだけの領分なのだ！　そして、甕酒はまさに森からつくることができる特別な毒薬で、あらゆる種類の酔っ払わせる成分により、死にたいとまでおぼれ込ませる、その泥酔を起こさせるものが、森からつくられるのである――木の根、木の皮、木の葉、人びとの話によると、さらにはある種の石もそうだという。彼女たち、叔母さんたちだけが知っている。そして、人々が言うには、彼女たち、叔母さんたちが直接、森に入って、摘んだり、拾ったり、混ぜ合わせたりして初めて効力が出るのだ。そうだ、甕酒はまさしく、森が醸造し、森が麹をつくるのであり、甕酒を想う気持ちは、まさしく、森を想い、森と「森の叔母さん」たち、酔いをつくりだす占い師…を想うことである。私たちはフベンを見つめ、いつも不憫に思った。彼女がそう言うのは、まさしく、彼女もまた、その不安に身を焦がしているからだ。そのバーナーの女性はまだ美しく、よりいっそう美しくなったが、しかし、その美しさは一日毎に、苦悩の種を、少しずつ混ぜ合わせているかのようである。彼女は痩せていき、憔悴していった。ハノイ、街並み、屋根瓦、コンクリート…、彼女には森が不足しており、彼女は息が詰まっていた…。

それから、ある日、私がどこかに少し長く出かけて戻ると、かなり突然の知らせに出くわした――フベンがヌップさんと結婚したのだ。突然だったが、驚くことではなかった。私は、二人ともに親しくしていた…ヌップの妻のリエウさんは、彼が北部集結に出発する前に亡くなっていた。彼の故郷はクパンであり、つまり、二人とも旧アンケ出身である。そして、一層重要なことは、ヌップは、私は知っていたが、バーナーの特質に満ちていて、心の中に限りなく深く自由な精神を宿していたからである。ハノイでは、彼もまた、日夜、ひそかに、けっして冷めることのない森への想いに身を焦がしていたのだ。当時、彼はザーラム[※12]の学校で文化を学ぶために派遣されたが、夜ごとに、彼は部屋の中で焚火をしていた。冬であればやむを得ないが、夏にも彼は焚火を絶やさなかった。中部高原の森の夜は、火がなくては過ごせなかった。夜中、一人で座って火を燃やし、目は開けたままである。高名な医者の教授も、何の病気か、診断がつかなかった。しばらくして、彼の学校がホアビン省[※13]に移り、森と出会うと、彼の両目は輝きを取り戻し、体もまったく強壮になった。結局、彼は森の緑色が欠ける病気になっていたのだ…。フベンとヌップ、彼らの出会いは当然すぎるほどだった。むしろ、私が長い間、そのことに気がつかなかったことを自分自身責めたほどである。私は二人を共に祝福した。二人は一緒にいることで森への熱い想いを少しは冷ますことができるのではなかろうか？…それなのに、一九六二年に、私が南部に入って、しばらくすると、突然、そのカップルが破綻したとの知らせが入った！　どうしてなのか？バーナー族の二人が北部をさまよい、共にひそかな孤独を味わい、共にひそかに森の故郷を痛切に想っていながら、どうして、彼らは一緒にいる幸せを求めることができなかったのであろうか？…今の今にいたるまで、私はあえて問いただささず、推測しただけである。ヌップさんは質素で、慈愛深く、豪放であり、バーナー人として、生来の芸術家としての資質に欠けることはまったくない。しかし、それなのに、生活が、私の知る限り、彼がまったく望まない位置に彼を押しこめ、まったく必要ないのに、逃れるのが容易ではない位置に押しこめたのである。彼は「英雄」

であるが、それが徐々に「役人」になった。その衣装は彼にとってはたいへん窮屈なものであったが、しかし、人生はそんなものであり、長く窮屈でいると、次第にそれに慣れてきて、そんなに窮屈に感じなくなるものだ。その衣装を身に付けるのをやめることができないことが、フベンを日毎に遠ざけていったのであろう。彼の大きな称号、国家レベルの、さらには国際レベルの称号、彼女がそれを共に分かち合うには、日ごとに重く感じられるようになったのであろう…結局、まさに、穏やかであるが決然としたバーナーの一人の女性として、彼女はその衣装をかなぐり捨てたのだ…私は、別れてからも時々彼らが会っており、依然として尊敬し合い、静かに互いをいたわり合っていることを知っている。二人が共に傷ついたのと同じように。ヌップさんは故郷に帰り、幾千代の昔からの自分の民族の「糸をつなぐ」習慣に従い、以前の古い妻の妹と結婚し、平穏な生活を送ったが、そこでは、幸福はもはや重要な要素ではなくなっていた。私はヌップさんと親しく、いつも彼を訪問していた。私は、そうした人が、時々は突如立ち上がり、社会がゆったりとまとわせた束縛をかなぐり捨てることを知っている。クパンに駐屯する軍隊の一部隊が、

※12　ザーラムはハノイ東部郊外の県であり、抗米戦争中は北ベトナム＝ベトナム民主共和国の空の玄関口であった。

※13　ホアビン省はベトナム西北部に位置し、紅河デルタに隣接するが、既に山岳地帯であり、標高は平均六〇〇〜七〇〇メートルある。六つの民族が居住し、ベトナムの多数民族のキン族は二七・七％で、キン族に近い少数民族のムオン族が六三・三％を占める（一九九九年人口調査）。

高名な英雄に敬意を払うために、彼の故郷に非常に美しい一軒の家を建てて、贈り物とした。わが兵士たちは、たいへん良心的だが、なにも知らない。部落の真ん中に、モダンなセットのソファーまで含め、輝く模様入りのタイルを敷いた二階建ての洋館を建てたのだ。私が戻って訪ねた日、部落の長老、元はヌップの妻の兄が言った——「こやつは数十年間遠くへ行っていたが、まだ部落を懐かしんで戻って来た。こいつの心はまだきれいだ。今晩、部落はヌップの家でかがり火を焚き、いくつか甕酒の甕を（柱に）結わえつけて、こいつの帰還を祝わにゃならん…」。しかし、ヌップの家の床はつやつやと輝くタイル張りで、かがり火を焚く場所もなく、あきらめて、たがいに冷え切った場所に無粋に座りこみ、酒の甕にいたっては、どうしようか迷ったあげくに、ソファーを逆さにし、ソファーの脚に甕の首を結わえて、甕が床に倒れないようにした…ヌップさんは、もういい、この家は客間として部落に引き渡すと言った。そして、彼は、その家の背後に隠れるような小さな高床式の家を建てて、夫婦で質素な生活をおくった。彼はそうしたタイプの人であり、幾千代の自由の森の性質と彼に巻きつく社会的地位のしがらみとのたたかいを秘かに続けていたのである。このたたかいは容易なことではない、どちらもけっして手を引こうとしないからである…。

一方、フベンは、彼女は違う。彼女がハノイにいたのは短くないし、照明のまばゆさと馥郁《ふくいく》とした脂粉の香りがただよう舞台という環境の中であった。彼女は数回にわたり、北京、モスクワ…など外国にも行った。現代世界は、一見すると互いに相反するように見えるが、必然でもある双方向に沿って彼女に働きかけた——何ものも彼女の森の性質を色褪せさせることはできず、ただ、いっそう深く森を想わせる別の方向に作用しただけである。しかし同時に、彼女は、自分の人生の幸福をみずから選択し、摑み取るという意識と意思の面で、より現代的になった。当然、彼女は自分の幸福を追い求めるべきだ。そして、彼女は見つけることができた。その相手はバイオリンの奏者で、フンイエン出身だが、ハノイに出て久しく、完全なハノイ人になっていた。久しい以前から、私には一つの認識があった——もし、実際に、彼が一人の芸術家の精神を持っていたら、中部高原と「一戦」まじえるはずで、彼は非常にすばやく彼女に中部高原化されるだろうという認識である。ティンさん——そのバイオリン奏者の名前——はそういう人であった。フベンに会うことは、彼が中部高原に会うことであり、すぐさま、それに飲み込まれることになる。すでにハノイにいた日々から、フベンを通して、彼は中部高原化されてしまった。中部高原に帰依した。私はそうした人々を知っているが、おそらく、彼らの前世は中部高原人だったのであろうし、中部高原の森のものであった。そうだった、ジャック・ドゥルネも。そして、フベンさんの現在の夫のティンさんもそうである。この機会に、私は次のことを言いたい。きっと怒る人もいるだろうが、それでもかまわない。中部高原はもともと大きな吸引力を持っている、多くの芸術家、実際に著名な人々もいる。中部高原に引っ張られてやってきて、今では中部高原を専門分野にしている人々である。しかし、失礼ながら言わせてもらうと、そうした人々の中には、真の中部高原人もいるが、少なくない人々は、ばかげた中部高原人である。ある方々は、中部高原の音楽であれば、叫び声をあげ、実に大きな野蛮な叫び声をあげ、飛び跳ねて…初めて中部高原になるのだ！…と人々に理解させようとしている。私は、すでにイーヨンについて少し語った。イーヨンの音楽は心に滲みるようにさみしい。ニャット・ライについても同じである、あの忘れ去られた才能豊かな音楽家は、中部高原の魂の奥底まで理解を深めた最初の音楽家であり、生涯、それに夢中であった人物だ。彼の音楽もまた胸の奥深く響くさみしさである。私はニャット・ライを知っている。私たちはある時期、一緒に、数年間続けて、広大な草原をクロンナン、ブオンホー、クロンパック、ダクミルの果て近くまで…放浪した。当時はうっそうと茂り、神秘的なチューサオ、チュードレア…の広大な原始林にもぐりこんだものである。ニャット・ライは万世を経た森や広大な草原の歌声を聞き取り、書きとめることができたが、いつも、沈着で、漠々として、さびしげであった。そして、もし、ある日、みなさんが偶然、ゼー人[※14]の非常に美しい部落、ダクトからダクグレイに行く道中にあるズックニャイで足をとめれば、夜半、ふと目覚めると、ディントゥット[※15]のやさしい調べが聞こえてくる。ちょうど、自分が現在、横になっている高床式家屋の階段の脚のところからのようでもあり、はるか彼方の依然として神秘的で幻想的な、万世を経た夜の森の非常に遠くのどこかから聞こえてくるようでもある。人間が吹くのか、あるいは風の音、森の音なのか？　ディントゥットは非常に奇妙な一つの楽器である。それは長い篠竹の筒からできている。一本の端に穴をあけ、それぞれの筒に穴をあけて指で押さえる笛ではなく、一つの楽団が五人〜七人の奏者から成り、各人が一つの筒を持っている。すべて男性であるが、ディントゥットを吹く時には、肩からかかとまで女性のスカートを体にまとっている。いつもそうであり、なぜ、そうなのかはわからないが、男性が女性の服装を纏うのだ。笛の一つの筒は一つの音だけで、単音による重奏であり、立って吹く。両眼は夢想しているように閉じ、うっとりとして、夜の、心に滲みる和音をつくりだす。どのようなわけかは知らないが、昼間はずっと沈黙し、夜更けになってようやく音を発することができる。最初は、ささやくようにやさしく、後になると、繰り返し胸を震わせ、むせび泣き、懇願するかのように、それから、高く上がり、低く下がり絶望しつつ、慰め、みずからも慰めるように、そして、体がこごえるほど痛切なさみしさが満ちる…私はかつて夜更けにズックニャイのディントゥットを聞いたことがある。私は、ゼー人には、あるいは何か隠された思いがあり、他ではいかなる場所でも存在しないような、この不思議なタイプの音楽を創造しなければならなかったのではないか案じつづけた。フベンもまた私に何回も中部高原の音楽について語ったことがある。彼女は聞く度に、ただ泣きたくなり、何かしていてもやめてしまい、一人座っていても涙があふれ出たと言うが、それは理由があったか

※14　ゼー人、総称としてはゼーチエン人（族）。コントゥム省、クアンナム省、および南部ラオスに住む。ベトナムに六万三三二二人（二〇一九年調査）、ラオスに一万三〇〇〇人いると推定される。南アジア語系の二つの言葉、ゼー語とチエン語を話す。

※15　少数民族の笛ディントゥットは音階を変える、指で押さえる穴がない。それぞれの異なるディントゥットをそれぞれの奏者が吹き、その奏者が五人〜七人と合奏してハーモニーを奏でる。

らではなく、ただ、…とてもすばらしくて、我慢できなかったのである！…。

　フベンの夫、ハノイのバイオリン奏者のティンさんは、好奇心のためでなく、真に、最初の瞬間から抵抗する間もなく沈められた数少ない音楽家の一人である。私が考えるに、彼のフベンと中部高原の音楽に対する愛情は、二つの目標に同時に命中した稲妻の一撃であった。ある時、彼が私に打ち明けたのだが、彼はうっかり中部高原に落ち込んで、中部高原に耽溺してしまったが、それもまさにある晩、ディントゥットを聞いたあとのことであった。まさにその通りで、ディントゥットは、私はもう一度言うが、ディントゥットの中には妖怪のようなものがいるようだ。そのきわめて簡単な笛の筒による演奏の仕方は、全員が男性なのに、女性のスカートをはき、奏でるのは夜もかなり更けてからで、その音調は一度聞いたら、一生涯つきまとうのだ。ティンさんがそのために「死んだ」のも、道理であった。それから彼にとって、フベン、中部高原の音楽、さらには森も、一つとなった…。

　私は解放から数年後に、彼らにプレイクで会った。ようやく探し出したのだ。夫妻は街のはずれの小さな集落に住んでいたが、客を迎えると当惑するほど狭いが、しかし、一方では木々がうっそうと生い茂った庭の区域がある。彼女が植えたカカオの木に実がいっぱいなっている。私が訪問するたびに、カカオの実をいくつもいでくれるが、私はその実をどうしたら良いかわからなかった。彼女を喜ばすために、ただ受け取っていた。しかし、カカオはたくさん実がなっても、売ることができるとは限らない。まだ市場《しじょう》がなくて、実をもいで、どこかに置いて眺めるのだ。

そして、やがて腐ると捨てることになる。それでいったい夫妻は何で生計を立てているのか、私は好奇心で聞いてみた。彼女はそこからそんなに遠くない美術専門学校で、踊りや歌を教えていて、なにがしかの実入りはあったようだ。それ以外は、彼も、彼女も、誰が与えた仕事でもないのに、それぞれの仕事だけに専念していた。文化局でもなく、芸術学校でもなく、省の歌舞団でもなく――バーナーの民謡収集だった。夢中で、のめり込んでいた。しかし、今の生活は楽ではない。今日《こんにち》、中部高原に行く人はみな知っているが、地元の少数民族の同胞たちの現実の生活は、日ごとに深い森の奥へと押しやられている。今では、都市の周辺、大きな通りの周辺は、ハノイやサイゴンと変わりがない。お墓の家[※16]の彫像の覆いも、セメントである。国家が各部落のために建てる共同の家も一戸数億ドン[※17]で、コンクリートの屋根、コンクリートの床である。音楽はわめくばかりで、平原から上ってきた人たちがそうした種類の音楽を演奏していて、全国に広がっている。そして、中部高原の青年たち自身が「中部高原の独創性」を出すためにわめきたてている…私には夫妻がたいへんな苦痛を味わっていることがわかった。ある日、彼女が私に尋ねた――「ことによると、私は年を取り過ぎたのか、私たちが落ちこぼれたのか、古くなり過ぎたのか？」…と。彼女自身も明確には答えられなかったが、彼女という人間自身が反応した。それから、彼ら夫妻は手を取

※16　第2章「古木の森の木彫り」の※11および第11章の「森の中の旅芸人」の※5を参照。
※17　この本の出版当時は、一ドルが二万ドン、一〇五円であり、一億ドンは約五〇万円で高いとは言えないが、中部高原にまで市場経済が浸透し、このように「共同の家」にも価格が付いたことを強調したもの。

り合って出て行ったのである。家の主《あるじ》がそこを捨てて、数ヵ月間、完全に音信を途絶し、もっとも奥深い、もっとも遠い地方、夜更けになるとディントゥットの調べを聞くこともできるところを放浪したと言う。あるとき、彼が私にそう伝えた。この数十年間、熱心で、無償のバーナー民謡の収集家であった二人だ。民謡を収集して、どうするのか、あるとき、私は尋ねた。フベンは「自分にもわからないし、文化局もなにも関心がない。わかっているのは、バーナー民謡が森とともに、日ごとになくなりつつあることです。それを維持するために努力しないではいられません。未来の世代のために」。「どの世代なのか?」私は尋ねた。彼女はしばし呆然としたのちに、泣き笑いして、「私にもわからない、ああ、いったい、どの世代なのでしょうね!……」

一度、私は家に立ち寄って、運よく会うことができた。彼はバイオリンを持ってきて、しばらく弾いたのちに、私に尋ねた——「あなたが聞いて、なにか変わりありますか?」。私は音楽に通じていないが、私にはわかった。なぜなら、私はイーヨンが弾き・歌うのを聞いたことがあるからだ。かつてハノイの音楽院博士課程を修了した学識者の楽士が、歌い・弾く度毎に首都の教師たちがけなしていたからだ——「あいつが『ホーホー』なんとかと歌うのを聞くと、なんというか! 数十年経ってもそのまま、相変わらず『ホーホー』で、直さないばかりか、やめることもできないようだ」。今回、ティンさんのバイオリンを聞いて、私は気付いた——「あなたも、私のイーヨンと同様に『ホーホー』ができるようになった。一〇年かかったね、あなたは」。彼は笑いながら言った——「まだまだ完全ではないですよ。自分はまだ森の民ではないから、まだ森の『ホー』型の『ホー』ではないから。西洋音学の音階法では記入できないから…」。

…今回は、私の数十年前からのバーナー族の友人である女性と彼とを一緒に必ず捜しだすことを決意しており、彼が彼女とともにすでにコンクロに逃げ帰っていたということは、つまりは、彼が完全にバーナー化していたこと、真に帰依していたことを意味する。一〇数年前に、私が訪れたとき、友人がプレイク・コンクロ間一三〇キロ、特にアンケからコンクロに入る四〇キロ近い道のりのために車を貸してくれたが、恐ろしく道が悪くて、鶏の巣[※18]ではなく、象の巣であり、月の表面のようであった。今では、道も良くなり、車は軽やかに疾走し、それを見て、さびしくなった——以前は、道は悪路で、それは多くの森があり、ＲＥＯ車[※19]が群れをなして木材を取りに入ったからだった。そして、ＲＥＯほど道路を破壊するものはない。今では、森はすでに浚われてしまって、ＲＥＯはもはや往来しなくなり、道路はピカピカになった！

午後の就業時間の終わり近くにコンクロにやってきて、私は県の文化室に立ち寄り、二、三の質問をしてから、フベンさんの元にまっすぐに走った。おお、数年経ったばかりなのに、夫妻はかなり立派な邸宅を建てていた——二軒の小さな家に過ぎないが、一軒は瓦屋根であり、その隣に接しているのが高床の家である。小さな家はかなりの広さの庭の中に沈んでいる。庭の樹木が

※18　ベトナムでは、道路のデコボコを「鶏の巣」と呼ぶが、はるかにこれを上回る悪路なので著者は「象の巣」と形容した。
※19　アメリカ製トラック。

生い茂り、それはしたたるような緑で、バー川の岸辺に沿って伸びている。依然として中部高原でもっとも長く、しっかりした、あのバー川である。ゴクリン山の高く、そびえる頂から流れ下り、いくつもの省を縦断して、数多くの山と草原を横切り、フーイエンまで流れ込んでいる――庭には、マンゴー、カシューナッツ、ミルクの木が茂り、日陰をつくっている……フベンさんは私を抱きしめた。「あー、あなた、古くからの友人たちは、けっして互いに忘れないことがわかったわ!」、「そういうあなたこそ、どうして、こんなふうにコンクロに逃げ帰ったのに、一言も仲間たちに告げなかったのですか?」、「私は森の人間だから、森に帰ったまでよ、あなた」彼女はすぐに平然と答えた。「兄弟姉妹だったら、当然わかっているはずよ。私は森の人で、森に帰る。どこにも行かないのに、告げる必要があるの?……そして、あなたこそ、あなたも森に帰って友を捜しているのに、何を言っているの!……」、「ティンさんはどこですか?」私は尋ねた。フベンは私の手を取って、静かに高床の方の家に案内した。ティンさんは上の部屋で横になっている。彼は事故にあって、半身不随になり、この数年間、横になったきりなのだ。下の部屋からは、ウーアーと言う一人の人の声が響き上がった――彼女の息子で、今年確か四〇歳だが、言葉を話すことができず、一日中足を踏み鳴らし、手を踊らせてウーアーと叫び、ひげがまばらに伸びたあごの上に涎を垂れ流している。彼は小さいころから神経の病気である。今では、ティンさんまでが加わって、一つの場所に横になったままだ。フベンは一人で二人の身障者の世話をしている。

ティンさんは私の手を握って、近くに引き寄せた。しばらくたって、彼はようやく口を開いた

――「今、フベンは（民謡を）収集しています。戻って、歌い、私が書きとめる、私たちは今も仕事をしていて、以前のようにはできませんが、なんとしてもやめられないんですよ、あなた」。そうだったのだ、彼と彼女二人がたがいに手を取り合ってコンクロに戻ったのは、彼らがこの長い歳月、ひそかに、夢中に進めてきた仕事を続けるためだったのだ――バーナー族の民謡の収集だった。その発祥の源流であり、バーナー族全体の中でもっともバーナー的な場所が――コンクロの森の中だった。数年間で彼らは巨大な仕事を成し遂げた。私は考えをかさねても、けっして、想い描くことはできなかった――現在の土地は、彼らの庭であり、家であるが、元は全体が打ち捨てられていた原生林だった。その二人、男性の方はハノイのバイオリン奏者、もう一人は七〇歳を過ぎているが、ほっそりとしたしなやかな肢体のバーナー族の女性、一人の身体障害の少年が、一心不乱に、来る日も来る日も、一塊ごとの土を担ぎ、埋めて盛り土をし、土台をつくり、庭をつくり、盛り土をしたところに木を植えていったのだ。フベンは私に告げた――私たちは、この川岸数キロに沿って植林するつもりです。私はもう県に申請しました。私たちにやらせてくださいと。私たちは、この川岸全体を森に変えるつもりですと。多くの年月にわたって、ＲＥＯトラックがこのコンクロの森に入って森を略奪したのだが、今、その二人の人間が「愚公、森を蘇らせる」[※20]仕事をしようとしているのだ。やはり森なのだ。そのように、彼女の冷めることなく、心に付きまとう思いは、彼にも深く伝染した。フベンはそこから台所に移動した（おそらく彼女は私たちの夕食の準備に行ったのであろう）。ティンさんは私を彼の近くに引き寄せて、私の耳元に囁いた――「やがて、私もここに横たわる。あなた。そして、私もまさしくバーナー人のように、お墓を捨てることになる。バーナー人は、死ぬときは、永遠に森に帰り、森の中に溶け込むのだ。これほど美しいことはない、そうでしょう、あなた？……」

私たちは夕餉を囲んだ。フベンさんは、鶏を捕えることができなかったことをしきりに残念がった。「ここの鶏は木の上で寝るのです。食べようと思ったら弓で射なければならない。家の中で、お米を蒔いて、だまして、捕えようとしたのに、とても利口で一回だませただけなの！」。私は座ったまま、その女性を見つめた。私がすでに半世紀以上にわたって親しくし、半分以上の人生を経た友人だが、不思議な、たいへん不思議なことに、フベンよ、髪の毛が多少白くなったのは当然だが、容姿は依然としてほっそりと美しい。けっして私の言い間違いではない、依然としてほっそりと美しい。

第一〇〇兵団を攻撃した戦闘の後に、最初に彼女に会った時に近いと錯覚してしまうほどだ。端整で、敏捷に、軽快に彼女は行き来し、台所に降り、高床にのぼり、彼の食事の世話をし、心神障害の息子の心配をし、そして、私たちの食事の気配りをする。堂々と、てきぱきと。この食事には甕酒が間に合わないから、「ビールの栓を抜くから勘弁ね！」。まさしく、私のフベンは、森の少女だ。それはまるで中部高原の小説の中に登場する森の少女たち、「女性林人」たちである。彼女らは突然、現世、この社会に現れ、それから、突然、森の中に消える、いつまでも若々しく、年齢のない、そういう女性たちが登場するのだ。フベンがご飯のお椀を置いて、私に尋ねた。「あなたはさる年ですね？　私もさる年なのよ、この私の干支のさる年は苦労がとても多いの」。その通りで、彼女は私の歳を覚えていた。私と彼女は同じ歳だ。生活の重荷を負うのは、明らかに彼女のほうがはるかに重く、生きる力もまた、より…。夜更けになって、彼女はようやく身の上話を始めた——今でも彼女は時間をつくって、遠くの部落に行って、民謡を収集し、戻って、彼に歌い、書きとめさせるのだが、行くのはたいへんむずかしい、なぜなら、彼を家に置いていたら面倒を見る人がいないことがわかっているので。それでも、彼女はなんとかして行く。いつでも急いで行って、持ち帰って、歌い、彼に書きとめてもらう、「彼の楽しみのために」…コンクロの夜半、フベンの家の背後で、バー川の水音が途切れない。多分、今夜は、私たち三人、フベン、ティンさんと私は、みな、だれもが眠れない。バー川が静かに流れるのを聞きながら、互いについて、私たちの友情について、苦く辛いが実に美しい生活について、私たちが互いに持っていた元々の仕事について、互いの友情が生まれ、そして、すべてを包み込む森を共に持ち、そのことで、それらのすべてが得られていることについて、静かに考える、そのことだけでも美しすぎるほどである。そのすべての生活の中心は、彼女、フベンであり、森そのものであり、中部高原そのものであり、森との関係をけっして断ち切ることのない人間であり、自分にかかわりがあ

※20　元は「愚公山を移す」の故事。中国の戦国時代の典籍『列子』湯問編に載せられた説話。どんなに困難なことでも辛抱強く努力をおこたらなければ、いつか必ず成し遂げることができるというたとえ。

る、すべての人たちを吸い込んでいく人間であり、それらの人々はみな、彼女と共に森の中に落ち込んでいくはめになる…。

翌朝、私は、台所に立ち寄って、彼女が鶏を魚篭《びく》と同じような竹かごに閉じ込めることができたのを見た。「お昼になったらつぶすのよ」と彼女は告げた。「弓で射たのかね?」「いいえ、今度は、だますことが出来たの! 多分、あなたが帰ってきてくれたからよ!…」。私たちはトゥヌン部落とプレイプヤン部落に行くことを決めた。フベンさんはたいへん早起きして、ティンさんのためにあらゆる手配をし、半日ほど私たちが一緒に各部落に行けるようにした。いくつかのことは、彼女だけにできることだ。彼のトイレの世話や一つの所に横になっているだけの時にもっとも必要とされるこまごました仕事が山ほどある、ということがようやく私にもわかった。さらには認知障害の男の子の世話もある。彼女はあらゆる仕事を簡潔に、てっとり早く、軽快にこなし、それがなんでもないことのように見せた。この女性はあたかも森の妖精にも、風水師のようにも、仙女のようにも見え、あらゆる困難を、なんでもないように乗り越えるごとく軽やかに足を運んだ。私は、彼女がとても美しく、踊り、舞うようであることを思い起こした。そして、私たちは一緒に出かけたが、私は突然、彼女が少しそわそわしていることに気づいた、本当に、若い女性のようだ。しばらくのちに、彼女は笑って語った――「またあなたと会って、私はすっかり楽しくなったの。とてもあなたに感謝しています。ああなんということでしょう! 私は若返ったのです」。実のところ、フベンは、たいへん変わった女性であり、彼女の中には、何かが無限のごとくあり、彼女は非常に森林的でありながら、同時に現代的であり、非常に冷静沈着でありながら、宙を舞っており、非常に穏やかでありながら、大胆であり、なおかつ、しなやかであり、いつのころか、彼女がハノイの舞台で踊っているのを見たころのようであり、同時に、年を経た森の古木のように確かで、強固であり、丈夫で、若々しい力がいかなるときも枯渇しないで、彼女のような環境の下では、ふつうだれもが頭を垂れているのだが、しかし、彼女を見ていると、疲れた様子はまったくうかがえない。彼女は私を誘ってトゥヌン部落の共同の家に入った。バーナーコンクロ地域の特徴である低い共同の家である。部落の調和のとれた配置の上に、長く、強い低音符が乗っているようである。彼女ははしゃいで、その共同の家の非常に奇妙な横腹を私に示した。それは剛健かつ優雅な一本の象牙のようなつややかな湾曲を見せている。プレイプヤン部落の共同の家もそうである。そこの象牙の形の家の横腹は、よりいっそう装飾が見事で分厚い。「どうです、きれいでしょう」。彼女は自慢した、私たちのコンクロだけがこうなのですよ！私が共同の家の前庭に出て振り返ると、彼女が階段に座って、微笑んでいる姿が目に入った。そして、私は驚いて身を震わせた——なんということだ、まるで五〇余年前の少女であり、その女性は、実際に、年齢がないのだ、森のように無限なのだ。彼女は笑って尋ねた——「あなたは今晩ここにとどまって薪を燃やしたいですか？…でも、私はお墓の家に寄っただけで帰らなければなりません。ティンさんが家で帰りを待ちわびているから」——彼女の声がふと沈みこんだ…。

プレイプヤンは、いまだに美しいお墓の家の区域であり、発電所の建設工事が近くでおこなわれているが、たいへん幸運なことに、このお墓の家の区域を侵犯しないように、つとめて避けている。お墓の彫り物は昔のように格調があるわけではなく、いささか現実的すぎるきらいがあるが、お墓の家の各屋根は依然として古い文様を織っており、儀式のための柱木はたいへん素晴らしい。フベンは私を誘って、ほとんどすべてのお墓に立ち寄ったが、そのすべては彼女にとってみな知り合いの人びとであって、もう間もなく今、森のまったく痕跡のない中に永遠に帰ろうとしているところである。彼女は笑って告げた――「私とティンさんも、やがてこのように帰ることになるのです…しかし、永遠に森に帰って消息を絶つことを望まない人々も出始めているのです。このように…」。彼女は私を引っ張って、ちょっと見には周囲のすべてのお墓の家と同じような一つのお墓の家の前に連れて行った。文様入りの屋根と祭礼用の柱はみな正しくこれまでの様式にのっとって、荘重で、優雅である。ただ、お墓の前面の板の上に、白い石灰の生地の層に赤い漆で数行の文字が刻まれているのを、私は初めて見た――。

「ディン・ラー
一九五二年生まれ
二〇〇五年三月一九日死亡」

初めてである。そして、完全に初めての、不思議な兆候である。フベンは非常に鋭く、すでに、理解していた――コンクロにさえも。古い伝統の社会の中に、バーナー地域の、もっとも遠い場所で、もっとも根幹で、確かにまだまだ萌芽に過ぎないが、個人の個別の存在に関する意識が、すでに出現しているのである。一人の人間が、自分の個人の名前を欲したのであり、この世界だけでなく、向こう側の世界でまで、森のどこまでも無限の茫漠の中でまで、欲したのである。このお墓は、今後、これまでのすべての中部高原のお墓のように打ち捨てられるかどうかはわからない。これまで中部高原のすべてのお墓は打ち捨てられ、人間は永遠に森に帰されたが、その数行の文字が一つの切り離しであり、人間が自然から抜け出ることをより強く願っていることの自己肯定であることは確かである。私はフベンに尋ねた――「あなたはこのように自分を書き残しますか?」。「自分でもまだわからない…」、彼女は笑った…。

その日の午後、私は夫妻と別れたのだが、私が夫妻へのささやかな贈り物をしようとすると、彼女はむずかるように怒り、なかなか受け取ろうとしないので、私は「それでは、私は行ってしまう、二度と戻ってこない!」と脅かさざるを得なかった。彼女はようやく受け取った。それは脅しにすぎず、私にはここに戻らないことはありえなかった。樹木が生い茂った一丈の庭とその二軒の小屋のような家は、私に非常に長いこと、眠れずに何度も寝返りを打たせる夜を過ごさせることになるだろう。今朝方、一人の友人、彼もまた中部高原としっかりと結び付いている人間であるが、彼は「中部高原にとって、おそらく現在の課題はこうである」と述べて、一枚の白紙に大きな文字を書いた――「ショック(副作用)を減らせ!」。その通りだ、もし、近代化と市場経済——しかも、ある人が言い当てたような「野生の」市場であるなら——が今、わが社会にショックを与えているが、中部高原に対するその衝撃は、確かに何倍も激しく、重いものであろうし、倒壊を引き起こすことになろう。一人一人の人間の中でと、社会の中で倒壊することになろう。私は、フベンが自分の本能と経験とでそのことを非常に深く理解していることを知っている。彼女は断固として自分の永遠の森の根元にしっかりとしがみついて、現代の挑戦の中で確固として立とうとしている。ティンさんもまた彼女と一緒に行動している。沈黙しているが、限りなく勇敢であり、戦争時よりも…恐れ知らずだ。しかしながら…アンケからコンクロに入る道は、今ではすばらしく、高速道路のように真っ平であり、REOトラックがすでに木立ちを一掃し、森を完膚なきまでに完全に伐採してしまった。もう、これ以上、REO車の往来を頻繁にして、道路を破壊しつくしたくはない。夫妻は、バー川の河畔にせっせと植樹しているが、うまくいったとしても、自分たちの、一定の広さの庭を得るにすぎない。しかし、それでも、彼女は夢想に満ちた人であり、森を回復したいと言っている！　そして、彼の方は一つ所に横になったままだ…。

私のフベンよ、私の中部高原よ！…しかし、いずれにせよ、やがて、私はまた戻ってくる…。

第14章
銅鑼に声を教える

今から半世紀以上前、一九四九年二月五日、ダクラク省に属する、高くそびえるチューヤンシン山麓の僻地に、ムノンガル人が自分たちの身を隠した一つの部落、ズヌット・リエン・クラックで、若き民族学者ジョルジュ・コンドミナスは世界を揺るがす一つの発見をした——彼は、これまでに発見されたいかなる古代の石器に比べても巨大な石器を発見し、住民の同意を得てパリに送り、人類学、考古学、民族学、音楽学に関する第一級の各専門家…によって、それが一組の石楽器、世界で初めて発見された前史時代の一組の石楽器であり、約三〇〇〇年の年代を経ているとの鑑定を得たのである。その後、毎年、他の多くの石楽器が中部高原のほぼ全域で発見された。そして、驚くべきことがあった——それは、前史の石楽器の音階が現在の中部高原の各民族の銅鑼の音階と完全に相応する…ものであったことだ。数千年前の石の音から今日の銅の音まで通して統一されているのは果たして偶然のことであろうか?…

また、次のように誰かが聞くであろう——「しかし、中部高原の人は銅を鋳ることを知らない。

今日の中部高原の銅鑼はみな、下流地域かあるいはラオスで買って持ち帰ったものである」と。そうではない、中部高原はかつて古代の錬金術を知っており、しかも、かつて非常に高度な技術水準まで到達していたと考えられる。中部高原の最高峰、ゴクリン山の山麓に暮らしているセダン人は、今日に至るまで、非常に優れた鉄の製造者であるが、彼らは非常に古い技術を持っていて、東欧あるいは中欧の各民族の皮袋のラッパにそっくりな外見の、森の小鹿の皮の袋でつくったふいごを吹く。[※1]その燃料は、セダン地域にだけ生えている特別な種類の木材からつくった非常な高温の熱量となる炭である。一方、原料は、ゴクリン山のふもとを流れる川の川岸にある、すばらしい天然の露天掘りの鉄鉱山…に埋蔵されている黒光りする原質の鉄鉱石だ。中部高原の他の多くの民族は、長い歴史の中で錬金術も銅を鋳る技術も失ってしまったが、今日《こんにち》まで、だれもその理由を知らない。今日、彼らは水牛の群れをラオスに追い込み、あるいは貴重な林産物を背負って、川を下り、銅鑼と交換するか買うかである。しかし、銅鑼と交換するか、買って帰るかしても、中部高原の人間にとってはまだ本当の意味での楽器ではない。言葉を変えて言えば、それらは抜け殻にすぎない、それらには魂がないのだ。それらに魂を吹き込むことで本当の生命体になり、人間とともに生きることになるのだが、さらにそれ以上に、中部高原の人間が精霊との毎日の交流に、欠かすことのできない、きわめて重要な人間の特別な声となるのである。人々は、彼らが真に人間となるために、子どもに話すことを教えるのと同様に、その仕事を「銅鑼に声を教える」と呼ぶのである。そして、人間と同様に、銅鑼も時には病気になる。彼らは声をどこかになくして、彼らの話し声は失われてしまう。中部高原全域の各民族には、ある種の、特別の、非常にまれな人間がいて、たいへん尊重されているが、それら「プジャウ」、あるいは「ヌジャウ・チン」[※2]は、銅鑼の病気を治す専門の医師である。プジャウあるいはヌジャウは医師の意味であるが、また魔除け師でもあり、中部高原ではその二つの仕事には大きな区別はない。

私は幸いにも、ヌジャウ・チンが銅鑼に声を教え、病気を治すのを見ることができた。それは、一度、私がヌップさんと一緒にザライのクパン県に属するコンハヌン地区に行った時のことだ。部落の人民委員会で座って話をしていると、向こう山腹からドンドンと、チン（銅鑼）の音が聞こえた。私はヌップさんを誘った――「あそこへ行って、部落の人たちが銅鑼を鳴らすのを見よう！」。ヌップさんは、一時《いっとき》、耳をすまして聞いたあと、言った――「いいや、違う、人々は銅鑼を教えているか、銅鑼の病気を治しているのだ」。…私たちは川を渡り、坂になった山腹の山坂を登って、三～四キロ行き、ようやく目的地に着いた。すべての部落の人びとが共同の家に集まっている。大勢の中で座っているのは一人の小柄な老人で、頭髪が薄く白くなり、風霜に耐えて背が屈み、ひげがまばらに生え、ごく小さな槌を手にしている。彼の眼前には、家の床に逆さになった六基の銅鑼が並んでいる――すぐれた医師が病人の前に座っている。その老人は一基の

※1　元々ふいごは動物の皮をはぎ取って袋状にし、押さえて風を送った道具で、金属の精錬に使われていた。紀元前八世紀から四世紀までヨーロッパを支配したローマ帝国のふいごが記録に残されている。
※2　チンはザライ語で銅鑼のこと。ベトナム語ではコンチエン。

銅鑼を取り上げ、槌で軽くたたき、耳を傾けて聞き、両目を少し狭めた――その医師の老人は診察をしているのだ。

群衆は沈黙し、すべての人が息をこらしているかのようだ。私は中部高原の人だかりには慣れている――いつもよくしゃべり、さわがしく、騒然としている。しかし、今日はいつもと違って沈黙している。ヌップさんが私の耳元でささやいた――「このヌジャウは高位（のヌジャウ）だ！」しばらくして、すべてが終わってから、ヌップさんはようやく私にわかりやすく説明した――二種類のヌジャウ・チンがいる。ふつうのヌジャウは――もちろん、それは、珍しく、貴重であるが――銅鑼の病気を診察する時、基準となる銅鑼を使わねばならず、病気の銅鑼をたたき終えて、基準の銅鑼をたたき、耳をすませて聞き、何回も交互にたたいて、ようやく病気を正確に判定できる。高位のヌジャウたち――ふつう各世代に一人か二人いるくらいだとヌップさんは私に語った――は基準となる銅鑼を必要としない。彼らは耳を基準として銅鑼の診断をするが、それは、かなり正確である。

銅鑼の病気をはっきりと「聞いた」あと、老人は小さな槌を取って銅鑼の内側を四～五回軽くたたいて、それから、突然、二回、強くたたき、それから、また、たった今、たいへん強い薬を飲まされた病人をなぐさめるように、数回、非常に軽くたたくのである。それから、彼はふつうの方法で銅鑼をたたき、耳を傾けて聞いていた。彼は首を振った――まだ駄目だ。彼はまた小さな槌を振り上げてたたいたが、今度は銅鑼の面の外側をたたいた…ずっとそのように、数時間かけて、時に軽く、時に中くらいに、時に強く、時に銅鑼の中心を、時にこちらの縁、あちらの縁をたたき、面の内側に打ち付け、面の外側を打った……そして、最後に、彼は銅鑼を高く持ち上げ、非常に大きく三回たたき、そして、長い祈禱の言葉を唱え、そして、うやうやしく、床の上に銅鑼を置いて、少しばかり他の銅鑼から離して一方の側に寄せた。今まで静寂を保っていた群衆が突然、さわがしくなった。一基の銅鑼はすでに元通りに治された。老人はゆっくりと、共同の家の中心の最も大きな柱に縛り付けた甕酒の甕に歩み寄った。彼は最初に甕酒を飲む人であり、そのあと、管はその日、この座にいる中でもっとも大切な客であるヌップさんに渡された…酒の儀式は一〇数分ほど続き、優秀な高位のヌジャウが二番目の銅鑼に向き直った……銅鑼の病気の治療は夕暮れ時まで続き、やっと終わった。部落の神霊と交流する言語はすでに回復している。今夜、部落はお祭りである。お祭りはそんなに大きなものではないが、厳かなものであり、神霊に対して、四方に連なる山々の山腹にある友好関係にある各部落に対して、礼儀正しくあいさつを送り、部落の言葉は元通りになり、人間と天地との、友人たちとの尽きせぬ会話を続けることができるとの鄭重なあいさつが送られる。

ヌップさんが私に告げた――以前、彼が子どもの頃は、銅鑼が病気から恢復したあと、もう一つなすべき仕事は――一人の部落民、もっとも強壮で、もっとも熟練した青年が馬に乗って、直線距離で数キロの、部落に面した向こうの山腹まで一気に駆けて、そちらで耳をすまして自分の部落からの銅鑼の響きと調べを聞き、それが、真にまさしく自分の部落の特別な言葉、特別な語調、独特の音色であるかどうかを「読む」ことであった。

中部高原の春はふつう、三月ころ、「蜂が蜜を取り始める季節・三月」に始まる。山頂の焼畑の稲が豊かに実り、人びとが、母なる稲の倉庫入りを迎える儀式をおごそかにとりおこない、にぎやかな祭りの季節が始まるころである。この三月に、みなさんは、一〇〇〇年の昔の石の楽器の、遠くまでこだましながら、限りなく生き生きとした音《ね》を響かせる銅鑼とともに再び暮らすことができるように、また中部高原に来たいと願うだろうか?

第15章

アカーン、春

年がら年中、やっかい話はつきない。少しばかりくつろいだ春の日には、誘い合って、中部高原に上ることにしよう（そこにもやっかいな話がないわけではないが、知らないふりをしておこう！）。愉快な話をするだけです。それでは、アカーンの話をしよう。

アカーンは、ザライ語では、簡単に言うと、語るという意味であり、アカーンは物語る、話をすることである。「私がアカーン」とは、「私が話をする」ということである。そして、さっそく話をしよう——それはザライ人の主な生きる活動であり、それ以外の事柄は附随的なことにすぎず。不承不承ではあるが、やめることができない。もし、やめることがあれば、それは好いことだ。その通りだが、それは後で考えてみる。

ダムサン、シンニャーなどの有名な叙事詩…あるいは八〇巻近くの分厚い巨大な叙事詩の収集作品集がすでに出版されているが、ほとんどは英雄歌であり、みな、アカーンだ。しかし、中部高原のアカーンはそれだけではない。もっとあり、各民族すべてに同じように、天地開闢《てんちかいびゃく》、人間の誕生に関する物語が無数にある。人間が天国を追われる事件についても、大洪水についても、そしてポスト大洪水についても……、それらを人々は神話と言う。そして、神話にも多くの種類がある。今日は一種類だけを語ることにしたい——通常時の神話、しかもザライ人の神話である。ザライ人は中部高原でもっとも数が多い民族であり、中部高原の中心部に住んでいる。チュオンソンの東側から西側へと押し出してきた民族であり、非常に神話を愛している。私の考えではもっとも興味深い神話である。しかし、なぜだかわからないが、われわれの博学な収集家たちはあまり注目していない。おそらく、われわれは元々、あまりにも多く戦争を余儀なくされてきたので、収集家の各位もあまりに英雄好きになっているからではないだろうか？　もちろん、英雄はたいへん必要であるが、つまるところ非常時であり、しかも、すでに非常時であるなら、それは時おりにすぎない。「非」であるからだ。さらに一般的に言っても、当然、普通であらねばならない。今日、春の日、みなさんに通常時に関するザライの神話をお話ししたい…。

まず、最初に、ザライ人の話を聞くには、その主人公について少しばかり知っておく必要がある。そして、ザライ人について話し、理解するには、ジャック・ドゥルネ老の言葉を聞くのが一番だ。彼は、神父として、まる二五年間、中部高原にわが身を埋め、とりわけザライにのめり込んで一五年間を過ごし、最後には自分の宗教を捨てた。人々を改宗させようとして、人々から改宗させられ、人々の宗教、ザライ文化の「宗教」にのめり込み、徹底的に自らをザライ化した。彼のいくつかの言葉だけで十分である。彼は書いている——ザライ人にとっては、労働は一つの価値ではない。人々は、食べるに十分なだけをつくりだす。なぜ、蓄えるのか、何のために？（人びとには理解できない）。この市場経済の時期に、たいへん奇妙に聞こえないだろうか？（彼らにとっては）価値があるもの、それは楽しみを抱かせるものである——音楽、愛情関係、酒甕（米かトウモロコシ）、これを人々は管で飲む…。

ザライ人は、夜はくつろぐ（亜熱帯気候の地域では普通の話である）——その時、人々は、自分が好きなことをする。その他の多くのことの中には神話の数々を語り、聞くこと、アカーンがある。

…そんな具合で、私が今日、みなさんにお話しするザライ人、彼らは奇妙過ぎるのではないだろうか、私たちがこれまで丸暗記させられたことのすべてと、彼らは逆のことをしている。たとえば「労働は光栄である」、「人間の最高の価値は労働することである」…この面に関しては、彼らは結局、「反動」であり、哲学の意味に沿っての反動である。当然、これは私たちの哲学である。それでは、彼らの哲学は何か？　また、ドゥルネ老に聞いてみよう——「（彼らによれば）毎日の生活は、人間の可能性の中の小さな一部を開拓するに過ぎず、氷山の浮き出た部分を開拓するに過ぎない。残りの部分、残っている部分の一部であるが、それは夢の中で見られ、神話の中で語られる。付け加えさせていただく——それは夜についてである。昼間、彼らは存在するだけだ。

肉体が存在するために十分なだけ労働する。それは必要であるが、副次的なことに過ぎない、非常に附随的で、幻想、かげろうに過ぎない。夜、人々はようやく生きる。真に生きるのであり、もっとも重要な問題、もっとも悩むこと、生存を左右する問題と共に、人間として、人間となって生きるのである。それがまさしく、沈んだ部分であり、生きる氷山の中核部分である。夜。高床の家の中で。台所の火の傍らである。甕酒の甕の傍らである。酔ってふらふらする。目覚める。ねぼける。そして、アカーン……。

昨年、そして、この月のころだ。私は、フランスやアメリカの側にいる同胞たちを、森の奥深くの部落まで案内した。都市から車で数十キロ進み、それから、車を降りて、さらに数時間、山を登った（私は省の党書記と親しかったが、私は、友人たちを案内させてほしいと彼に言った。大丈夫、和平演変[※1]やら、和緑なんとかにはならないと伝えた。心配しないでほしいと。彼は私を信頼した。なんと幸運なことに）。そして、私たちは、森の中で、部落の住人の仲間たちと一晩、神話を生きることができた。外は雨であり、高原では、毎夜、そうであったが、雨が木の幹や葉にささやき、夜の間は、神話の一部となった。そして、中部高原人の神話の生活、生命の覚醒が始まった…西側の空の下に住む彼や彼女たちは神話の世界に一晩戻ることができた。当然、彼らは言葉がわからなかった。私自身にもよくわからなかったが、彼らは少しばかり匂いを嗅ぐことができたようだと語った。今日、そうした彼らたちに対しても含めて、私は説明を加えたい…。

ザライの神話の中には、われわれがここまで述べたようなたぐいの、通常の時期に関する神話があり、そこでは常に特別な人物が存在し、その名はリットと言う（あるいはドゥリット、地域によって異なる）。彼は若い、あるいは、正確には、年齢がない。非常に貧しく、孤児であり、森の縁《ふち》、部落と森の間に住んでいて（注意をお願いする――森と部落の間、つまり、厳粛な話、重要な話です。なぜなら、それは自然と文化の間であり、部落は人間が手にした一片の「土地」であり、野生のままの自然を借りて、自分のために飼い慣らし「耕し」、文化としたのであるから）。彼と一緒に、森の縁にはもう一人、老女がいて、名前はヤープムと言い、ルー母さんとも訳せる。この人もまた貧しく、ぼろをまとい、神話の中の老女たちとそっくりだ。慈悲深く、奇跡に満ちており、もっぱらリットの同調者である。リットはかつて凶悪な領主たち、コタンたちと戦い、部落の住民を守り、あるいは解放した。そうした凶悪な連中を倒したが、今昔の歴史上の英雄たちと違い、倒しても、政権を奪わないで、依然として民衆のままだ。必要な時には、また、戦いに向かい、また倒し、また民衆になる…しかし、それは、この英雄であるザライの若者の主要な功績ではない。彼の主要な功績、彼をすべてのザライ人の理想の人物としたのは、彼らの中での秘かな願望であり、彼らの中で育んだもっとも切実な願望である。それは、彼らをザライ人とし、彼らを、昼間は何であってもかまわず、取るに足らず、価値がなくてもかまわず、ただ存在するだけで、期待

※1　和平演変は平和的なクーデターを意味する。平和的な手段で権力を覆すこと。和緑は、語呂合わせ。漢字で表せば、和平演変、和緑演変となる。

外れでも、無意味でも、愛想なしでも、世俗にまみれても、かまわない。ただ夜になったときだけ、真にザライとなり、真に人間となり、真に生きる、それが——彼、すばらしい、かのザライ人のリットである。彼はいつも、娘たち＝森、と自由に行き交う。女性の林人たち、女性の占い師、森の精である狐たち、時には、女性＝野獣、時には、女性＝草木、いつも人間の姿で現れ、当然のことながらとても美しい、しかし、時には、突然、虎となり、樹木となる。野生が文化の徒を演ずる。

ザライ人は、自分の空間を一区切りごとに非常にはっきりと分ける——プレイ＝部落、実に平穏な場所、内部と見なされ、女性が管理する（このため、この高地では、女性は内側であり、外側ではない）。ドゥロン＝焼畑、もはやそれほど安全ではなく、女性たち、男性たちが常にそこに来るが、魔物や森の獣もよく往来する、女性たちがいつもそこに来るのは、ただ、たきぎをとり、野菜を摘むためだけであり、…すばやく済ませ、それから彼女の平穏な住まいの中、部落にすぐに戻る。ポサット＝お墓の家の区域、常に部落の西方、魔物の方向に向けて建っており、危険度は増しており、人々はお墓打ち捨ての儀式の際にだけ訪れ、その上、ポサット＝お墓の家の区域と部落の間には必ず一本の小川がなければならず、たとえ、どれだけ小さくとも、人々が墓所に出て、プレイ部落に戻る際に必ず身を清めなければならない。最後はドゥレイ＝森である。そのように、多くの境界がある。ドゥルネ老はいたずら好きで、賢いが、彼は言う——「人々が境界を設けるのは、そうして、そこを乗り越えたいからであり、いろいろな禁止事項を設けて、違反したいからだ。禁止に反するのは、欲するためだ。誰が？　いったい、ほかにだれがいるだろうか？　男性諸君である。高地では、男性たちは外部である。彼らは外部を放浪することを好む。仕事は食うに十分なだけ、生きるためであり、そのほかは満足するために遊ぶのだ、とドゥルネ老がすでにそう言っている。「どうして、蓄えるのか？」が彼らにはどうしても理解できないのだ。昼間は、彼らは放浪して、友を捜し、古い友人と楽しく過ごし、新しい友人と知り合う。夜には、彼らは神話の中を放浪する。それで何をするのか？　リットとなるのだ！　そして、何を捜すのか？　彼と同じであり、彼らは女性＝森を捜すが、昼間はたいへん恐れるのだ。

かくして、ここに至り、われわれは非常に奥深いと思われる場所、ザライ人の魂の中の、ふしぎではあるが、基本的な神秘の場所に遭遇する。一般的な中部高原人の魂の中である、と私はそのように信じている——彼らと森とのあいまいな相互関係である。

つい最近、ブーイ・バン・ナム・ソンさんが、自然と文化の関係に関する、一連の非常に面白く、奥深く、魅力的な文章を書いて、人々を挑発し、人気を集めた（たとえば「文化…は、疎外[※2]のようである」、「疎外は、文化のようである」、「開明は…開明のようである…」）。ソンさんよ、人類のもっとも巨大な知恵者が幾世代にもわたって、解決に苦しんできた高尚な哲学問題を、結局、「私

※2　ベトナム語の疎外という言葉には二つの意味がある。一つは変化して悪くなること、つまり退化、堕落であり、もう一つは、変化して、反対物に変化あるいは転化することである。

の」中部高原人もまた解決しなければならない。当然、それは、彼らの方法に従い、彼らの方法によって解決しなければならないのだ。ザライ人は、神話によって解決する。今日《きょう》われわれが語っている日常生活に関する神話で解決するのだ。

大要――人間は元々、自然の中に埋没しており、自然の無名の、ちっぽけな一部分にすぎず、何千年か、何万年かわからないほどの年月をかけて、みずからを自然から断ちきり、自己疎外して自然から抜け出て人間になり、文化になった。その勝利は実に偉大である。そして、自己疎外することによって、自然と格闘し、自然から抜け出ることが出来た（ブーイ・バン・ナム・ソン氏は「野卑な自然」と呼んでいる）。勝利が大きすぎると、しばしば威張ることになる。このため、その偉大な前進の中で、必然的に一気に連続的に疎外の危険にさらされることになる。何を言っても始まらない。文明が出現して、日増しに自然と根源的に対立するに至り…人間は乾燥し始め、絶対的に自然から孤立するため、人間性まで枯れてくる。

かくして、人間の環境はなんとも込み入ったものとなるのだ――母親から引き離さなければ、人間にならないし、一気に断ち切れば、人間でなくなる！　みなさんはご存じだろうか、ザライ人は、人間の宿命の幾万代にもわたる緊迫した悲劇を深く感じ取っている。このことを聞くと不思議に感じるかも知れない――彼らは森を恐れる、非常に恐れる（われわれはもはや恐れない。われわれは破壊し尽くしたのに、なぜ恐れる必要があろうか！　あるいは、われわれはそれを絶滅させることで、われわれの中の恐れまで絶滅させたのであろうか?）。森にあまりに近すぎて、いわゆる野生に近い隣人であるザライ人（そして、中部高原人）はいつも、足をすべらせて、いとも簡単にドボンと落ちて野生に舞い戻る恐れに心を悩ませている。森に、野生に取りつかれているのだ。そして、発狂する。気が狂うのは、情のためである。女性たち＝森に誘惑される。ついでに言うと――ザライのすべての男性たちはみな、この恋の虜になりやすい。ここほど、精神障害者の割合が高い場所は稀のようである。そして、おそらく、精神に関し社会規範の枠外にいる人、精神障碍者のさまざまな状態を示すための語彙がこれほど豊かな言語もまた稀であろう――「ラーム（はじけた＝気のふれた）、フリン（奇妙な）、トゥパイ・ルワ（酔う）、フイン（呆けた）、ミ・ミュウ（のろまな）、スイン（おろかな）、ヤン・ガー（憑く）、ミュフルン（愚鈍な）……最後にようやくヒュット（気がふれる）。それから、ヒュットは、ホーン（少し狂い、少しおろか）、ホーン・ヒュット（精神耗弱だが、おだやかで無害）そして本来のヒュットに分けられる。実際、それらの言葉のベトナム語訳は、ザライの言い方で表現された状態を実際に正しく表現できず、通常、元々の言葉より軽くなっているが、嘲笑する意味合いはより濃くなっている。ザライではそれとは異なり、彼らはこれらの人びとを好んでさえいるのである。「ヒュットな人は次のように描写される――彼は社会の中には住んでおらず、『向こう側』に住んでいる。放浪し、どこにも定住できず、家から家へと渡り歩き、人々をこの仕事、あの仕事と手伝う」。彼は恐れを知らず、恥ずかしさも知らず、いつも裸であり。自分の行動に何も責任をとらない。彼は、どこかの境界をすでに越えてしまっており、もはや戻ってくることはできない［社会の境界］。しかし、当然ながら、社会はいまだに彼を公に認めているのだ…」。さらにもう一回、また、ドゥルネであるが、この信仰を放棄した、明敏で、いたずら好きでもある、信仰を捨てた神父の老人、ドゥルネは言った――社会は依然として彼を、ヒュットである彼を公認しているが、それはなぜか。「…確かに、それは社会が自分たちの神話の中で林人たちを愛するのと同じ一つの理由からであり、彼女らの中に、社会がみずから隠している真実を彼女らの中に探し求めているからであろう…」

今では明らかとなっている――ザライ神話のリットは、もっとも愛されている英雄で、ザライの理想の人物であるが、彼が領主を倒したその功績は、必要であったが、副次的なことにすぎない。彼の主要な功績は、(森の)女性たち、女性林人たちを愛したことである。ザライの一人一人はみな、けっして断ち切ることができないひそかな究極の渇望を彼女らに対して抱いており、彼はそれらの女性と交流し、一緒に暮らし、結婚までしている、一人とだけではなく、しばしば、一〇人の女性と一度に結婚することがあるし、次々に女性を代えて、連続して、永遠に…であるのに、けっしてヒュット(気がふれる)することはない!

(森の)女性たち、林人たち=中部高原の森。森を恐れ、森を欲する。野生の自然を恐れ、野生の自然を渇望する。ザライの神話になるのは、このようなものである。そして、毎夜、人々はアカーン(物語)し、毎夜、夢に戻る。

一つ質問がある――リットは、女性たち=森の中に何を捜すのか?

答え――彼は、自分自身の中の女性を探し求める。

ザライ人は、神話の英雄であるリットを通して、自分自身の中に、女性の根源、森を探すのである。人間であり、文化であるが、自然を失わないために。その意味は、自然、野生の中には人間性が潜んでおり、文化が潜んでいるということである。森は両方の性格を兼ね備える一つの実体である。

ザライの哲学、ザライの文化はこのようなものである。

中部高原の森を行き、時おり、少し感覚を研ぎ澄ますと、不意に少しばかり不思議な土地に出会うことがある。それはルンゴルと呼ばれる——森の茂みの間に、まばらに少しばかり果物の木がある。ジャックフルーツ、マンゴー、ライムなどまであり、さらには…時おり注意を払うと、激辛の赤唐辛子の茂みがあり、とてもおいしい数本のニガウリの木があり、朽ち果てつつある、火事で焼かれた家の柱もあるだろう。ルンゴルは、人間が森から、野生から借りた狭い土地であり、土地を耕して部落をつくり、文化をつくり、今ではまた森に帰りつつあり、そして、急速に野生が占拠しつつある。あるいはまた、いつの日か、人間がやってきて、もう一度、土地を借りて、どこか一区切りを栽培し…それから、また返し、ルンゴルにし、そして、また借りて、プレイ（部落）をつくり、そして、また返す…あるいはまた、他の形の土地に出会う。それはクソールと呼ばれる、人が森を借りてつくる焼畑（ドゥロン）である。つまり、文化をつくるが、今では森に返っており、一〇年、数十年たつと、また借りる…そのようにして、高原では借りると返すが、森と部落の間でひっきりなしに行なわれ、自然と文化、平常、平穏、平安が繰り返される。

一つ問題がある――すでにあまりにも「文明的」になった時、もはや森がなくなった段階で、現在がそうなのだが、どうやって借り、返却するか？　そして、必要とされる疎外は、中身のない空疎な疎外であり、ひたすら下に向かって、いつまでも飲み込まれながら滑り落ちる、一方通行の流れである……それでどうなるのか？　どこに行きつくのか？

私は知らない。

しかし、もうやめにしよう、春の日なのだから、希望を持とう…。

第16章
コンブライユーのごった煮野菜スープ[※1]

最初、私には、どうしてバーナー・アラコン人が、コントゥム省のコンライ（正しくはコンプライ）県に属するこの地域にいるのか、想像がつかなかった。コンライには、主としてセダン人がいるだけだ。東に向かって少しばかり足を伸ばし、マンデン峠を越え、コンプロン近くに下ると、セダン人の一支族であるカーゾン人に会うことができる。それなのに、県庁所在地コンライから数キロ離れただけのコンブライユー部落は間違いなく、まさしくバーナー・アラコン人の部落である、話し方を聞けばすぐにわかる。バーナー・アラコン人は、現在はザライ省に属するアンケ地区でだけ見つけることができる。そこは、ここから約一〇〇キロ離れた、高くそびえる山岳地帯である。コンライの近くで車を降りた。雨で道がぬかるんでいたからだ。粗末な小さな吊り橋を渡ると、部落の共同の家に着き、部落の長老ボクゼーに会うと、その疑問がすぐに解決し

※1　本章はグエン・コック氏の希望で日本語版に加えられた。ベトナム語版『中部高原の友人たち』にはない。

た。部落の長老は、部落の生きた歴史である。

ボクゼーは語った――「これは、私の父が伝え聞いたことを、私が聞いたのであり、私の父の父は、彼の父の父から聞いた。当時はまだ、部族戦争がいつまでも続いた。正しくは、部族戦争ではない。各部族が互いに攻撃し合ったわけではない。各部落が互いに闘ったのだ。捕虜を捕えて、ラオスやシャム（カンボジア）に奴隷として売るためだった。弱い部落は負けて、他の部落に併合されるか、逃散した。この部落は、アンケから逃げてここに上った。伝説によると、ヤブライという名の女性が率いて、当時は、まだ知られていなかった秘境のダクユーという名の盆地に逃げ込んだのだという。そこから、部落はコンブライユーと名付けられた。コンは部落を意味し、ブライはかの首領の女性の名前である。ダクは国を意味し、泉を意味する。みなさんがたった今、吊り橋を渡ったのがまさしく、ユー国の泉だ。

そのように、中部高原は、あたかも、少しばかり座る位置をずらすだけ、見る角度を数度、変えるだけで、即座に、不意に、数百年の過去に転がり込み、われわれの面前に座る長老のまだ衰えていない双眸の向こうのどこかに幻影が現れるのだ。率直に言うと、ボクゼー長老はそんなに年寄りではなく、もともと非常に近い時期の人間であり、中部高原の神話を多少とも生きてきた時期の人間のような様子はいささかも感じられない。くわしく聞いてみると、まさしくその通りで、彼はかつて、部落、それから県の幹部を経て、軍隊に参加し、カンボジアで戦闘もしており、引退してから長老になったのだ。私は彼に尋ねた――「この部落は、新しい部落ですね？　いつから、こちらにやってきたのですか?」」。彼は、聞き返した──「どうして、あなたは知っているのか?」」。それから、彼は笑った──「もういい。聞くまでもない。あなたは、私たちがバーナー・アラコン人だとすぐにわかったのだね、つまり、あなたはこの高地にたいへん長く生活しているのだね。あなたは鋭い。ここもまた新しい部落だ……」

実際、新しい部落が移動して、また再建され、再定住と呼ばれているのを見分けるのはむずかしくない──周到に整えられてはいるものの、なんとか外見を新しい中部高原の部落のようにつくったものは、もはや中部高原の部落ではない。私はふと、クロード・レヴィ=ストロースが南アメリカの各部落について書いた作品の中のたいへん面白い一章を思い出した。ナムビクワラ人の部落はいつも円形に配置されていて、その直径が部落を二分しており、見えないけれども、原住民には非常にはっきり見えるのだ。こちら側の部落半分の男女は、向こう側の部落半分からだけ妻や夫をめとることができる……ヨーロッパの宣教師たちがやってきて、たった一つのことだけをする必要があった──彼らはナムビクワラ人のため再定住のいくつかの新しい部落を建設し、もはや円形にはせず、平行した二列の部落とした。ナムビクワラの文化は即座に粉々に破壊されて、ナムビクワラ民族はそれから間もなく消滅してしまった…願わくは、中部高原で再定住の仕事にたずさわる人々と、さらに他の場所で働く人々もみな、つとめて、レヴィ=ストロースを多少は読んでほしい。彼のその本はすでにベトナムで翻訳され、印刷されている。『悲しき熱帯』という題名だ。レヴィ=ストロースがなぜ熱帯は悲しいと言ったのかを理解できるだろう! われらのベトナムも、われらの中部高原もまた熱帯なのだから…。

私は、ボクゼーに聞いた——「今、古い部落の場所を訪れることはできるか?」。彼は少し迷い、私の目を覗き込んで言った——「できる。しかし、そこには何もない。仲間たちの焼畑小屋があるだけだ…しかし、あなたは坂を登れるか? 雨降りで、坂道は滑りやすく、蛭がたくさんいる…そこに行ったら、何を見ても、疲れるだけだ。こちらの方がいい。こちらではゴムを植える準備をしており、計画もつくり終わった。この地域全体がゴムでいっぱいになる」。——「自分は部落の仲間たちを訪ねるだけだ。ボクトーを知っている。ずっと以前に会った。ボクトーは今でもあちらにいるか? 会いに行けるか?」——「大丈夫。あなた次第だ」。ボクゼーの声がふと沈みこんだ…。

実際に道はかなり急な上り坂で、多くの坂道でしばしば息が切れた。さらに、ぬかるんでいて、雨はどしゃぶりだ。小さな川も濁流となっていて、蛭は当然、数えきれないくらいいる。二時間余が過ぎた。森は一刻ごとに深くなっていく。木々が朽ち果て地肌が露出した山は少なくなり、眼にさわやかな眺めがもどり、少し心も和んだ。古木の森の濃い緑色のおかげだ…上り坂がどこまでも続くと思われた。すると森の木々がまばらな場所に、突然、最初の家が現れた。小さな川のほとりに一軒だけ立っている。およそ五分後には、三軒の別の家が現れた。ボクゼーの言ったことは正しくない——焼畑小屋ではない。高原の人びとにはいまだに習慣がある——労働の季節には、部落に入っても、いつも留守で、二~三人の年配者と子どもたちに出会うだけだ。大人たちはみな焼畑に出かけている。焼畑はふつう、部落から遠いので、農耕の季節の間は、ずっとそこで生活し、数軒の仮小屋を建てて、行き帰りの必要がないようにしている。私たちがこの時ここで出会った数軒の家は、まったく焼畑小屋ではなかった。中部高原で少しでも生活した経験のある人なら、すぐにわかる――これらの家々は貧しいが、明らかに部落の中の家で、戸締まりがしてあり、小ぎれいだ。そして、ところどころに少しばかり果樹があり、中部高原の特産物である赤唐辛子とニガウリの茂みが残っているのが目につく。ここは、まさしく旧コンプライユー部落である。この部落を捨てて、私たちが少し前にボクゼーに会った、よく整理されたあちらの新しい部落に再定住したのだ。この森の奥に取り残された数軒の家は、まだ移住していないか、移住を欲しない家族のものである。彼らはまだ、ここにとどまっている。森とともに。森にしがみついて。

私たちは、人がいる一軒の家に入った。ボクトーの家だ。もう日暮れ時だが、突然、雨がやんで、そして、高い山ではふつういつもそうだが、不意に日が射し、傾いた太陽の日差しが、向こうの、山腹の一面に稲が実った三角形の焼畑を、輝く黄金色に染めている。一方、この家の中では、漆絵のように黄金色の日差しが、竹のすだれを編み通して、煙を出しながらとろとろと燃える暖炉を照らし出し、家の片隅では四人の子どもたちがたがいに肩を寄せ合い、呆然としてはいるが、おびえる様子もなく、大きく目を見開いて私たちを見つめている姿を私たちに見せてくれた。一番年上は五歳くらい、一番下の子はまだ一歳にならない。私にはわかった。この高地では、五歳ならもはや大人である。父母は一日中、出かけていて留守で、五〜七キロ離れた遠くの焼畑を耕している。弟や妹の面倒を見て、対外的なことを含め、家事をすべてこなし、家庭の真の主人の役割を果たすのは、まさに、この五歳の少年である。少年はしっかりとした足取りで進み出て私たちにあいさつし、私たちに家具が片付いている場所を示し、それから、平然と弟や妹との遊びを続けるために戻った。彼らはグー、チョキ、パーのじゃんけん遊びをしており、朝から今までずっと続けていたに違いない。あきもせず、合間、合間に、どっと笑いこげた。遊び疲れた子は脇に出て、一時、居眠りし、目覚めるとまた遊び、お腹が空くと自分で台所を探す。そこには、冷やご飯、野菜、少しばかりの獣肉がある。時おり、五歳の少年が何かの用事で一時どこかへ走っていくと、そのすぐ下の弟、三、四歳足らずに見えるが、それを見てすぐに兄の役割を引き継ぎ、巧みに遊びを続け、弟や妹の面倒を見る。彼が主人となり、堂々としていて、兄に引けを取らない…。

夕方の五時ころ、私たちはご飯を炊く準備をした。携行したお米や食料を私たちが用意するのを見ると、五歳の少年はすぐに立ち上がり、走り出て大鍋と手鍋、小皿やお椀を取り出し、部落の入り口の水洗い場で洗うために持ち上げた。重すぎたので、少年は腰をかがめて持ち上げた。私たちが走り出て助けようとすると、彼は手を振って言った——「だめ、だめ、自分で出来るんだ、僕にまかせて!」。彼は、水洗い場の周囲に生える一握りの野生の木の葉を引きちぎった。戦争の時期、私たちはそれを「共産主義の木」と呼んでいた。森のいたるところに生えており、長く生えつづける生命力豊かで、けっして根絶やしにできなかった。鍋、茶碗、皿、お椀を「共産主義の木」の葉でみがくと、すっかりきれいになった。私の友人が「おろかな文明人のような、どんなスポンジ類もまったく必要ない」と言って笑った。それから、その五歳の少年は、彼のすぐ下の四歳の弟と一緒に、私たちを連れて森に野菜摘みに出かけた。三番目の子どもが、おそらく二歳足らずだが、二人の兄に代わって、家に残り、末っ子の面倒を見ている。

今夜、私たちは、ごった煮スープ鍋にありつくことになる。もう長い間、この料理を味わえなかった。森の絶妙な特産物である。「ごった煮」は、われわれはすでに知っているが、それは、多くの互いに異なる種類の森の野菜を混ぜ合わせた料理であり、森から抽出したあらゆる香りと味覚があり、森のそれぞれのすばらしさ、おいしさ、独特の、森だけの、絶対的に森だけのすべてを混ぜ合わせ、発酵させたものであり、森が足し算され、掛け算されたものだ。そして、血管の中、ごく細い血管の中に、この世代から違った世代へと、確実に個別のＤＮＡで伝えられたもので、森が教え、与え、そして、母のおなかの中で森から学ぶことが出来たものなのだ。中部高原のすべての子どもたち、五歳、四歳、三歳、二歳、あるいは一歳足らずの子どもでさえも、寝ながら暗記したものだ。今日、緑の森に根を下ろしているボクトーの、五歳と四歳の男の子が私たちをもてなすために連れ出したのだ。今晩を待たず、食事になるのを待たないで今のこの瞬間でさえも、私たちを案内し、彼らの父母が苦労してしがみついている古木の森の中をほっつき歩き、もぐりこんでいる時にも、私たちに、食べられる葉を示し、一つ一つの種類、一つ一つの目・

科のそれぞれ違った味を教え、この種類の葉と、別の種類の葉とを巧みに混ぜ合わせ、それと同時に、他の葉ではなくどの葉を先にし、どの葉を後にするかという、賢明な無限の森が自分たちに教えたすばらしい順序を含めて、そうした味をつくりだす芸術を教えてくれた。二人は森の知恵者である。彼らと森と木とその葉、それらは一つであり、いつからか、始まりがなく、そしてまた、けっして終わりもない。彼らは森の生んだ子である。自然の森。偉大。多様。一方、私たちはと言えば、まさしく、聞き分けのない、間抜けな学徒の輩である。私たちは、単作の捨て子になりつつあるが、私たちはそれを持ち上げて森と呼ぶ——ゴムの森である。ゴムは単作である。ゴムの大きな傘の下では、いかなる木も生えつづけることはできない。絶対にできない。いかなる野菜のごった煮もない！　少しばかり美味な膏粱《こうりょう》※2はあるかもしれないが、ごった煮野菜の大鍋はあり得ない！　飲食文化の違いだけではない。生きる文化の違いである。モノ・カルチャー、単一、乾燥である…。

かまどで、ごった煮スープの大鍋が沸騰し始めた時に、突然、大きな背負い籠を持った一人の人が現れて、戸口に呆然と立った——家の主人のボクトーだ。空は暗くなっていたが、このとき、かまどの炎が燃え上がって、独特な顔立ち、いや、いや、顔立ちではなく、私たちにそこに立つ人物のすべてを即座にわからせる笑いをはっきりと照らしだしたのだ。その笑いを照らし出すに十分な炎であった。その笑いは顔立ちすべてをはっきりと明るく照らし出したのだ。もういい、私にははっきりとわかった。典型的なバーナー人、バーナーの人間、高原でもっとも芸術家的な民族の顔立ちだ。私はすでに次のように言ったことがあると思う――バーナー人は特別な、生きる哲理を持っている。食べるのに十分であれば良い。余剰ができるほど豊かである必要はない。残るのは、時間があって、遊ぶことだ。生活を享受しきることだ！ そして、何の遊びをするか、どこで？ 森の中で遊び、森の中を放浪し、麝香鹿、狐、野鼠、鼠、魚、篠竹を探しに行く、瓢箪は、銅鑼にもできるし、チュック竹（小さな種類の竹）の節からは笛ができる。つやのあるザン竹の節は、焼いて、おいしいラーム飯[※3]をつくる…この世のあらゆる種類の物や事にとらわれず、近代化にとらわれず、産業にとらわれず、ゴムにとらわれず、すべてにとらわれずに…今、何にもとらわれないその男性は焼畑から帰ってきて、暗闇が濃くなる夕刻の戸口いっぱいに立ち、口をあけて笑って、私たちにあいさつした。家全体にあいさつして、彼は、京語（多数民族キン族のことば、すなわちベトナム語）でたどたどしくあいさつした。「小さな子たち、おまえたちは、もうごった煮の野菜をたくさん採ってきたかね、子どもたちよ？ コンブライユーの森のごった煮野菜はこの世で一番おいしい。野菜を採って、客をもてなすのだよ」…「ボクトーさんよ、野菜はいっぱいだよ、ここにすわりなさいよ…」。しかし、彼は、背負い籠を下ろし、簗《やな》を手に取り、あたふたと戸口から出て行く――「小川に行って、魚がいるかどうか捜してみる…今晩の甕酒も

※2　膏粱は古語で、肥えた肉と美味な米。転じておいしい食べ物。

※3　ラーム飯は竹の節に米をつめて炊いたもの。香りのよいご飯が炊ける。少数民族がよくこのようにコメを炊く。ラオス人も同様の方法でもち米を炊く。

用意せにゃならん…」

数分後には、家の女主人も帰ってきた。道は遠く、疲れて雨に濡れており、彼女はかまどの火のそばに体を倒した。そして、四人の子どもは、一日中しっかりと弟妹たちの面倒を見ていた一番大きな子も含め、みな今では、突然、競い合うように母親の胸にどっと押し寄せ、ぶつかり合いながら、母に抱かれ、母の手で頭髪をやさしく撫でてもらっている…。

外では、風向きが少し変わり、森の夜は少し冷え込んできた。点滅する火の光が幸福な家族を照らしている。そして、私たちは、近代化の激しいぶつかり合いの世界からやってきて、豪放な森の主人から、彼らの余った幸福を一晩分けてもらった。

ごはんと、山菜のごった煮スープが準備された。今では、私たちは、なぜジョルジュ・コンドミナス[※4]が自分の本に『私たちは森を食べる』と名付けたかという理由がわかった。実際、森へ行って、一鍋の森の野菜のごった煮スープを食べることができなかったら、森にはまだ行っていないことになる。今夜、ボクトーは、さらに、もう一品の、「ごった煮」に劣らない特産料理で私たちをもてなした――ラーム飯を、轢《くだ》いたトウガラシをまぶした薄荷《はっか》の葉にくるんで食べるのだ。舌が裂けるほど辛いのを飲み込んで、ごった煮スープを一口啜ると、喉頭にずっと沁みてくる。その甘辛い味は、表現が難しいが、忘れられない味だ。森の絶品のメニューだ……

それから、甕酒を家の柱木に結わえる。そして、終わりのない（酔って）足がふらふらする中部高原の夜が始まる。隣の家のボククローが合流する。ボククローはゴーン琴[※5]の専門家である。

彼はまだ、深い森の中の旧部落を捨ててボクゼーの新しい定住部落でゴム林プロジェクトに加わるつもりがない。私は一度、彼に会ったことがあるが、まだ彼のゴーン琴の音を聞いたことがない。今夜も同じである。彼はゴーン琴を持ってきたが、頑固なほど気難しく、宮廷の楽団長のようで、彼は、ただ、おごそかに座って、熱心に琴の弦をくりかえし調整しているだけだ。それだけで半時ほど費やし、私たちをいらいらさせる。それから、彼はボクトーに琴を渡す。ようやく森の音になったようだと、彼は告げた。

みなさんは、バーナー人が深夜、森の奥深くで歌うのを聞いたことがあるだろうか？　今夜、私たちは、その幸福を味わうことができた。古木の森。夜深く。森の無限で、永遠の広がりの中で、迷子になったような一軒の小さな家は、完全に世界と民衆全体から完全に切り離され、その雑然とした世界と民衆とはまったくの別世界となった。かまどの火は、ちらちらと燃え、時おり人間の顔かたちを明るく照らしだし、時おりすべてを覆い霞ませ、すべてを宙に浮く幻想、幻覚にする。そして、そこに座る一人の男性は、不思議なほど美しく、質素で、貧しい仙人であり、

※4　ジョルジュ・コンドミナス（一九二一〜二〇一一年）はフランス人の文化人類学者。父はフランス人、母は中国系ベトナム人でハイフォンで生まれた。第二次大戦中、日本軍に投獄されたこともある。著作には『ベトナムのムノン人』、『私たちは森を食べる』（邦訳『森を食べる人々――ベトナム中央高地の先住民族誌』橋本和也・青木寿江訳、紀伊國屋書店、一九九三年）などがある。グエン・ゴックと長期の親交があった。

※5　第11章「森の中の旅芸人」※15参照。

森だけが知り、森の草木や多くの獣が知り、打ち解けた芸術家である。彼は、無造作に無頓着に手にしたゴーン琴を弾きながら、声を張り上げて歌う。その歌声はどういうわけかわからないが、突然、非常に悲しみに満ちたものとなり、一字ずつ、一語ずつ、一音ずつ、一声ずつ、一言ずつ、撫ぜるように歌う。あたかも、はらわたからあふれ出るかのようである。自由に解き放つようでもあり、なぞるようでもある。野趣に満ちたものだが、荘重である。清澄でありながら、けっして吐露できないような深く秘めた心情を重々しく歌い上げる。引き渡しながら、引き留めようとする。人間の歌声でありながら、森の歌声でもある。ここでは、人間と森とは絶対的に一つである。歌の言葉は意味があるようだが、何の意味もないかのようでもあり、理由もないのに、寂しい。森のように、わけもなく、無限に…。

ああ君よ、こんなにも今　私はかなしい
私の声は　狂った人のように　なってしまった
君の所に　行きたいのに　心は悲しくなる
君のその耳は　まだ聞きたいだろう…と　知っているのに…
会ったばかり　なのに私はいつもいつも　想っている
ああ君よ
ああなんと突然、惜しくなる　花がしおれて散るのを　惜しむように美しい花、ローサン[※6]を…

君はとても美しい、ああ君よ
天女のように美しい
聞きたい　君を見つめると　どうしても耐えられなくなる
ああ君よ…

このように、愛情、幸福、苦痛、願望、失望、希望、絶望、などは意味があり、意味がない。人間の生涯のように、森の…のように。

おそらく、もう朝の三時か四時になったであろう。高原の人びとはいつも言う——甕酒の大甕の味がなくなるまで飲む。底にアルコールがなくなるまで飲もう。ボクトーは最後の甕酒を私にとっておいた。大甕の底に残った酒を二人で分け合った。それから、私たちは転がって寝た。不意に目覚めた時には、外の森は明るくなっていた。火が燃えるかまどのまわりには母親と四人の子どもが群がっていた。

※6　ローサンあるいはローシアンはベトナムの原野に群生する野生の白い花。

ボクトーは言った――「今日、私はみなさんと一緒にボクゼーの所に行こう」。「それで何をするのかね？」私たちは聞いた。ボクトーが背負い籠を肩に担いだ――「早く行こう。今日は暑くなり、坂を上ると疲れる。ボクゼーに会って、新しい部落に移住する計画を聞くためだ。ゴムの植林計画はもう始まっている。新部落に移住し終わって、ゴムづくりを始めるのだよ…」

「古い森を捨て去るのかね？」私は口を滑らした。

「古い森と、ごった煮野菜と」ボクトーは言った。

「ここの数軒すべてが移るのかね？」私は聞いた。

ボクトーが答えた――「私がまず先に行くことになる。ボククローはまだ承知しない。あのボクはここで死ぬと言っている。ごった煮野菜と一緒に死ぬと言う。ゴムがここにやってくれば、ごった煮野菜はなくなる。この次に、あなたが来るときには、まだ残っているかどうか、わかる…そして、もうないとなれば、あなたは、何のためにここに来るのか？　ゴムだけだ。ごった煮はなくなってしまう…」

今回もまた、その男性は依然として笑っている。あの笑いだ。やさしく、深く、悲しみを湛えて。やさしく、深く、深甚としてはいるが、それでもなにもできない。

森のように。

第17章 雷鳴と稲妻、男性と女性、ザライの不思議

中部高原のザライ人にはこういう歌がある

私（アイン）が雷鳴となり

君（エム）が稲妻となる…

恋歌に違いない、すでに私（アイン）と君（エム）[※1]であり、密接な関係にあるのに、である。しかし、アイン、エムであり、深く愛し合い、前世からの縁《えにし》があり、夫妻であるのに…どうして、雷鳴と稲妻の話があるのだろうか？　そして、注意していただきたい――「である」のではなく、「となる」のです。私は雷鳴となり、一方、君は稲妻となるのだ。あるいは、より正しく、別の

※1　アインは夫妻の間の夫の自称（一人称）「私」であり、エムは夫妻の間の妻を指す二人称「君」である。

秩序に従えばこうなる――私（エム）が稲妻となり、あなた（アイン）の方は雷鳴となる。[※2] 実際のところ、二つとも正しい。やがてわかるだろう。

中部高原ではそうなのだ。どんなことにぶつかっても、もっとも小さなことでも、この歌のように、軽く聞き流すようなことでも、少し注意を払えば、私たちは突然びっくりさせられる――どうしてなのだろうか？　愛情の話の中で、どうして雷鳴と稲妻なのだろうか？　そのような素朴な装いの下に、何か秘密が隠されているのだろうか？…そのとおり。そして、それは小さな話ではない。

ザライの社会は、エデー、チュールー、ピー、ラクグレイ…などと同様に、母系制あるいは母権の社会である。血統は母方に沿って流れ、子どもは母の姓を採り、父の姓ではない。母は、種族の伝承の内側に立ち、生存の連続した、しっかりした本流の中にいる。父は、その流れの外の傍流にいて時おり流れにぶつかるくらいであり、それは、その枢要な流れ（本流）の運行と速度を促す助けとなる一押しをするようなものである。結局、それはあり得るかも知れないし、あり得ないかも知れない附属的な要素である。女性こそが主人であり、すべてを支配する。そのため、女性が当然、権力を握る。権力のすべては、家族の中でも、社会の中でも女性の手中にある。女性は、家族の財産の主人で、家財の管理から分割、各家族と各氏族の婚姻と連合まで、もっとも重要な事柄に判断を下し、土地と山林の主人で、種族と共同体の存亡と発展にかかわるすべてのことを決定する…。

しかしながら、一つの部落に入っても、一軒のザライあるいはエデーの家に入っても、みなさんはけっしてそのことを見つけることができない。接客は男性であり、ここ、あそこと駆け回り、この仕事、あの仕事と指図し、各儀式、神霊への祈願、外部との、各「隣邦」との折衝をおこない、部落の内外での紛争の審判、宣戦、停戦さえも審理する…これらも男性である。女性の権力の痕跡を見ることはけっしてない。おそらく、ここでは、本当に深く耳を澄ますことを知って初めて、われわれは、内側と外側、内面と外面がどうであるかをはじめて理解できる。

女性は、その概念のもっとも正確な意味に従えば「内」面である。彼女は内部に、背後に、影の中にいる。ここでは、一つの哲理が普及しているが、われわれがそれを見ることはむずかしい。主要なものは、覆い隠され、自分で隠しており、見ることが出来るもの、露呈されているものは、附属的なもので、外皮に過ぎない。一軒のザライの家の中で、女性の場所はもっとも遠くの隅っこで、もっとも見えにくく、ふつうもっとも暗い場所である。女性が家に入るのは、正門からではなく、裏口であり、裏側である。接客には、女性は顔を見せず、各儀式の中では、彼女は部屋の片隅に隠れて座り、ただ目を近づけて見るだけで、黙って様子をうかがい、ほとんど声を発しない…それは、家族と社会の「影の首領」で、政務を執る際、簾《みす》を垂らす女性の上皇であり、王

※2　しかし、この一節では、語り手の私と君（ないし、あなた）が入れ代わる。つまり、妻が語り手となれば、私（エム）が稲妻となり、あなた（アイン）が雷鳴になる。

位の背後に隠れているが、家々の、部落の、全社会…の真の王でもある。

一方、男性はまさに、その概念のもっとも正確なすべての意味からも、「外」面である。中部高原に上ってみなさい。私はかつて、中部高原人は支配不能な旅人たちであり、彼らは放浪が大好きであり、焼畑の季節が終わるのを待って、遊蕩すると言ったことがある。男性は、数ヵ月間、幾月も連続で、ニンノンの全期間、つまり、農閑期に、親戚を訪ね、友人の契りを結び、どこかのお祭りに出くわせば、すぐにもぐりこみ、めろめろに酔っぱらうまで甕酒を飲み、そして、歌を歌い、いくつかの歌は終わることなく続く、幾晩も長く…焼畑の季節の間でも、男性が静かにしているのは稀であり、少しひまができると、すぐにいなくなって、森の中を放浪し、一頭の猪、一頭の鹿、一頭の麝香鹿、一匹の狐を追いかけ、時には、数匹の鼠、蛇だけを追うこともあり、ぶらぶら歩いて、蜂蜜を嘗めたり、ドアック[※3]の酒に酔ってふらつくこともある。その酒は天が与えた一種のビールであり、しっとりとおいしく、正体がなくなるほど酔う…男性は生まれながらの旅人である。しかし、私はおわびしなければならない。それが男性たちだけであることを言い忘れた…しかし、なぜ、彼らは放浪するのか？　それも簡単なことだ。彼らは「外」だから、通りにいる。家の中、「内」の中では、彼らはたいしたことはない。何の権限も持っていない。注意する必要がある——離婚するとき、幸運なことに中部高原ではほんの少ししか、発生しないが、出て行く男性たちは、みんな、元のままだ。ふんどし姿だ。彼らが放浪するのは当然すぎるほどだ。そうではないだろうか？　女性たちに限っては、けっしてそんなことはない。女性は内将軍であり、女王であり、自分の王国を警備するための当直者であらねばならない。

中部高原の社会の中では、女性が出て行く、「外側」に出る、家を離れ部落を離れるとき、必然的に混乱が生じ、自然の秩序、一族と社会の秩序が動揺する。女性の位置は台所にあり、家の、部落の心臓である。女性はそこに座り、堅固で、全権を持っている…しかし、背後の、暗がりの、偽装の中の全権であり、最高位である。一方、その権力の行使の際には、すでに彼女の代表、補佐官、手足、使者がいる——男性である！

ふつう、それは、彼女の兄、または弟であり、あるいは叔父、母の弟または兄である。彼はスピーカーであり、スポークス・パーソンであり、向こうの簾の背後に隠れている全能の権力者の権力を執行し、実行する。中部高原人は正確にはいたずら好きである——彼らは、男性は雷鳴だと言っている（男性たちも自分の本分はそうであると知っている。それ以上ではない）。雷鳴はさわがしく、けたたましく、睨み付け、たけだけしいが、しかし…だれもが知っているが、どんな雷鳴もだれをも撃ち殺すことはかつてなかったし、音の響きにすぎない。大きいが、空《から》である。もう一つの音の響きは見ることはできないが、恐ろしく、人を殺すものであり、本当の威力——稲妻である。女性は稲妻であり、稲妻を起こして、自分の有名無実の代表である男性を外に送り、雷鳴を轟かせ、女性が、自分の手の中に、家族の中に、社会の中にしっかりと握っている真の権

※3　ビンロウと同種の森の樹木で、幹から出る樹液を発酵させて酒をつくることができる。

力を行使する。だから、われわれのかわいそうな男性諸君よ、そのことを知った上で、いささかも威張ることのないようにすることを知るべきである。

私には博学な科学者の友人がいるが、彼は、すべての社会は、初めは母系であり、のちになって、ようやく徐々に父系、あるいは双系になったのであり、そして、実はその昔の痕跡は今でも、私たちの現代社会の中にも、依然として潜在していると語った。彼が本当のことを言ったのか、冗談なのかはわからない。みなさん、自分自身の家の中をくわしく見直してみなさい。そして、自分自身の内面をも、自分の奥さんについても、まだ何らかの痕跡が残っているのでは？……。

ジョルジュ・コンドミナスには中部高原に関して書いた一冊の傑作がある。それは *Lexotique est quotidien* である。『日々の不思議』と訳しておこう。中部高原の現実に関するこれ以上の的確な表現の仕方はない。南米の作家たちが名付けたような一つの幻想的現実である。これもまた日常の幻想であり、毎日出会う可能性があり、そして、毎回そうなるだろうが、いつも思いがけないところで、である。たとえば、次のことは、みなさん、予想できただろうか――結局、先ほどから語ってきた雷鳴稲妻の兄弟、男女、夫婦の話であるが、それはまったく真実のことであるが、たいへん不思議でもある一人の人物に関連する話だ。みなさんはもうすでにその話を聞いたことがあるはずだが、それでも好奇心からまた知りたいと思うだろうか――火の王様のことだ。私は一九九七年にザライ人の長い間の故郷であるアユンパル地区のチューターイ峠の向こうの二五号国道沿いのプロイオイ部落で、その神話の王様に会うことが出来た。私たちが着いたとき、彼は焼畑耕作に出かけていて、彼の補佐官がみなに待つように言った。一軒の非常に小さな、部落でもっとも貧しい高床の家で、風習にきちんと従って部落から少し離れた西方に立っている。これも、風習に従えば、ふつう悪い方角、「魔物」の方角と見なされる。少しすると、彼は戻ってきた。私たちが好奇心と期待とを込めて待ったのとは、違っていた――たいへんふつうの、われわれが道で出会うどのザライ人とも変わらない一人の男性であり、壮年で、頭髪を短く刈り、赤いTシャツを着て、褌を締め、籠を背負っている。彼は、自分が儀式をとりおこなうのを、私たちが写真や動画を撮り、さらには録音することまで許した。しかし、私たちはその時になるまで、この最初に彼が表した態度の特異さがわからなかった――そうした外部からのすべての介入は、彼にはいささかも影響を及ぼさず、彼はまったく意に介さず、そこに座って平然として、一つの空間の中、別の一つの世界の中、彼自身の、ザライの空間、中部高原世界の中にいるのであった。のちになり、長い時間が経ってようやく私にはそれがわかった。おそらく、ぼんやりとした理解ではあるが、私たち、外部の人間は、ほとんど入り込むことができないのだ。たとえ何も拒絶がなかったとしても。それがザライの不思議、中部高原の不思議であり、容易だがむずかしく、実でありながら虚であり、やわらかいけれど固いのだが、私は努力して言い表してみよう…。

私が一九九七年ころに会うことができた。火の王様の名前はシウ・ニョットで、もう亡くなった――現在の彼の位の継承者はシウ・ルインである。ザライ人は火の王をポタオ・アプイと呼ぶ。ベトナム人はポタオをブアと訳し、フランス人はルアと訳し、イギリス人はキングと訳し、ラオス人はサデットと呼び、カンボジア人はソムデックと呼ぶ……実に不思議だが、みな正しくないし、そして、みな正しい！　それは、きわめてザライ的な、きわめて中部高原的な一つの「術」である。それは、中部高原世界の歴史の中で、寛容でありかつ峻厳でもあり、単純でもあり複雑でもある、地域上のこの光景の間で、限りない不幸な運命にさらされて今日まで存在することができたザライ民族のために、中部高原のために維持された中部高原スタイルの骨幹である――最も広い意味に従った骨幹でさえある。私は努力してこの不思議な事柄について述べてみるが、運が良ければ、私たちは、少しは理解できるであろう。

以前、今から半世紀ほど前には、さらに二人の王がいた、水と風――ポタオ・ラーとポタオ・アンギンであるが、今ではなくなってしまい、残るのはポタオ・アプイ、火だけである。さらに、もう一つ不思議なことがある――ザライ人にとってはなんでもないことだが、この不思議なことについては、すぐに話すことができるだろう。当然、非常に簡潔に、また、当然ながら、かなり卑俗な言い回しで。たいしたことではない。なぜなら、その三人の王は、私たちにとってより慣れ親しんだ言い回しによれば、「三位一体」であり、一つの実体の三つの面であり、一つの中の三つである。三つあれば、より良いことだが、もし一つだけであっても、問題はない。なぜなら、一つずつのそれぞれに、三つが含まれるからである。あるいは、中部高原学の第一人者であるジャック・ドゥルネによれば、三位と各位は「三組の一つの状態」である。

何の三組の状態であるか？　宇宙の、物質の、世界の、人間の、すべての、である。ザライ人は深遠で、透徹した一つの宇宙観を持っている。彼らによれば、すべてのこと、最大は、かなたの究極の宇宙から、極小最小のものは、かの昆虫のような微生物まで、あるいは霊魂のような無形のものから、家族、村落、社会など、われわれの中に毎日入り込んでくるものまで、愛情、苦痛、憎しみ…など微妙で漠然としたものから、稲籾、トウモロコシ…などのように具体的で、必要なものまで、すべて、すべてが、みな三つの要素で組み立てられている——水（流れる）、火（熱い）、そして、風（気）である。他の説明の仕方もある——すべての事物はみな、自分の中に、それらの三つの状態、三つの要素を含んでいる。そして、三つ全部が一つであり、もしザライ人が塔を建てるとすれば、ザライのバイヨンは三面になる。アンコールのバイヨンの四面は一つであり、四人ではない。ザライのバイヨンの三面も同様である。そして、あらゆることは、その三面が調和すれば平穏であろうし、そうでなければ、災厄——干ばつ、嵐、洪水、疫病、戦争、社会と一族の混乱、人間の不安と苦痛…などが起こる。ポタオはそれらの三つの状態の代表者であり、表現者であり、彼の唯一の機能は、すべての事柄の平穏のために、それら三つの状態の調和を維持することである。それを権力と呼ぶならば、彼は、平穏の権力の代表者で、そして、ザライ人にとって平穏とは、宇宙、天地、人間の社会と精神の調和である。表現の方法を変えれば、おそらく、彼は平安の祈願者と呼ぶのがふさわしい。彼は一振りの神剣を所有していて、プロイオイ部落の近くのセー山という名の小さな山上の秘密の高床小屋の中にその神剣を秘匿しており、彼だけが、山上での毎年の儀式の際に年に一回、剣を包む布を開くことができる唯一の人間である。毎年一回、彼は各部落を通る巡幸をして、雨、日照りが穏やかで、収穫に恵まれ、人間が平穏無事であるように祈願する。それだけである。それ以外は、彼はすべての人と同じく、焼畑を耕しており、私が確かあの一九九七年に彼に会ったことがあるように…。

たいへん不思議で、みごとなことに、ポタオの体制はそれだけで、非常に簡単で、神秘的であり、ザライ人は、一つの社会制度を安定的に、堅固に、独立して維持することをいつから知っていたのかわからないが、自然と歴史のあらゆる変転を乗り越えて、いかなる機構も必要とせず、軍隊もなく、警察もなく、いかなる権威組織もない、一つの強固な国の型を維持してきたのである…。

そして、今また、雷鳴稲妻、男性女性、内外の話にもどろう。

ザライ人にとって、今まで述べてきたように、ポタオは、自然の重要な各要素の結びつきを維持する人間にすぎず、他のいかなる世俗の権力をも全く持たない。内に対しては、そうである。しかし、外に対して、外部の人間に対しては、彼らは、喜んでベトナム人に翻訳をさせ、そして、翻訳させるにとどまらず、それを認める。つまり、ポタオをザライ人の王様として処遇する。フランス人は、ロア（王様）と翻訳し、それを認め、イギリス人はキング、ラオス人はサデット、カンボジア人はサムデック…とみなす。各位には自由にそのように理解させている！　フエ朝廷は以前、水の王、火の王…に爵位を封じ、十分な種類の衣冠、象牙牌を授けた。水の王、火の王も、かつて定期的にフエの朝廷に象牙、犀角、蜜蠟や蜂蜜などの貢物を捧げ、そして、それで朝廷は安堵してザライ民族を属国化した。そのように朝廷に考えさせても、問題ない。それどころか、より面白い。一方、ザライは笑うだけだ…フランス、カンボジア、ラオスの政権についても同様である。ザライ人はそうしたすべてのことをおこなって、それへのお返しの下賜品を受け取り、…そして、笑う！　世の人の浅はかさを揶揄する笑いだ。すべてはあの雷鳴にすぎないのに！　ポタオの雷鳴という面にすぎない。ジャック・ドゥルネは二五年間、中部高原で暮らした中部高原学者で、一五年間はまるまるポタオ体制の研究に集中し、ポタオ・アプイを見たこともある。当時は、ポタオは長老のオーイ・アットであったが、彼は、フエ朝廷から属国に下賜された象牙の牌をいつも身に付けていた。胸ではなく、首から下げて、おもちゃのようにしていた。ポタオの外面である。一方、彼の正規の面は内面で、ザライ人にとって肝要な面である。彼は、宇宙と人間の万世の和合を調整する要素であり、稲妻である。かくして、ザライ人はポタオという人物を巧妙に創造した。内でありつつ外であり、女性でありつつ男性でもあり、稲妻でありつつ雷鳴でもある。それは、外側、外の人間、外国、外来勢力と共に生きるためであり、同時に、みずからの独創的で、きわめて現実的で、深遠な独立を維持するためでもあった。あなたは、あなたがすでに彼らを「捉える」ことができ、彼らを属国化し、彼らを征服したと思い込んでいるが、あなたは雷鳴を捉えただけであり、その意味は何も…ないに等しい。一方、彼らは依然として、一族であり、女性であり、稲妻であり、「内」であり、完璧であり、独立しており、そして、彼らはあなたを皮肉っぽく笑っている…。

いったい、いずれの地で、このように不思議な、見事な内容で、社会と人間の体制を創造することができるであろうか？　一つの細かいことにご注目願う——ある歴史学者が私に語ったことがある。われわれの雄王《フンブオン》[※4]はかつて、フーダオと呼ばれたことがある！　フーダオ（Phử Đạo）、フータオ（Phử Tạo）、プータオ（Pử Tạo）、プータオ（Pu Tao）、ポタオ（Potao）。

…なにか関連性があるのであろうか？　私は、歴史学者でも、民族学者でもない。私はただ中部高原に心酔しているだけである。春の日に、みなさんに言おうとしたこと、それは、その不思議な地域と人間の中に、確かに無限にある、どれほどの謎の中に、その一つの謎の視点があるだろうかということである。。もし、みなさんを疲れさせたのなら、どうかお許しください。春の日なのですから…。

※4　第8章※17章参照。

第18章 耳吹きの儀式と甕酒、散漫な記憶と忘却※1

もし、みなさんが中部高原に来る機会があったとしたら、生計を立てるためにあたふたと東奔西走している現在のようなことはしないでほしい。ある人が言うように、「少しばかり悠然と、少しばかりあいまいにして」、先々を心配し、気を回すことをすべて投げ捨てたとしても、たいして深刻なことは何も起こらない。みなさんが中部高原滞在を二、三日延長して、ぶらぶらする、一〇日間か、半月ほどあればもっと良いのです。あまり熱心になる必要はないのです。みなさんは次のことに気づくでしょう——中部高原の男性たちはあちこち放浪することをたいへん好む。私の友人は、星占いが非常に上手く、占うことがとても好きだ。もし、彼が中部高原のすべての男性の星占いをすれば、彼らの何らかの運命には、旅《ルー》の大きな一文字が現れると私は信じている。旅行《ルーハイン》である。中部高原の男性、それは疲れも飽きも知らない、生涯旅人の若者である。中部高原

※1 （原註）この章では、ジャック・ドゥルネ（第13章※3参照）のいくつかの資料を使用した。

には非常に興味深い一つの風習がある――生まれたばかりの男の子が一ヵ月を経た時、人々はその子を家の床に敷いた一枚のゴザの上に寝かせ、そして、この子の脇に三つの象徴的なものを投げる――一丁のナイフ、一片の小さな木、そして、一本の杖である。その子はやがて、手探りで、それら三つの一つに触れる。もし、その子がナイフに触れれば、後に、彼は勇敢な戦士になる。棒切れ（指揮棒を象徴する）に触れれば、彼はやがて偉大な指導者になるであろう。さらに、杖に触れた子は、旅行にのめり込んで、果てのない道のりを永遠に放浪し、人生の良さや不可思議を探し求める一人の旅人となるに違いない。当然、中部高原には英雄的な戦士や高名な指導者が不足しているというわけではない。しかし、人々が言うには、生まれたばかりの子どもで、一ヵ月になったばかりの、とても早熟な子は、ほとんどが杖を握りしめて、何度とりはずそうとしても、けっして手放さない！　私は、ザライ人の親しい友人がいる。彼は人里離れた辺鄙な部落に住んでいる。私は中部高原に行くたびに、彼のところを訪ねて行く。ところが、一〇回ほど訪ねて、彼が家にいるのは、運が良くて一～二回程度である。それ以外は、いつもそうだが、彼の妻が米を搗く臼を放すか、あるいは、芸術作品のように、巧みに織られた丸い箕の上で、甕酒の麹をかき混ぜる手を休めて、仰ぎ見ながら、首を振る――「イーヨンね？　森に入って捜してみて。今、あの人に飲ませる酒をつくっているところなの！」

今、どこをさがせばいいのか、中部高原はどこもかしこも森だ！　中部高原の男性は生涯森の中にいて、一頭の獣を追っているか、あるいは蜜蜂の痕跡を捜しているか、あるいは、でこぼこの滑りやすい小石の川をさかのぼって渓流のうなぎを探し求めているか、あるいは苦労して木を切り、石を担いで、川の流れをせき止めて魚を浚えているか、あるいは夢中になって一頭の猪を追っているか、一匹の大蜥蜴を追っているか、一頭のクイ[※2]を追っているか、一匹のネズミを追っているか…あるいは、夢中になって、像を彫るための美しい一本の木を求めて、深い森の中まで、あるいは、けわしい坂を上って山の頂上にまで立ち入っているか。あるいは、家の中にいることも少なくないが、しかし、それは…一人の親戚の人の家で、一人の旧知の友人の家で、あるいは、彼自身のように放浪している、はるか果ての、名もなく、遠い一つのさびれた部落で友情を結んだだれかの家で、おしゃべりし、甕酒をすすっているのであろうか。そして、その時には天地が何であるか、まったく知る必要ももはやなくて、今、どの空間、時間の中にいるかも、まったく知る必要はなく、帰り道を覚えていることも望まない。その時、旅行は、すでに別の世界に移行していて、別の一つの空間・時間であり、忘却の世界と空間・時間である。読者のみなさん、どうか心配しないで。間もなく、ここで、私はみなさんにもっとはっきりと言う。

ここでの、男性の「運命」はそのようなものだ。彼らは外側であり、外界に属している。彼らの家の、彼らの家族の外側にいて、ある意味において、もはや本当に「責任」があるとは言えない人間である。あるいは、少なくとも、大幅に責任が軽減されているのだ。このように、みなさ

※2　モグラに似た小動物。

んがご覧になったように、中部高原では男性、父親は外側であり、内側ではない。子どもたちは、父親の血統には従わず、父親と同じ姓を持って生まれてくるのではない。ここでは、生命の根っこは男性ではない。男性には、各世代の始まりも終わりも、果てしない脈々とした流れの中には何もないのである。たいへん運が良ければ、彼は、なにかしらの促進役になるか、その神聖な継承の機構における軽い一押しとなるにすぎない。その決定の根っこ、根源ではない。子どもには、父親がないということはあり得るが、母親がないということはありえない。

ここでは、女性こそが内側である。彼女は内側にいて、内性（Inner gender）であり、内生（Inner life）の決定要素であり、流れの真の主人である。それゆえ、彼女は生命の主人であり、家族の主人であり、根っこであり、大黒柱である。まさに、彼女こそが生活の安定を維持する。まさしく、女性が、継承する各世代に自分の血統を伝えるのである。つまり、まさに彼女は生命の「プログラム」の確固とした維持者であり、生命が断ち切られないように、「忘れ去られない」ようにしているのだ。

それで、もっとも深い意味に従って言えば、男性は忘れる、一方、女性は記憶するということである。彼女は、血統のために記憶をしっかりと維持する。中部高原では、母から生まれたばかりの子どもはまだ、人間ではない。人々がそれに魂を吹きこんで人間にしなければならない。どこに吹きこむのか？　耳の穴を通して。そのために、おそらく、生まれたばかりの赤ん坊の耳に息を吹きこむのだ。耳に吹きこむ人はいつも、女性であり、当然ながらそうでなければならない。

なぜなら、すでに言ったように、向こうの（世界の）生命を媒介する糸口を女性だけが保持しているからである。耳に吹きこむ女性はふつうすでに中年になった女性である――その記憶力がしっかりしたものであるためであろうか？　彼女は糸巻車から取り外した綿糸一玉を摑んで、彼女が嚙み砕いたショウガをそれに吹きつけ、それから、子どもの耳に近づけて七回、子どもの耳に吹きこむ。吹き込みながら、祈願する。

鼻の穴を通せ
耳の穴を聡《さと》くせよ
ショウガを吹き付けて
左の耳よ
仕事を忘れるな
右の耳よ
焼畑を忘れるな

人間になれ、ここで人の魂を受け取れ
男の子よ
くわを手に取りなさい

斧を手に取りなさい
槍を取って部落を守れ
弓と矢で
女の子よ
糸繰り車を忘れるな
手織りの筬《おさ》を
草刈り鎌を忘れるな
稲を運ぶ背負い籠を
部落の共同の洗い場を
そして、母と父…をあたためるかまどを

みなさん、わかりましたね。「忘れるな」という言葉が繰り返されており、そして、「忘れない」という機能もまた、つまり理解すること、知恵であり、霊魂が入り込む道であり、まさしく、耳の穴である。われわれは、まだ文字を持たない民族にとって、話し言葉、聞くこと、そして、記憶が、どれほど重要かを理解することができる。記憶することは、生きることである。なぜなら、生きることは、常に最後まで生きるという意味であり、記憶することは、一つのつながり、この世代から他の世代への継続が永久に決して断ち切られることがない流れの中で、自分が切り離せない鎖の環であることを知っているということである。

さらに、もう一つのことに注意しなければならない。すべての儀式の中で、祈禱する人はいつも男性であるということである。ただ、耳に吹きこむ儀式、記憶を伝える儀式の中で、つまり、生まれたばかりの生き物に正式に人間となって生きる生命を与える場合には、祈禱をする人は女性である。

彼女は生きることを宣言する人であり、彼女は生存の万世の記憶を維持するのである。

それなのに、みなさん、中部高原には奇妙なことが沢山あると思いませんか。そうした種族の記憶を維持する神聖な職務に就いている人物が、同時に、中部高原のもっとも巧妙な一種の忘却薬――甕酒を製造する作者でもあるのです。

みなさんは、一人の中部高原の女性が甕酒を製造する方法を知りたいと思わないだろうか？それは一種の神秘的な錬金術であるかも知れないし、優劣つけがたい占い術であるかも知れない。

甕酒は、日常生活の中でもっともありふれた種類のものからつくる――米、トウモロコシ、タピオカ、あるいは、ある種の穀類である。人々は、もっともおいしいのは粟酒…であると言う。いずれも煮詰めて、細かく砕き、小さく丸める。そして、麹と混ぜ合わせる。

当然、問題のすべては麹に帰する。

麹はある種の特別な草木からつくられ、時には葉っぱであり、時には根っこであり、また時には樹皮である。何の木か？　それは秘密だ。女性たちだけが知っており、それらはみな森の奥深い場所に生えていて、人々が言うように、そこは主として人間を惑わす役割、あるいは、正確には、われわれのこの毎日が退屈極まりない世界とは異なる世界に入るよう人間を導く役割を持った、半ば人間、半ば神霊である森の精の女性たちが住んでいるところである。若干の科学者たちが、ある時、女性たちが森の中へ麹にする原料を取りに行く道筋をこっそりたどったことがある。彼らは試しに、それらの葉っぱ、根っこ、樹皮のいくつかを採取し、持ち帰って、研究し、もっともすぐれた植物学百科全書と照らし合わせた。彼らは、それらの樹木の種類の学名を知り、確認することができた。それらの多くは毒薬のたぐいの樹木であった。ただ、彼らが持って帰って、彼らの庭に植えると、それらはすべて効能が消えてしまった。なぜなのかは、天のみぞ知ることであった！　森の奥深くで採り、しかも、女性たちが自分の手で採り、そこで、混ぜ合わせればそうならない。だから、すでに言ったように、それは、女性風水師たちなのだ！

米、トウモロコシ、粟、あるいはタピオカの粉を、そうした魔性の類《たぐい》の麹と混ぜ合わせて、バナナの葉ですっぽりと覆った唐箕の上で三晩続けて発酵させる。その三晩のうちに、秘密の黄泉《よみ》の陰の兵士のように、麹が熟睡する。三晩目になると、女性たちは唐箕をゆすって、戸口まで運び、麹の目を覚まさせる——

目を覚ませ、さあ麹よ
さあ、起きなさい

みんな、もうよく寝た
さあ　もう起きる時間ですよ!

母親が、従順な、こころやさしい子どもを起こすように、やさしく愛撫する。しかし、勘違いしないでほしい。なぜなら、その直後に、突然、女性たちの、恐ろしげな「任務を与える」いくつかの言葉が麹軍団を魔性と化すのだ——。

さあ、麹よ、命じなさい
甕の近くで嘔吐することを
家の床に便をすることを
男衆に褌をほどかせ
おなご衆に腰巻をぬがせて!

まだ十分ではない。女性は祈り続ける、今度は、彼女たちがつくった酒を飲むことになる男衆に代わって祈願する——

神様　お願いします。どうか私を憐れんで

神様　お願いします。私に認めてください
他人の家に迷い込むことを
他人の妻と寝食を共にすることを！…

世間のいたるところ、どこででも、人々はお酒にそうした恐ろしい役割を与えるのではないか？　そして、まさしく、女性がそれを与えるのだ。女性だけがまさにその仕事をする。男性は絶対に、けっして甕酒をつくることには手を出さない。これは女性たちの個別の領域であり、個別の世界であり、個別の秘訣であり、個別の権利である。

その不思議な一種の毒薬のたぐいをすべて甕に注ぎ込む前に、彼女は唐箕を捧げ持って一回りするか、唐箕のまわりを一回りする。さながら、進みつつ踊るように。彼女の酔いの成分が、人々をいっそう激しく、ぐるぐるとめまいをさせるように。それから、人々はすっぽりと覆いを被せた酒甕、恐ろしげだが、魅力あふれ、夢中にさせる時限爆弾の酒甕を集め、家の壁に沿って並べるか、壁と結ぶ梁からぶらさげるかして…時が来ると、それをうやうやしく捧げ降ろし、家の柱に結び付け、口を封じた葉っぱの束を開き、水を注ぎ、管を差し込む…。そして、男性諸君とさらには女性も加えた、際限ない酔狂の宴が始まる。

さあ麹よ、酔わせたまえ

甘く、苦く、辛く、強く
耳の穴までひび割れさせ
子が泣いているのを忘れさせ
夫にご飯を炊くのも忘れさせよ！

当然ながら「子が泣いているのを忘れ」、そして「夫のためのご飯炊きを忘れ」てしまう。禪、こしまきの類は、何も必要なくなるのも道理！　今では、もはや別の一つの世界、別の一つの宇宙であり、そこでは、あらゆる禁止、忌避、日々の決まりは、みな無意味で、あらゆることが許される。すべてがごっちゃになる。すべてがひっくり返る。すべてがかすんでしまう。すべての身体がたがいに接近する…そして、中部高原では、こうした酔狂には必ず従わなければならない原則がある——すべての人が一緒に酔わなければならず、だれもが正気であってはならず、もはや正気の証人がいてはならない。すべての人が共に、別の規律がある別の世界に入る。忘却の規律が支配する世界である。

ある民族学者が、次のような、一人のザライ人が甕酒に関する興味深い話をするのを聞く機会があった——

ある時、一人の青年が友人の家に酒を飲みに行って帰り、酔っぱらって、夜中に一人でいたことがあった。「何がこわいものか！　一頭の象、一頭の犀に出くわしても、われは追っ払うぞ！」

彼は森の中で、大声でどなった。酔っぱらって、彼はなにも怖いものがなかった。一頭の野生の象が現れた――「貴様は今、何と言った？　貴様は、わしを殴りたいのか？　それなら、殴って見ろ！」――「ああ、いいえ、あなたさま、恐れ多いことです。私はただ酔っただけです」――「何に酔ったのか？」――「あなたさま、甕酒です！」――「おおそうか、わしにも味わわせてくれ！」――「どうぞ、あなたさま、満月の夜に、私の家に来てください。私が一献、さしあげます」

家に帰り、彼は妻にたくさんの酒甕を大小とりまぜて家が狭くなるほど用意するよう告げた。月が満ちると象がやって来た。「奴が来た。酒を出す用意をしよう」。彼は酒を吸い出して、並みはずれた大きなたらいに酒を注いだ。「お酒をどうぞ、お召し上がりください」、象は次々にたらいを空にした。酔っぱらって、象が吼えた――「ここに一〇〇人、一〇〇〇人来ようがこの牙で全員刺し殺してやる！」。そして、象はまわりの樹木をすべてなぎ倒した。翌朝にはすべてが過去のことになっていた。その男性は、象に尋ねた――「昨日、あなたさまはどんなことを言いましたか？」

「ああ、小僧よ、当然だ。わしはお前の肉は食わない。お前の子や孫、子孫も食わない。わしはもう酔っぱらったザライ人の言葉は気にしないようにする。なぜなら、わしにはもうわかったからだ。わしは、お前の酒を飲んだのだから…」

みなさん、先ほどから注意が喚起されている、最後の祈願の言葉の中の、このことに気づきましたか――甕酒は、甘く、苦く、辛く、強く、「耳の穴が裂ける」まで人びとを酔わせる。耳の穴は、すでに述べたように、霊魂が行き来する通り道で、記憶の門であり、啓発の器官である。その道を開通させる人、子どもが母親から生まれたばかりのとき、その子が人間になるための、耳に息を吹き込む儀式で、命の必要条件である記憶をもたらす人は、女性である。そして、今、その神聖な器官を「裂く」人、人が自分の本体を失いそうになった時、その人を絶対的な境界に接する、忘却の果てに連れて行く人もまた、まさに女性である。中部高原の女性は、まさにそうなのですが、みなさんにははっきりしたでしょうか？

中部高原に関して深い理解があり、甕酒の秘訣を引き出すことに夢中な二、三の人たちは、この占い師の女性が、彼女らの恐ろしい麹をつくりだすレシピの中で使う、きわめて多様で、危険な秘密に満ちた毒の成分の中には、けっして欠くことのできない類のものがある、と言う――カヤツリグサの根である。人々は、まさに、カヤツリグサが、われわれが見たような、天地がわからなくなるほどの酔いの主な要因となっているとさえ言う。

さらにもう一つ奇妙なことがある。ショウガとカヤツリグサ、この二つの種類は非常に近いもので、草木の一つの系統に属し、一つと間違うほど、近い種類の二つの変種である。それなのに、ショウガは記憶を開通させ（耳吹きの儀式の中で）、一方、その兄弟であるカヤツリグサは、人々をぼんやりかすんだ忘却の果てへといざなう驚くべき薬である。

生命に対する中部高原の人間の巧妙な遊びの中には、実に深遠な、何らかの哲理があるかのようである。覚えることと忘れること、考えてみると、つまるところ、それは生存の二つの理であり、二つであるが一つであり、この世で人となる試みの、切り離すことのできない主要な二つの側面である。覚えることを知らなければ、当然のことながら、人間ではありえない。しかし、生きているのに、忘れることを知らず、「耳の穴が裂ける」ほどまで忘れることを知る機会がないならば、少しばかりの苦痛を知っていても、あまりに複雑で、些末なことが多い、この人間世界ではいかにしても生きることが出来ない。この世は、無理にでも忘れるほうが良いこと、過去のことにしてしまった方が良いことがどれほど多くても、突き詰めて考えれば、それでも、どれほど多く記憶することになったとしても、生きるに価するのである。

解説——タイグエン略史

古田元夫

ベトナム語で「タイグエン（西原）」と呼ばれている地域は、中部高原という名称で日本では知られている。フランス植民地時代には、「獰猛な野蛮人」の高原を意味するモイ高原と呼ばれていた。この名称は、この高原が、もともとは、マレー系のエデー族、ザライ族、モン・クメール系のバーナー族などの、インドシナ半島の先住民と考えられる人々が、外部の大文明の影響をあまり受けないで暮らしてきた地域で、チュオンソン山脈が東側に走って、海岸平野との間を隔て、河川は、国境を接するラオスやカンボジアの方角に流れている、標高五〇〇メートルから一五〇〇メートルの高原地帯である。

⑴前近代

この高原は、世界で最も貴重な香材とされる沈香《じんこう》や象牙といった、希少な資源の産地だった。かつてベトナムの中部に繁栄したチャンパー王国は、その交易国家としての発展をこの高原の産物に負っていた。また、河川を通じての結びつきのあったラオスやカンボジアの王国とも、奴隷貿易を含めた交易関係で結ばれていたが、こうした諸王国は、この高原の先住民の首長たちに象徴的な宗主権を主張しただけで、直接的な統治が及ぶことはあまりなかった。

ベトナムとの関係が強まるのは、一七世紀にベトナムが、チャンパーの末裔のパーンドゥランガ王国を服属させてからだが、一九世紀の阮《グエン》朝時代には、山防を置くなど、この高原の統治に従来よりも積極的な姿勢を示すが、高原の北方の儀礼的な大首長だったザライ族の「火の王」、「水の王」(本書第17章参照)は、阮朝とカンボジア王に両属していたなど、阮朝の排他的支配に組込まれたとは言えない状況にあった。

(2)フランス植民地時代

インドシナ植民地を築いたフランスは、当初は、この高原をラオスに帰属させていた。この高原を、フランス植民地下のアンナン(中部ベトナム)に統合することになったのは、二〇世紀初頭になってからで、この高原は、現在のベトナムの版図の中で、最も遅くベトナム領に編入される地域となった。植民地時代には、ゴムやコーヒーの農園、鉱山などの開発が着手され、一九二九年にはサイゴンとタイグエンを結ぶ国道一四号線が着工され、ベトナム人(キン族)や華人の移住も始まったが、労働力の供給は主に現地の首長層によって行なわれ、大規模な外部からの移民は行なわれなかった。

フランスは、一八八八年にメイレナという人物がセダン族の首長と同盟条約を結んで、自らが王となるセダン王国を樹立したり、一八六二年に設置されるカトリック宣教団のコントゥム使節団による布教活動で、高原の少数民族の間に協力者を広げる努力を行なった。統治にあたっては、少数民族の慣習法の利用もはかられ、一九一三年にはコントゥム省で、アンナン法廷、モイ法廷（慣習法による法廷）とその混合法廷という三つの法廷が置かれた。

教育面でも、第11章に描かれている、一九一一年にコントゥムの知事に就任したサバティエが、この高原一帯で普及に力を入れたフランス学校は、慣習法の尊重と同じ「協同主義」的発想から、フランス語によるフランス式の教育と同時に、現地の諸民族の言語や文化に関する教育も行なった。ただし、その結果は、本書にも描かれているとおり、フランス植民地支配に反抗する知識層の形成にもつながることになった。

他方、外部からの侵入者であるフランスへの抵抗も、継続的に試みられた。一九〇三年頃までは、ダクラクで、シャムやラオスの勢力とも結んだエデーの抵抗が続いた。その後も、少数民族によるゴム農園やゴム輸送車への襲撃や、道路工事の賦役への徴用に抵抗する動きも続発した。

本書でもたびたびとりあげられている、第二次世界大戦後の抗仏戦争で英雄となる、バーナー族のヌップは、一九三五年に、「スー水運動」と呼ばれる賦役の徴用に対する抵抗運動の中で、フランス兵を銃撃し、「フランス人は銃に撃たれても倒れない」という、少数民族の間に広く信じられていた「神話」を打ち砕いたのは、こうした抵抗の有名なエピソードである（第7章参照）。

タイグエンの少数民族とキン族の接点が少ない中で、フランスが政治犯の収容のために建設した監獄が、少数民族出身者とキン族の共産主義者との接点をつくる役割を果たした。一九二一年生まれのエデー族出身のイ・ブロック・エバンは、バンメトートの監獄の警備兵をしており、そこで、グエン・チ・タイン（後にベトナム人民軍大将）らキン族の共産主義者の政治囚の働きかけを受け、ベトミンに共感を持つようになり、一九四五年八月二二日には、兵士を糾合して、バンメトートでのベトミンの政権奪取に加わった。その後イ・ブロックは、ベトミン軍の軍人として抗仏戦争に参加し、ベトナム人民軍少将となった。

(3)抗仏戦争期

一九四五年三月、日本軍は仏印処理というクーデタによってフランス植民地政権を排除し、阮朝の皇帝だったバオダイに「独立」を宣言させた。バオダイのもとに発足したチャン・チョン・キム政権は、ホー・チ・ミンが率いるベトミン（ベトナム独立同盟）の八月革命でベトナム民主共和国が成立するまでの短命な政権だったが、この高原を「中部高原」（Cao Nguyên Trung Bộ）と正式に命名したのは、この政権だった。

第二次世界大戦後、インドシナへの復帰をはかったフランスは、ベトナム民主共和国と対決するため、この高原をベトナムから切り離すことを画策し、「タイグエン自治国」なるものを誕生させた。この「自治国」は、フランスがバオダイを擁立してベトナム国をつくると、それに編入されてしまうが、フランスは、この高原のベトナムとの関係の希薄さを利用しようとしたわけである。

他の地方に比べてベトナムとの関係が薄かったこの高原とその住民を、強くベトナムに結び付けることになったのは、ベトナム民主共和国の独立宣言後に起きた、フランスの復帰に抵抗する抗仏戦争(インドシナ戦争。一九四五〜五四年)と、その後のアメリカに対する抗米戦争(ベトナム戦争。一九五四〜七五年)という二つの戦争だった。

これは、このタイグエンに限らず、ベトナムの少数民族居住地である山岳地帯に共通して言えることでもある。ベトナムの少数民族は、総人口の一四%あまりを占めるにすぎないが、ベトナムの近現代史では、この人口比率よりもはるかに大きな役割を果たしてきた。少数民族は、華人やメコンデルタに住むクメール人を除くと、基本的には高地や山岳地帯に住む山岳民族である。少数民族が住む山岳地帯は、人口過疎地ではあるが、戦争では戦略的にきわめて大きな役割を持つ。一九四五年にベトナム民主共和国の成立をもたらしたベトミン運動の根拠地だった越北地方、一九五四年にフランスとの間のインドシナ戦争の最後の決戦の部隊となった西北地方のディエンビエンフー、一九七五年にベトナム戦争に終止符をうつ軍事作戦が開始されたこのタイグエンのバンメトートは、いずれもこうした山岳地帯であったことを見ても、このことはよくわかる。ベトナムの近現代史が戦争の連続だったことが、少数民族の意味を高めることになった。

一九四六年にフランスは、タイグエンに復帰をし、その支配を一旦は回復するが、同年一二月にインドシナ戦争が本格化して以降、中部のクアンナム省とクアンガイ省は、ベトミンの支配地域として、フランスへの抵抗の拠点となり、タイグエン、特にこの両省に隣接する北部のコントゥムとザライの抗仏勢力と密接な関係を持つようになった。一九四六年一一月には、海岸地方のクアンナム、クアンガイ、ビンディンと、高原地方のコントゥム、ザライを包摂して、ベトミン軍の第五軍区が形成されるが、本書に登場する高原の抗仏戦争の英雄ヌップをはじめとする、少数民族出身の抵抗戦争参加者と、クアンナム省出身のキン族の青年だったグエン・ゴックが出会うのも、この第五軍区の軍事行動の中であった。

一九三二年生まれのグエン・ゴックは、高校生だった一九五〇年にベトミン軍に入隊し、タイグエンで活動する部隊に配属され、第11章でふれられているように軍の機関紙の記者として高原各地を回り、現地の少数民族出身の抵抗戦争参加者と親交を結んだ。少数民族出身者は、キン族出身のグエン・ゴックと、いわば「戦場の友」として結びついたのである。「戦場の友」としての結びつきが、タイグエンをベトナムと結びつけていく、一つの大きな契機となった。

(4)ベトナム戦争期

一九五四年に締結されたジュネーヴ協定で、インドシナ戦争には終止符が打たれたが、ベトナムは北緯一七度線を軍事境界線として、南北に分断されることになった。その結果、タイグエンは、その全域がフランス側でこの戦争を戦った勢力の集結する地域となった。タイグエンの抗仏武装勢力の多くは、北ベトナムに集結することになった。ヌップや、第6章に描かれているイーヨンやスマン、第13章に登場するフベンなどは、ジュネーヴ協定時に北に集結した、この高原の少数民族出身者だった。この時、敵の支配地域となる南部に残留して、抵抗運動の維持にあたる任務を授けられた人もいた。これが、第9章に描かれている「北部非集結組」の人々である。

南に成立した親米のゴ・ディン・ジエム政権は、タイグエンに、北から避難してきた人々を大量に入植させた。これは、この高原に対する最初のキン族の大量移民だった。さらにジエム政権は、植民地時代のサバティエ学校をベトナム式の学校に再編し、教育言語もすべてベトナム語にするなど、積極的な同化政策を強行した。これに反発した高原の少数民族は、一九五八年BAJARAKA（バジャラカ）運動と呼ばれる、ジエム政権の同化政策に反対し、少数民族の自治を求める活動を展開した。バジャラカとは、バーナー、ザライ、ラデ（エデー）、カホ（コホ）という民族名称の頭文字を集めたものである。この運動は、一九六〇年に結成される南ベトナム解放民族戦線に合流する、共産系のタイグエン自治運動と、一九六四年に結成される反共・反サイゴン政権の立場をとるFULRO（フルロ）に分化していく。FULROは、メコンデルタのクメール人（クメール・クロム）、中部沿岸のチャム族、そしてタイグエンの少数民族を結集してベトナムを動揺させようとする、カンボジアのシハヌーク政権の反ベトナム謀略組織という一面も持っていた。FULROとサイゴン政権は、一九六八年には和解が成立するが、その後のFULROの一部は反ベトナム活動を継続した。

しかし、ベトナム戦争の時期、タイグエンの運命を大きく左右したのは、こうした少数民族の自治運動というよりは、この高原を舞台とした、北ベトナム・南解放戦線という抗米勢力と米軍・南政府軍の軍事的対決だった。それは、ラオス・カンボジアを迂回して築かれた、北から南ベトナムへの補給路であるホーチミン・ルートの、南ベトナムへの進入路の重要な部分が中部高原にあったためだった。

当初、ジュネーヴ協定による南北統一選挙の実施に期待をかけていたベトナム労働党（現在のベトナム共産党）も、一九五九年には南での武装闘争を再開し、ホーチミン・ルートの建設に着手するなど、北から南への支援を本格化した。しかし、ベトナム労働党は、朝鮮戦争の際、北朝鮮の軍隊が公然と軍事境界線を突破したことが、米軍の介入を招いたという「教訓」から、北の人民軍の正規部隊が公然と南に入るようなことはせず、「南の人々の闘争」でサイゴン政権を追い詰めようと考えた。南ベトナム解放民族戦線は、このような考えを反映した組織だった。そのため、一九六四年までは、北から南への支援は限定的なもので、一九五九年から六四年までに、北から南に送り込まれた人員は約一万二〇〇〇人、物資は九一二トンという規模だった。人員に関して言えば、この時期に南に行ったのは、主に一九五四年のジュネーヴ協定締結の際に南から北に集結した南の出身者であり、米国の介入に口実を与えないという配慮から、北の正規軍であるベトナム人民軍のもっぱら北出身者で構成されている戦闘部隊がそのまま南に入ることは避けられていた。第12章にあるように、グエン・ゴックが南の戦場に戻るのは一九六二年だが、これは、北に集結した南の出身者の帰郷という枠組みの中での出来事だったわけである。

しかし、一九六三年末に発生したジエム政権打倒のクーデタ以降、南の政権は安定せず、米国はついに米軍戦闘部隊の派遣によって、サイゴン政権の崩壊を食い止めるという方策を選択することになり、一九六五年には、米軍地上軍が南に投入され、北への恒常的な爆撃（北爆）も開始されることになる。これに対して、ベトナム労働党の側も、人民軍戦闘部隊の南の投入に踏み切り、北の総力をあげての人員・物資の支援が南に投入されることになる。

ベトナム戦争が局地戦争にエスカレートする一九六五年は、ホーチミン・ルートを使っての北から南への人員供給の面でも、物資補給の面でも、大きな転換点だった南への人員供給は、一九六五年以降急増し、テト攻勢があった一九六八年までで四〇万人、一九六九年から南部解放の一九七五年までで一八八万八〇〇〇人に達した。

ホーチミン・ルートの輸送を担当した人民軍の五五九部隊が、一九六五年以降一九七五年までに北から南に輸送した物資量も約六〇万トンと、それ以前の時期に比べて飛躍的に拡大している。このうち一六・三%が中部高原に運ばれたとされるので、もし同じ比率が人員にもあてはまるとすれば、この時期に、四〇万人近い人民軍の兵士が、タイグエンに投入されたことになる。

一九六五年一一月、南ベトナムに投入された米軍と、北の人民軍の大部隊よる最初の本格的戦闘が、プレイクの南西のカンボジア国境に近いイアドラン渓谷で戦われた。以降、一九七五年三月にバンメトートで火ぶたを切られたタイグエン作戦という、革命勢力（北の人民軍と南の解放戦線）の大攻勢が、サイゴン政権の崩壊をもたらすことになるまで、この高原では、ベトナム戦争全体の戦局を左右する戦いが展開された。こうしたこの地域の軍事的な重要性に鑑み、革命勢力側は、一九六四年に「B3」と呼ばれるタイグエン戦線という独自の戦線を設定した。

激戦地となったタイグエンは、過酷な戦場だった。特に革命勢力の人的被害は多大だった。

ベトナム戦争における革命勢力の側の戦死者は、一一〇万人に達したとされる。米軍の推計では、米軍が直接戦闘に参加していた一九六五年から一九七二年までの南の戦場における革命勢力の戦闘要員の新規補充の累計は一二八万四〇〇〇人、戦死・負傷・病気による戦線離脱者の累計は一二九万八〇〇〇人とされている。傷病兵も含めば「消耗率」は一〇〇%を超えていた。これは南全体の数値で、激戦地だったタイグエンでの、革命勢力の「消耗率」は、より高かったと思われる。本書の第8章には、一九六八年のテト攻勢後の米軍の反撃で、グエン・ゴックの参加していた部隊が逃走を余儀なくされ、マラリアが発症したグエン・ゴックが、地元のトーチャー族の女性の看病で九死に一生を得た話が出ているが、似たような過酷な体験を、多くの兵士がしていた。

森林を破壊して、そこに潜む革命勢力の部隊をあぶりだすことは、米軍側の軍事作戦の重要な柱だった。米軍の爆撃や枯葉剤の散布によって、多くの森林が失われた。ベトナムの枯葉剤の被害を象徴する結合双生児の「ベトちゃん・ドクちゃん」は、一九八一年に、かつて枯葉剤が大量の散布されたコントゥム省で生まれている。

地元の少数民族の支持があるかないかは、食料の確保、物資の補給、病気やケガの治療など、様々な面で、そこで戦う革命勢力の武装勢力にとって、大きな意味を持っていた。このことは、革命勢力にとっての少数民族の地位を向上させることにつながった。しかし、ベトナム戦争で、紛争が高度に軍事化したことは、南の戦場における北の人民軍の役割を増大させ、地元の土着の革命勢力の役割を低下させることになった。これは、南の戦場全体に共通した現象だったが、タイグエンにもあてはまった。南ベトナム解放民族戦線は、かつてタイグエンを念頭において少数民族の自治区を設置することを公約していたが、ベトナム戦争の終結後、この公約は実施されなかった。

こうした状況はあったが、ベトナム戦争が終結するまで、タイグエンは基本的には、地元の先住少数民族の居住空間だった。一九七六年のタイグエンの総人口は、一二二万五〇〇〇人で、うち六九・七％の八五万三八二〇人が、地元の先住少数民族だった。この様相が大きく変化するのは、ベトナム戦争終了後のことである。

(5) ベトナム戦争後

ベトナム戦争が終結した後も、カンボジアのポル・ポト政権は、ＦＵＬＲＯの残党を支援し、タイグエンでの反ベトナム活動を先導した。こうした外敵およびそれと結んだ少数民族ゲリラの活動を抑え込むとともに、食糧の増産をはかるために、この高原でも、焼畑移動耕作を行なう少数民族の定住定耕化と、平野部からの大量のキン族移民の「新経済区」と呼ばれた開墾地への集団入植を推進した。これは、キン族の集団農場、集団林場といった少数民族を疎外した外部組織をタイグエンの開発の主たる担い手とする政策で、少数民族の風俗・習慣・文化を軽視し、少数民族が有していた環境保全の知恵の発揮の場を奪い、森林の荒廃を促進したばかりでなく、外ならぬキン族の集団農場でも、傾斜地での耕作への不慣れから土壌保全の方策が十分講じられず、土砂崩れや浸食による荒廃地の増大を招き、入植した人々に豊かな生活を保証できなかった。

そのため、一九八六年のドイモイ開始以降、タイグエン開発政策の見直しが実施され、キン族の集団移民は停止され、地元の少数民族に荒廃林地の管理を委ねるような方策が展開されるようになった。しかし、こうした政策転換が進んだ一九九三年には、タイグエンの総人口二三七万六八五四人中、地元の先住少数民族は一〇五万五六七人と四四・二四%を占めるに過ぎなくなり、先住少数民族は少数派になっていた。加えて、キン族の集団移民に代わって、中越戦争で農地を失った北部の少数民族（モン族、ザオ族、ターイ族、タイー族、ヌン族など）の自発的移民が、タイグエンに大量に入植するという事態が発生した。ここでは、林業公社が、管理しきれない山林の分与に消極的で、住民の管理に移管される荒廃林地の面積が狭かったところに、焼畑を再開した地元少数民族、北部の少数民族の自発的移民、そして集団農場から解放されたキン族の農民の土地への要求が競合し、民族間の軋轢が激化することになった。二〇〇四年のタイグエンの総人口は四六六万八一四二人、うち先住少数民族は一一八万一三三七人で、比率は二五・三%に低下している。さらに顕著なのは民族構成で、この総人口の中には四六民族がいるとされている。ベトナムで公認されている民族は、多数民族のキン族を含めて五四なので、実にその八割以上がタイグエンに顔を揃えていることになる。

タイグエンの今一つの大きな変化は、市場経済の浸透である。その牽引車となったのはコーヒー栽培だった。この高原では、フランス植民地時代からコーヒー栽培が行なわれていたが、ベトナム戦争終結後、折からのコーヒーの国際価格の高騰で、国営農場での栽培が拡大した。ドイモイ開始以降は、小規模なコーヒー農園も拡大し、二〇〇二年には栽培面積は五三万五五〇〇ヘクタールに拡大した。ベトナムは、いまやブラジルに次ぐコーヒー生産地になっている。コーヒーの他、胡椒、ゴムなど、国際市場に向けた商品作物栽培も増大している。

こうした市場経済の浸透は、一面では、タイグエンに急速な経済発展をもたらした。二〇一〇年のこの高原の一人当たりの平均月収は、約一〇八万ドンである。この数字は、北部の少数民族居住地である東北地方の一〇五万ドン、西北地方の七四万ドンよりも高いだけでなく、ベトナム全土の農村地帯の平均の一〇七万ドンよりもわずかではあるが高くなっている。先住少数民族の中にも、「コーヒー成金」が出現するなど、経済発展を裨益する人が出現している。

しかし、市場経済の浸透は、人々に浮き沈みの大きな生活を余儀なくさせている。その際たる例がコーヒー栽培で、その問題は、国際価格の変動が激しいことにある。一九九五年にはトンあたり二四一一ドルだった価格が、二〇〇二年には四〇〇ドルに暴落してしまった。一九九七年以降のコーヒー価格の下落は、借金をしてコーヒー農園を営んでいた、経営体力のない少数民族農民に大きな打撃を与え、経営体力のあるキン族農民との格差を増大させて、民族関係を緊張させる一因となった。

ＦＵＬＲＯは、一九九一年のカンボジア和平の成立で、カンボジアの後ろ盾を失い、一九九二年には、四〇〇名近いゲリラがカンボジア国連暫定統治機構（ＵＮＴＡＣ）に投降するなど、ベトナム国内および隣接地域での組織的活動はほぼ終息したが、ベトナム政府は、米国に亡命した残党が、タイグエンの先住少数民族の不満を利用した活動を継続しているとして、警戒している。また、ドイモイ以降、宗教への規制が緩和される中で、タイグエンの少数民族の間でのプロテスタントの布教活動が活発になっている。その中には、「デガ福音教会」という一派があるが、ベトナム政府は、この教派を、米国に拠点を置き、ＦＵＬＲＯとも結んだ教派とみなし警戒している。

こうした状況の下で、二〇〇一年には、タイグエンで、先住少数民族の数万の人々が参加する騒擾事件が発生した。ベトナム当局は、この事件とＦＵＬＲＯと「デガ福音教会」の扇動による事件と見なしているが、土地問題を中心とする先住少数民族の不満が背景にあったことは明確で、事件後、ベトナム政府は、少数民族への農地分与を促進する指令を、繰り返し現地に出している。

開発の進展は、これ以外にも、水力発電所の開発に伴う住民移住など、様々な問題を生んでいる。また、二一世紀に入ってからは、ボーキサイト開発をめぐり、環境破壊や中国企業の進出への懸念などが指摘されて、大きな社会的関心を集めるなど、この地方は乱開発をめぐる争点が多数存在する地域となっている。まさに、ここでは、「ベトナム国家と少数民族が衝突しているのではなく、市場化経済と伝統文化、伝統生活、そしてそこから生み出された伝統的な自然が対決している」（桜井由躬雄『地域学者と歩くベトナム』めこん、二〇二一年）わけである。

こうした争点に対する、本書でグエン・ゴックが示している立場は、きわめて鮮明である。第4章にある「中部高原でのあらゆる開発行為を今すぐに中止する必要がある」というメッセージが、グエン・ゴックの立場を象徴していると言えよう。この立場は、少数民族の尊重、環境保護を掲げる、ドイモイ開始以降のベトナム共産党・政府の立場と、一八〇度対立するものではないが、共産党・政府の立場は、あくまで開発促進のための少数民族重視であり環境保護である点では、大きな相違がある。

タイグエンは、森林破壊が進んだとはいえ、一九九一年の森林被覆率は六〇％で、全国八地方の中で最も高い。このタイグエンにどのような可能性があるのか、グエン・ゴックは多くの問題を投げかけている。

【参考文献】

古田元夫『ベトナム人共産主義者の民族政策史』大月書店、一九九一年。
樫永真佐夫「ベトナム中部高原年表」『ベトナムの社会と文化』第1号、一九九九年六月。

新江利彦『ベトナムの少数民族定住政策史』風響社、二〇〇七年。
桜井由躬雄『地域学者と歩くベトナム』めこん、二〇二一年。

訳者あとがき

ベトナムの文学界を代表する作家グエン・ゴックの本書『ベトナム戦争の最激戦地中部高原の友人たち』（原題『高地の友人たち』）は二〇一二年のハノイ作家協会賞（散文部門）の受賞作品です。

この作品は、二〇歳前後の青年期から壮年期にかけて中部高原の戦場で抗仏戦争、抗米戦争を闘い抜いたグエン・ゴックの回想記です。中部高原はマラヤ・ポリネシア系やモン・クメール系の少数民族の主要な居住地で、先住民族であるこれらの少数民族の歴史と文化の宝庫であり、彼らの共同体の社会と暮らしを育んできた高原と南チュオンソン山系とラオスのメコン水系につながる大自然が存在します。ベトナムの多数派民族キン族の青年グエン・ゴックは中部海岸地帯のクアンナム省の出身で、はるか遠くに望むチュオンソン山脈に人間が住んでいることさえ知りませんでした。その青年が二度にわたって抵抗戦争に参加した中部高原には、これらの少数民族の人々が生活していました。最初に覚えた少数民族の言葉は「お腹が空いた」と「この道を行っても安全か？」の二つだったと言います。

二次にわたるインドシナ戦争では、フランス、アメリカと、抵抗したベトナムの解放勢力が中部高原を舞台に激戦を繰りひろげました。この戦争は同時に地元の少数民族をどちらの側が獲得するかの抗争でもありました。グエン・ゴックらベトナムの解放勢力は現地の少数民族の社会に溶け込み、彼らを助け、鼓舞しつつ、同時に彼らからの協力を得て、この解放戦争を闘いました。もちろん米＝サイゴン政権側も戦略的要衝である中部高原を重視していたので、少数民族の支持獲得をふくむこの地の戦闘や抗争は熾烈でした。

ベトナム戦争の帰趨を決したのは一九七五年三月の中部高原での戦闘でした。北部から進攻するベトナム人民軍の大部隊の通過を少数民族の人々は「見守るだけでサイゴン政権に通報しなかった」と解放軍に同行したグエン・ゴックは語ります。中部高原の要衝バンメトートは一九七五年三月一一日に陥落しました。この戦闘で「少数民族が解放勢力を支持した」と報じたＡＦＰのポール・レアンドリ記者は、サイゴン警察本部で射殺されました。サイゴン政権の極度の動揺を示した事件でした。

グエン・ゴックが「高地の友人」と呼ぶ少数民族の人々はもちろん一枚岩ではありません。アメリカは、フランスと同様に各地の少数民族の獲得に動きました。こうして米側に就いた少数民族の少なからぬ人々が戦争終結後、米国への亡命を余儀なくされました。

故郷の中部高原にとどまった少数民族の人々も、解放後の政権指導部による中部高原の原始林破壊、村落共同体破壊の犠牲者です。トンキン・デルタのキン族の中部高原への大量移住、森林伐採によるコーヒー園やゴム園の造成やアルミニウムの原料ボーキサイト乱掘による自然破壊で、自分たちの居住地を次々に奪われていきました。グエン・ゴックはこうした現政権による少数民族の居住地や村落共同体破壊にも警鐘を鳴らしています

グエン・ゴックは中部高原の少数民族の共同体、焼畑耕作や、墓捨ての儀式などの冠婚葬祭、中部高原を遊び歩く気ままな男性たち、その男性たちを尻目に家族と共同体を守る女性たちを偏見のない目で見つめ、彼らの生活や共同体を深く分析し、そこに大自然と人間との関係、永遠の自然と人間・文化との「引っ張り合い」の関係を描きつつ、さらに思索を深めて彼らの生活と規範の中に、現代社会に生きる私たちが学ぶべき貴重な歴史・文化遺産があることを見出しました。世界がコロナ禍から新たな生活と社会のありかたを模索する中で、本書は私たちにポスト・コロナを生きる貴重な糧となる「一つの生き方、考え方」を提供しています。

グエン・ゴックは中部海岸の交易都市として栄えたホイアンの近くで生まれ育ち、チュオンソン山脈の山に分け入り、抗仏戦争の初めのころは、この大平原を「気ままな戦場特派員」としてさまよい歩き、抗米戦争のもっとも熾烈だった時期には、故郷のクアンナム省の激戦地で一部隊を率いて米軍部隊と直接対峙して戦闘を指揮したこともあります。戦争終結後も今日まで、中部高原の変転にかかわり続け、見届けてきたグエン・ゴックが世に問うたすぐれた文学作品である本書を翻訳し、出版できたことは私にとって大きな喜びです。この作品の出版をご決断いただいためこんの桑原晨社長、中部高原の解説を執筆いただいた古田元夫氏、私の翻訳作業に協力いただいた宮原彬氏に心からの感謝を申し上げます。

二〇二一年七月吉日　鈴木勝比古

鈴木勝比古（すずき・かつひこ）
1944年生まれ。大阪外国語大学ロシア語科卒業。
1969年11月〜1973年7月ハノイ総合大学ベトナム語科留学・卒業。
1973年12月〜2007年6月日本共産党機関紙「しんぶん赤旗」編集局勤務。
その間、1975〜2007年、5期にわたりベトナム・ハノイ特派員。
1991〜1995年ルーマニア・ブカレスト特派員。
訳書『海のホーチミン・ルート』（グエン・ゴック著、光陽出版社）

ベトナム戦争の最激戦地
中部高原の友人たち

初版第1刷発行 2021年10月5日

定価　2500円+税
著者　グエン・ゴック
訳者　鈴木勝比古
解説　古田元夫
装丁　水戸部功
発行者　桑原晨
発行　株式会社めこん
〒113-0033 東京都文京区本郷3-7-1
電話　03-3815-1688
FAX　03-3815-1810
ホームページ　http://www.mekong-publishing.com

印刷　株式会社太平印刷社
製本　株式会社新里製本所

ISBN978-4-8396-0328-1 C1030 ¥2500E
1030-2105328-8347